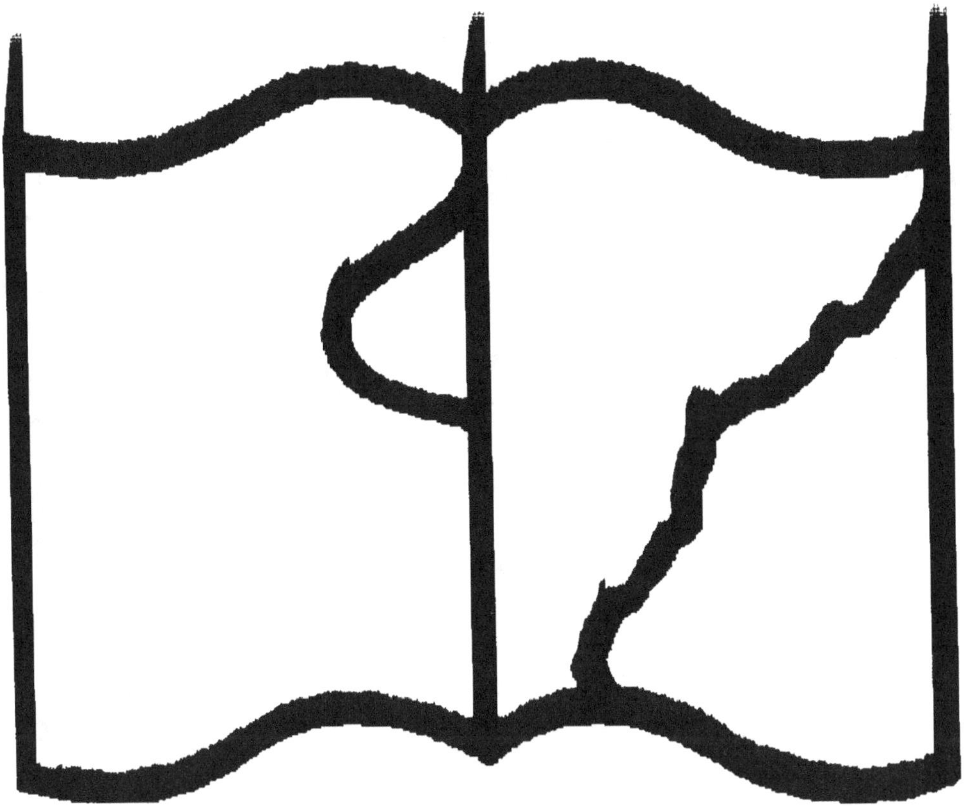

Texte détérioré - reliure défectueuse

NF Z 43-120-11

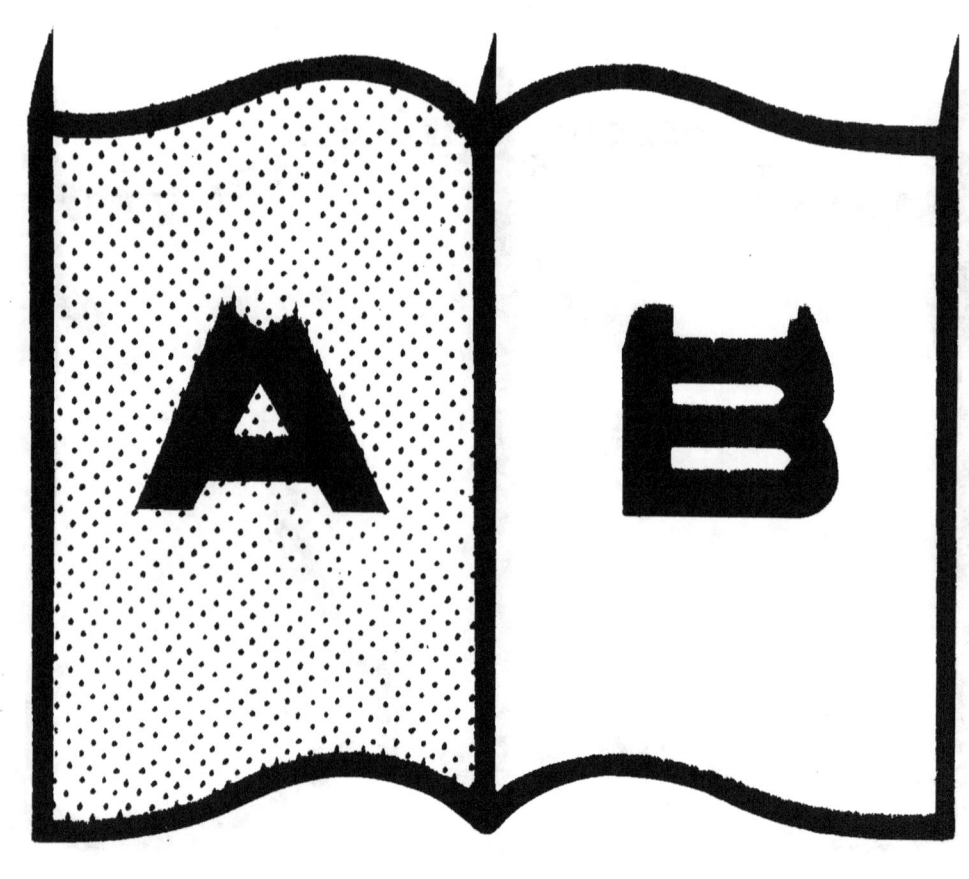

Contraste insuffisant

NF Z 43-120-14

ŒUVRES

DE

M. D'ARNAUD.

NOUVELLES HISTORIQUES.

C. p. Marillier pinx 1776 C. J. Lingée Sculp.

LE PRINCE DE BRETAGNE

NOUVELLES

HISTORIQUES,

Par M. D'ARNAUD.

TOME SECOND.

A PARIS,

Chez DELALAIN, Libraire, rue de la Comédie
Française.

M. DCC. LXXVII.

Avec Approbation & Privilége du Roi.

LE
PRINCE DE BRETAGNE.

Tome II. A

LE

PRINCE DE BRETAGNE.

Jean V, duc de Bretagne, étoit defcendu au
tombeau ; il laiffoit de fa femme, fœur de Charles

Jean V, &c. C'eft fous les dernières années de ce prince
que périt du fupplice du feu, le célébre maréchal de
Raiz. Ce feigneur Breton, de la première nobleffe, s'étoit
élevé, par fes fervices militaires, à la dignité de maréchal
de France. Prodige de tous les vices, il joignoit au cœur
le plus corrompu, l'imagination la plus déréglée ; fans

A ij

VII, roi de France, trois fils : François, comte
de Montfort, qui lui fuccéda ; Pierre, comte de

---

bornes dans fon luxe, comme dans fes defirs, il porta fa
prodigalité à un fi haut point, que le roi, par un arrêt
de fon confeil, lui avoit défendu de vendre aucune de fes
terres. Dévoré d'un amour infatiable des richeffes, & accablé
de dettes, il avoit embraffé avidement les menfonges
abfurdes de la magie. Ses débauches n'eurent point de modèle,
& il faut efpérer, pour le bien de l'humanité, qu'elles n'auront point d'exemple. Ce qu'il y a encore de plus révoltant, à
une lubricité inouie, il affocioit la barbarie la plus atroce :
il donna la mort à plus de cent malheureufes victimes de
fes infâmes diffolutions ; il faut croire que le délire avoit
dérangé l'organifation d'un individu, qu'on doit abfolument rejetter de l'efpèce humaine. On a obfervé que le grand
crime eft prefque toujours voifin de la folie. Caligula,
Néron, Domitien, Caracalla, Héliogabale, font d'éternels
monuments de cette vérité. Cet illuftre criminel, foumis
à tous les détails d'une longue procédure, fut condamné
à être brûlé vif : un Italien nommé Prélati, le complice de fes abominations, fubit le même châtiment. Le
maréchal, après s'être armé d'abord d'une audace inébran-
lable, changea de ton, donna les marques du repentir le
plus touchant, finit en chrétien réfigné, & déclara fur le
bûcher, *que fa mauvaife éducation avoit été la fource d'une
conduite fi monftrueufe.*

Guingamp, & Gilles, feigneur de Chantocé, que dans le cours de cette hiftoire, nous appellerons le prince de Bretagne. Ils avoient un oncle pater-nel, qui contribua beaucoup au rétabliffement de notre monarchie : Artur, comte de Richemont,

---

Sœur de Charles VII, &c. Jeanne de France, fille de Charles VI; il avoit fallu une difpenfe pour fon mariage avec le fils du duc de Bretagne, le prince & la princeffe, ayant également le roi Jean pour bifayeul, &c.

Artur, comte de Richemont, &c. Ce prince, fait prifon-nier à la journée d'Azincourt, pour fe procurer une forte de liberté, s'étoit vu forcé de fervir le roi d'Angleterre; il avoit époufé en premieres noces la ducheffe de Guyenne, fœur du duc de Bourgogne : appellé à la cour de Charles VII, il reçut, des mains mêmes du monarque, l'épée de connétable, qu'il employa avec tant de fuccès contre les Anglais, que ces redoutables ennemis furent entiérement expulfés. Richemont paya cette gloire fi juf-tement acquife, par des mortifications fans nombre qu'il effuya auprès du fouverain; fes favoris, qui fe fuccédoient fi rapidement, fembloient fe tranfmettre le même efprit de haine & d'intrigue, pour entraîner la perte du connétable. Cette inimitié avoit quelque fondement : Richemont étoit un grand-homme; étranger au manège & à la foupleffe des cours, il ne favoit pas fe plier à la petiteffe de fes adver-faires, & careffer la faveur & l'iniquité; il n'avoit d'autre

joue un rôle intéreffant dans nos faftes, & fans doute
a des droits à nôtre reconnaiffance ; il fçut vaincre
à la fois les Anglais , nos plus redoutables ennemis , & les courtifans de Charles : ce dernier

---

paffion , que de foutenir les intérêts du maître , & de l'é-
tat. Dans une de ces occafions , où fes fervices étoient
néceffaires , il accourt à la tête d'une troupe de Bretons :
Les rufes des courtifans obtiennent de Charles un ordre ,
qui défend au connétable d'approcher ; on lui dit même
que la Pucelle s'avance pour le combattre , s'il ofe pourfuivre
fa marche. Celui-ci raffuré par la pureté de fes intentions,
continue fa route ; il apperçoit l'héroïne de la France',
& va vers elle : --- *Jeanne, on m'a rapporté que vouliez me*
guerroyer ; je ne fçay fi vous êtes de par Dieu ou non : fi
vous êtes de par Dieu, je ne vous crains mie, car Dieu co-
gnoift mon bon vouloir ; que fi vous êtes de par le Diable,
je vous crains encore moins. Richemont ne put venir
à bout d'adoucir les fureurs de l'envie : on voulut même
le faire affaffiner , & il eut la grandeur d'ame de pardonner
au miférable qui s'étoit chargé de commettre ce meurtre.
Devenu, par la mort de fes neveux, duc de Bretagne , il fe
fit toujours honneur de porter les marques de connétable
de France. Ce prince contribua , par la fageffe de fes
confeils & par fa fermeté , à la création d'une milice per-
manente (des compagnies d'ordonnance) ; & , de ce moment, naquirent, en quelque forte, parmi nous, l'agriculture,
le commerce & les arts.

triomphe lui coûta peut-être plus d'efforts que
le premier. Ce prince ajoûta l'éclat perfonnel
à la dignité éminente de connétable : nous lui
devons les fondements de notre milice françaife.
Artur paffoit une partie de l'année à fon château
de Partenai, avec fa nouvelle époufe, Catherine
de Luxembourg : il avoit quitté cette retraite,
qu'il aimoit, pour venir affifter aux noces du
fouverain, fon neveu.

Avant d'aller plus loin, il feroit néceffaire de
donner une idée des trois princes Bretons. Le
duc abandonnoit la molleffe de fes penchants,
aux impreffions tyranniques de fes favoris, qui,
felon la coutume, plioient au mal fes meilleures
difpofitions ; cette faibleffe morale, qu'on peut
regarder comme un défaut fupportable dans un
particulier, & qui devient pour un prince une
fource d'erreurs les plus funeftes & quelquefois les

Catherine de Luxembourg, &c. C'étoit la troifieme femme
de Richemont : fa première avoit été Magdeleine de
Guyenne, fœur du duc de Bourgogne ; & fa feconde,
Jeanne d'Albret, fille du fire d'Albret, & niéce du comte
de la Marche. Les auteurs de Catherine de Luxembourg
étoient, Pierre, comte de St. Paul, & Marguerite de Baux

A iv

plus criminelles, fait difparaître les bonnes qualités
de François. Sa libéralité, fa bravoure, n'ont pu
l'abfoudre, aux yeux de la poftérité, d'une action
barbare & atroce, dont on va rappeller le fouvenir, pour l'inftruction des princes & de tous les
hommes ; les flatteurs meurent avec les grands,
& l'hiftoire leur furvit : c'eft ce juge incorruptible & impartial, qui accufe aujourd'hui
& condamne irrévocablement le duc de Bretagne
à une mémoire auffi coupable qu'odieufe.

Pierre, non moins faible que fon aîné, à une
humeur fombre & chagrine, joignoit une dévotion
peu éclairée, qui alloit jufqu'à la fuperftition : tout
excès eft à rejetter, même dans la vertu ; quoique
marié, il vécut célibataire, & dans fes dernières
années, il fe foumit aux macérations du cilice.

Le prince de Bretagne, bien différent de fes
frères, faifoit éclater une ame indépendante, &
déterminée dans fes moindres mouvements ; fes
defirs les plus vagues étoient des paffions domi-
nantes ; tout l'enflammoit ; aveugle conféquemment fur les fuites, il n'envifageoit que l'objet
préfent, le faififfoit avec tranfport, & lui faifoit
tous les facrifices ; fa bonté même fe reffentoit de

fon extrême violence ; il dédaignoit cette politique fi néceffaire aux hommes , & fur-tout à ceux
de fon rang : il ne favoit point fe déguifer, & s'impofer un frein, toujours prêt à céder aux premières faillies de fon caractère impétueux : auffi
fut-il emporté d'imprudences en imprudences , &
de malheurs en malheurs ; leçon frappante pour
quiconque ne s'attache point à fe combattre & à
fe fubjuguer ! Cette fougue indifcréte , vice bien
dangereux , car on auroit de la peine à lui donner un autre nom , perdit entièrement le prince
de Bretagne,& rendit inutile le fruit de fes vertus :
elles n'ont fervi qu'à infpirer en fa faveur une
pitié tardive & ftérile , faible récompenfe des
infortunés qui n'ont point mérité leurs difgraces.
Il femble que la nature humaine, par ce tribut de
compaffion , veuille dédommager l'innocent malheureux des épreuves cruelles & injuftes qu'elle
lui a fait fubir, tandis qu'il exiftoit ; cette efpèce de
réparation eft-elle capable de nous fauver d'un reproche , qui n'eft peut-être que trop fondé :
l'homme fe montre fouvent la plus méchante & la
plus barbare de toutes les créatures.

François s'empreffoit de fe revêtir du manteau

ducal, & de former une nouvelle union qui lui
mettoit devant les yeux une perspective brillante :
la princesse d'Ecosse, en lui donnant sa main, ajoutoit à sa dot des prétentions que le temps & les
circonstances pouvoient réaliser : il étoit arrêté
que si le roi son père venoit à mourir sans enfants
mâles , Isabelle lui succéderoit, & porteroit le
sceptre à son époux.

La double cérémonie du couronnement & du
mariage, avoit rassemblé auprès de François la
noblesse la plus distinguée , les Rohan, les Laval ,
les Léon , les Châteaubriant , les Rieux , les

La Princesse d'Ecosse, &c. Isabelle, fille puînée de Jacques I du nom, roi d'Ecosse, & de Jeanne de Sommerset:
dès l'an 1437, le duc, Jean V, l'avoit fait demander pour
un de ses fils ; il paraît que cette alliance ne pouvoit regarder que Gilles de Bretagne , ses deux freres étant déjà
mariés. Le roi d'Ecosse avoit alors refusé sa fille ; Iolande
d'Anjou , femme de François , étant venue à mourir , Isabelle épousa ce prince ; & il fut même réglé, disent quelques historiens, que, si le roi d'Ecosse ne laissoit point
d'enfans mâles , la duchesse de Bretagne succéderoit à
ses états, quoiqu'elle fût puînée de Marguerite, femme du
dauphin.

Guémenéé, les Beaumanoir, les Château-Giron, les Coëtquen , &c. , & une infinité d'autres feigneurs qui, par l'éclat de la richeffe & de la naiffance , élevoient la cour de Bretagne à côté des premières de l'Europe.

Ces fêtes durèrent plufieurs jours ; elles n'étoient point encore terminées, quand le prince de Bretagne demande au duc un entretien particulier ; il fe hâte de prendre la parole : —— Mon frère, il m'eft impoffible de réfifter à mon impatience. Vous voilà au comble de vos vœux , poffeffeur d'une époufe aimable qui m'avoit été deftinée ; peut-être , un jour , vous verrai-je fur le trône d'Ecoffe ; tel eft votre fort ; le mien n'eft pas encore fixé, & il ne tient qu'à vous de le remplir. J'aime, j'adore la beauté même ; je fuccombe au chagrin, fi je tarde un moment à conduire la charmante Alix à l'autel. Pardonnez : je vous ai fait un myftère de mon amour ; je me fuis cru obligé à cette efpèce de diffimulation ; des parents enchaînés par je ne fais quelle promeffe indifcrète, arrachée à leur faibleffe, traverfoient mon bonheur; ils ne font plus; tout obftacle a ceffé avec leur vie; je fuis aimé ; le fang de Dinan , vous ne l'ignorez pas ,

peut s'allier avec celui de fes fouverains ; je n'attends plus que votre aveu ; je vous le demande
comme à mon maître ; comme votre frère , je le
follicite avec toute la vivacité de la tendreffe mu-
tuelle que nous nous devons ; à l'un & à l'autre
titre , je me flatte d'obtenir ce confentement ; ma
félicité , ma vie même lui eft attachée ; que mon
hymen fuive de près le vôtre !

François promet à fon frère de l'appuyer de fon

Le fang de Dinan , &c. La maifon de Dinan , une des
plus illuftres de la Bretagne , poffédoit plufieurs belles
terres , comme Château-Briant , Montafilant , Beaumanoir ,
Bain , la Hardouinaie , le Guildo , les Huguetières , &c.
Alix Françoife de Dinan , devoit les porter en dot , à celui
qu'elle épouferoit : elle étoit fille unique , & héritière de
Jacques de Dinan , feigneur de Bodifter , au diocèfe de
Léon , & de Catherine de Rohan : elle avoit été promife
par fon père & fa mère , non à Artur de Montauban , qui
en étoit , il eft vrai , éperduement amoureux , mais au fire
de Gavre , fils du comte de Laval ; & cette promeffe avoit
été appuyée d'un écrit figné de l'un & de l'autre ; ce
ne fut qu'après leur mort , que le prince de Bretagne
fit éclater un amour , où fe manifefta toute la violence de
fon caractère.

autorité, lui prodigue toutes les caresses, s'intéresse à son fort comme au sien propre. Le prince se croit déjà l'époux d'Alix ; il vole à ses pieds : —— Point d'expression qui peigne l'ivresse de ma joie ; le duc est informé de tout. Il sait, divine Alix, que je vous idolâtre, que je brûle de porter le nom de votre époux ; plus de contrariété. Enfin je vous posséderai ! Je serai toujours votre amant le plus passionné, le plus heureux. Ah ! que le duc règne sur la Bretagne ; qu'il m'ait laissé un médiocre apanage dont ma naissance & la légitimité de mes droits doivent être offensés : j'étouffe pour jamais la plainte. N'ai-je pas obtenu

---

J'étouffe pour jamais la plainte, &c. Gilles de Bretagne avoit déja marqué son mécontentement sur la médiocrité de son apanage, qui ne consistoit que dans la terre de Chantocé : le surplus étoit assigné en argent sur les revenus du domaine. Ce prince s'embarrassoit peu de dissimuler sa mauvaise humeur ; il se tenoit presque toujours éloigné de la cour. Cette conduite si mal-adroite servit à ses ennemis de prétexte pour machiner un tissu de calomnies, & pour le perdre. Il faut dire encore que la seigneurie de Chantocé relevoit du duc d'Anjou, & le propriétaire en devoit l'hommage à ce dernier. Cette vassalité déplai-

tout ce que je pouvois defirer ? maîtreffe adorable, ne fuis-je pas au-deffus de mon frère.... du premier monarque du monde ? Vous levez vos beaux yeux fur les miens ; je lis dans vos regards que vous agréez mon hommage : Ah ! dites, répétez cent fois que c'eft le prince de Bretagne qui vous a fait connaître la fenfibilité ; la vertu vous défendroit-elle cet aveu ?

Il couvroit de baifers enflammés une des mains de la belle Alix qu'il tenoit entre les fiennes; il laiffoit échapper ces larmes qu'arrache l'excès du fentiment, qui font fi expreffives, & qui ont tant d'empire fur un jeune cœur ! Prince , lui répond mademoifelle de Dinan, en rougiffant, que me demandez-vous? que voulez-vous ? oui , fans doute , c'eft vous qui m'avez appris que j'avois une ame, hélas, trop fenfible ! vous feul avez été l'objet de mes premiers regards , de mes premiers foupirs ; j'ai refpiré , en quelque forte, avec la vie ; cette tendreffe

---

foit fort à un jeune prince orgueilleux de fa naiffance; il auroit voulu avoir un partage femblable à celui de fon frere Pierre de Bretagne; & de-là une des caufes de fes malheurs.

qui m'a déjà caufé tant de peines , & nous ne
touchons pas à leur terme. Ignorez-vous que mon
père & ma mère revivent dans un oncle qui a
hérité de leur pouvoir fur moi ? Le maréchal de
Bretagne n'a-t-il pas pour vous leur éloignement
invincible , cette opiniâtreté, dirai-je tyrannique,
qui combat notre union , qui me contraint à vous
fuir , à fupporter la recherche , ou plutôt la perfécution d'Artur de Montauban ; on m'en fait une
loi ; on prétend que mon père & ma mère ont
engagé leur parole , que c'eft à moi de la remplir,
cette promeffe , qui me coûtera la vie. Vous vivrez, vous ferez mon épouse , réprend vivement
le prince , & il n'eft point fur la terre de puif-
fance qui m'empêche de former ces nœuds. Non ,
je n'en connais point. Quiconque oferoit préfen-
tement fe déclarer mon rival , qui en concevroit la
feule idée .... doit trembler. Qu'on ne force pas
mon amour à s'armer de la violence : il s'empor-

Dans un oncle, &c. Bertrand de Dinan , maréchal de
Bretagne.

Artur de Montauban aimoit éperduement la jeune Dinan,
& fe flattoit d'obtenir la préférence fur fes rivaux.

teroit à des excès.... Je vous aime , je me fens
capable de tout ; vos auteurs n'exiftent plus ; vous
êtes libre ; vous êtes à moi ; j'ai l'aveu de mon
frère ; j'ai le vôtre ; je braverois l'univers entier.
L'audacieux Artur voudroit-il plus long-temps le
difputer au frère de fon maître ? Et quand je ne
pourrois m'applaudir des avantages de la grandeur,
perfonne , non, perfonne n'auroit mon cœur enflammé : il n'y a que le prince de Bretagne
qui fache aimer l'adorable Alix comme elle mérite de l'être. Mais , divine maîtreffe , écartons
ces nuages , & n'envifageons que l'autel... Tout
nous annonce notre bonheur prochain ; tout favo-
vorife une union que le ciel lui-même a fans doute
déjà formée.

Cet amant , frappé d'une perfpective flatteufe , court dépofer fes tranfports dans le fein de
fon ami Tangui , bâtard de Bretagne , tandis
qu'Alix s'obftinoit à repouffer cette image trop
féduifante.

Les craintes de la jeune-perfonne avoient, en
effet , quelque fondement. Le prince fe voyoit à
la cour des ennemis implacables , qui machinoient
fourdement fa perte ; les plus puiffants motifs
les

les follicitoient à la vengeance ; Artur de Montauban plein de l'effervefcence d'une paffion qui ne
connaît rien de facré pour arriver à fes fins , brûloit
de fe délivrer d'un rival dangereux. Jean de Hingant, gentilhomme du palais, ne nourriffoit pas dans
fon cœur une flamme moins dévorante : il avoit
reçu de mauvais traitements de la part du prince
de Bretagne , & l'amour-propre offenfé a toutes les
fureurs de l'amour jaloux. A ces deux perfonnages,
étoit affocié Jacques d'Efpinai , évêque de Saint-

Jacques d'Efpinai , &c. Ce prélat , indigne du facré miniftère, nous eft repréfenté par les hiftoriens, comme un
efprit turbulent & factieux , qui ne s'occupoit que d'intrigues fourdes & féditieufes ; il eut la mortification de fe
voir dans la fuite nommer un coadjuteur , & il mourut accablé de chagrin, dans un coin de fon diocèfe : jufte châtiment
de la part qu'il fût foupçonné d'avoir eu aux perfécutions qu'effuya le malheureux prince de Bretagne. On
obfervera que d'Efpinai s'étoit muni d'un bref du pape
Nicolas V, qui le lavoit de ce foupçon odieux ; mais ce bref,
quelque refpectable que fût la fource d'où il émanoit, n'en
avoit point impofé au public : l'évêque demeura toujours
coupable à fes yeux ; fa mémoire n'a pas même été dé-
chargée de l'accufation ; il n'y a point jufqu'au crime de

Malo, & enfuite de Rennes ; ils dirigeoient à leur gré l'efprit du fouverain : inftruits de la converfation qu'il venoit d'avoir avec fon frère, ils drefferent leurs batteries pour combattre & détruire, s'ils le pouvoient, l'objet de leur inimitié.

Tangui, auffi peu confiant qu'Alix, n'adoptoit point les rêves flatteurs d'une imagination qu'égaroit l'amour. Mon frère, difoit-il au prince, fi les loix m'ont défendu de prononcer ce nom qui m'eft fi cher, la nature plus indulgente me le permet, & c'eft tout mon cœur qui le profère ; oui, le frère le plus tendre & le plus éclairé fur vos intérêts, vous parle en ce moment : n'ouvrirez-vous jamais les yeux à la vérité ? vos defirs vous emporteront-ils toujours au point de ne vous arrêter qu'à de vaines erreurs ? comment pouvez - vous efpèrer que Bertrand de Dinan confente à vous donner fa nièce, quand il attache fon honneur à remplir les volontés de fes parents, engage-

---

maléfice, dont on s'eft avifé de le noircir. Il contribua, dit-on, à la maladie & à la mort de Pierre II, fucceffeur de François, dans la fouveraineté de Bretagne.

ment renouvellé au lit de la mort, quand Artur de
Montauban eſt enfin nommé l'heureux... N'achève
pas, cruel, interrompt le prince, tu dis....
Artur ...l'époux d'Alix ! ... Alix dans les bras d'un
autre !.. cette image .... tu me connais ; tu ſais...
qu'on ne m'y contraigne point : j'appelle l'Anglais ſur ces côtes ; la Bretagne nageroit plutôt
dans le ſang , ... ne ſeroit plus qu'un monceau de
cendre.. ... Tangui, mon cher Tangui, puiſque
le nom de frère te touche, je t'en conjure par ces
nœuds qui nous uniſſent, épargne à mon amour
des tableaux ... le duc ne ſouffrira point qu'Artur l'emporte ; mille coups de poignard lui perce-
roient, lui déchireroient le flanc, avant qu'il eût ſeulement projetté le deſſein de me ravir Alix. Alix ...
c'eſt un cœur comme le mien qui ſait t'aimer... Tangui, je poſſéderai ſes charmes ; mes yeux s'attache-
ront ſur ces yeux enchanteurs... laiſſe moi, laiſſe-moi
me remplir d'un bonheur dont je ne ſaurois douter.
Ah! mon frère, quand je ne goûterois d'autre félicité
que d'être à ſes pieds, que de pouvoir lui répéter cent
fois que je l'aime à l'idolâtrie , ne ſerois-je pas le
plus fortuné des mortels ? Qu'eſt-ce que la grandeur , l'éxiſtence ſans Alix ? Il faudra bien que

B ij

le maréchal cède à l'autorité. ... Tu parles d'une promeffe? Tous les morts s'élèveroient de la nuit de la tombe, je les défierois tous. Encore une fois, Tangui, ne jette point de nuages fur le beau jour que je vois briller ; tu te plais, mon frère, à me caufer des tourments.... fens-tu combien je fouffre ? Eh ! mon frère, c'eft moi qui fouffre encore plus que vous ! je contemple avec douleur la foule de maux qui vous font préparés; je vous aime fans doute, & vous en êtes perfuadé : mais je ne puis vous cacher la profondeur de l'abîme où vous courez vous brifer; j'écarte les fleurs que vous femez à pleines mains, & j'envifage toute l'horreur du précipice...vous avez des ennemis ... —J'infulte à leur haine impuiffante. —— Si du moins vous les ménagiez ! —— Je dédaigne cet art de la cour, & je veux qu'ils foient pleinement convaincus que je les méprife, encore plus que je ne les détefte. — Vous êtes prince, feigneur. —— Je fuis l'amant d'Alix, & tous mes vœux font d'être fon époux.... Mon cher Tangui, pardonne à mes tranfports ; ma raifon s'égare, lorfqu'on offre feulement le moindre obftacle au plus ardent amour. Mon ame t'eft dévoilée ; je fuis bien loin d'em-

braffer une vengeance dont j'ai moi-même horreur.
Qui ! moi ! j'apporterois le flambeau de la guerre
dans ma patrie ! Non, ne le crois pas, ne le
crois pas : le duc & l'état n'auront jamais de
défenfeur plus zélé que ton frère ; tu m'oppofes des
ennemis ! en ai - je mérité ? Il eft vrai que je me
fuis oublié à l'égard d'un gentilhomme, que j'ai
offenfé Hingant : mais tu ne te reffouviens donc
pas que la réparation a fuivi de près la faute ?
Je n'ai point rougi de lui faire des excufes ; je
fuis prêt encore à lui accorder tous les genres de fatisfaction qu'il éxigera. Ami, je porte le cœur le
plus fenfible ; cette malheureufe paffion n'a fervi
qu'à l'enflammer encore davantage ; c'eft du feu
qui brûle dans mes veines, & tu l'irrites ! Tu verfes
dans mon fein tous les poifons ! Tu me fais voir
Alix... ne m'ôte pas mon efpérance : elle fera
dans mes bras ! ou ... qu'on m'arrache donc ce
cœur dévoré de l'amour le plus violent ... & le
plus digne de pitié.

Le prince, à ces mots, laiffe échapper quelques
larmes ; Tangui eft obligé, pour le confoler, de
changer de langage, & d'adoucir du moins les
vérités qu'il venoit de lui préfenter.

Alix n'étoit pas moins à plaindre : son oncle irrité l'accabloit de reproches : —— Ma nièce se montrera donc rébelle à mes volontés, aux ordres absolus de ceux qui lui ont donné la naissance ! N'ont ils pas eux-mêmes serré cette chaîne à laquelle tu dois aveuglément te soumettre ? Leurs mains défaillantes n'ont - elles pas fait un effort pour tracer cet écrit , cet engagement sacré . . . tu ne saurois t'y refuser , sans te souiller d'une bassesse , d'un crime, sans faire partager à tes auteurs la honte du parjure. Ne cherche point à te défendre , en te rejettant sur des sentiments . . . que tu dois étouffer. Des cœurs tels que les nôtres ne connaissent que l'honneur : voilà notre principe , notre loi , notre unique passion. Nous abandonnons l'amour à ce vulgaire auquel il est permis de suivre à son gré les penchants qui l'égarent ; nous ne sommes élevés au-dessus des autres hommes , que pour combattre nos goûts , pour nous vaincre , pour nous sacrifier sans réserve. Notre prérogative est de servir de modèle à tout ce qui nous environne. Eh ! que seroient les avantages de la noblesse , si nous ne les achetions au prix des plus hautes vertus ? Artur de Mautauban est d'une maifon égale à la nôtre. Marche à l'autel ; donne lui ta main, & ne te remontre à mes yeux que l'épouse d'Artur, ou... quel mot va m'échapper ? j'aimerois mieux, oui, j'aimerois mieux te voir dans la tombe que vivante, pour rejetter des nœuds.. tu n'as point d'autre parti à prendre... que ton devoir, & il faut lui obéir.

Ah ! feigneur, s'écrie Alix toute en pleurs, & en tombant aux genoux du maréchal, daignez m'écouter... vous êtes mon père ; je l'éprouve aux témoignages de bonté que vous me prodiguez. J'oferai vous interroger : a-t-on pu difpofer de ma main, fans confulter un cœur déchiré de toutes parts ? Sans doute mes auteurs m'ont été chers : je conforve, j'aime, je bénis leur mémoire ; ils ont, tous les jours, mes regrets & mes larmes ; je fuis encore pénétrée de refpect & de foumiffion pour leurs volontés : mais mon devoir m'ordonne - t - il de me rendre éternellement malheureufe ? car une infortune conftante, un fupplice continuel, m'attend dans ces liens dont on veut m'enchaîner. Pourquoi mes parens ne m'ont-ils pas éloignée de la préfence du prince de Bretagne ? Pourquoi ont-ils fouffert fes vifites, fes entretiens ?

B iv

Ce n'eſt point ſa grandeur que j'aime. Si vous le connaiſſiez, ſi comme moi vous liſiez dans ſon cœur.... —— Vous n'aurez point d'autre époux qu'Artur. Je vous l'ai dit : votre mort.... —— Eh bien, mon oncle, plutôt cent fois mourir que de ſouſcrire à cette barbare promeſſe ; du-moins, qu'il me ſoit permis, loin de la cour, loin de tout l'univers, d'aller enſevelir ma douleur dans une profonde ſolitude ; là, toute entière à moi... —— A vous ! vous n'êtes point à vous : vous appartenez à l'état, à votre famille, à l'honneur ; vous en êtes l'eſclave ... & vous en ferez la victime.

Auſſi-tôt le maréchal ſe retire, en laiſſant Alix qui étoit encore proſternée à ſes genoux, & qui ne lui adreſſoit plus que des gémiſſements étouffés par les ſanglots.

Le duc fait inviter ſon frère à ſe rendre au palais. Le prince accourt, plein d'impatience ; il ne doute point qu'il ne touche au moment où commencera ſon bonheur ; il entre avec précipita-tion : —— Je me ſuis hâté d'obéir aux ordres de mon maître & de mon frère ; il ne ſauroit aſſez tôt prononcer ſur ma deſtinée, ſur mon éxiſtence même ; car c'eſt la mort ou la vie qu'il va me don-

ner. Mon frère, répond le duc, vous ne devez
pas être incertain fur mes fentiments à votre égard;
ils font invariables. J'ajoûterois encore avec plaifir
aux droits de la nature; mon amitié s'attache à
leur prêter une nouvelle force : mais votre frère,
avant que d'écouter la voix du fang, eft fouverain.
J'ai des fujets, l'équité à fatisfaire ; mon devoir
eft de m'immoler moi même, pour ne m'occuper
que de leurs intérêts; j'ai vû le maréchal de Dinan :
il eft infléxible. Montauban a reçu fa parole, celle
d'une famille entière ; Montauban fera donc malgré vous, malgré moi, l'époux d'Alix. Il faut
vous vaincre & m'imiter.

Le prince, en mettant la main fur la garde de
fon épée : —— Je n'ai plus d'autre appui que ce
fer, & il me vengera de l'infolence d'Artur; je
lui céderois Alix!.. cruel! vous n'êtes point mon
frère, vous êtes mon tyran, mon bourreau ... mais
je faurai.... je n'ai pas befoin de votre pouvoir....
Ah! mon frère, mon frère, étoit ce là le prix de
ma tendreffe? —— Vous avez raifon de me nommer
votre frère; je veux bien écarter le maître; ce n'eft
pas lui qui vous entend, vous l'offenfez : c'eft
votre frère, c'eft votre ami le plus zélé qui prend

ici pitié de votre fituation , qui ferme l'oreille à vos emportements, qui pleure avec vous ; verfez , verfez vos larmes dans mon fein ; plaignez-vous du fort ; accufez une étoile malheureufe qui vous a précipité dans une paffion... que le prince de Bretagne doit abfolument repouffer. Nous nous devons à nos inférieurs; loin de chercher à rendre le maréchal parjure, c'eft à nous, mon frère , d'appuyer fa promeffe, de la garantir ; je vous l'ai dit : mon devoir eft de tout immoler, de me fa-crifier moi-même , pour faire triompher la juftice ; je m'arrache le cœur, en déchirant le vôtre par un refus dont je fens toute la rigueur : mais, prince, mettez vous à ma place, foyez fouverain, & ofez me dicter ce que j'ai à faire ; j'en appelle à votre dé-cifion, prononcez.... vous êtes dans l'accable-ment!.. Je verrai le comte de Richemont; vous vous en rapporterez à fa fageffe éclairée ; il vous aime, il connaît les loix de l'honneur ; je vous laiffe à fes confeils & à vos propres réflexions.

L'amant d'Alix fe livre à tout l'excès de fon agitation ; il court après le duc : —— Mon frère !... barbare ! il ne vous refte plus qu'à rou-gir vos mains de mon fang ... prenez plutôt ma

vie, que de m'enlever Alix !.. il ne m'entend point!
il me quitte !.. Non, Artur, rival préfomptueux...
tu n'auras point la préférence ; la Bretagne, le
monde entier s'armeroit en ta faveur : tu n'échap-
perois pas à ma rage, crains-en les effets ; tu
ne jouiras pas de ta conquête ; je te la difputerai ;
je te l'arracherai, fuffes-tu aux pieds des autels.

Il vole chez mademoifelle de Dinan, force les
domeftiques qui s'oppofoient à fon paffage, traverfe plufieurs appartements, court fe jetter aux
genoux d'Alix qu'il trouve feule & abîmée dans
la plus profonde douleur : —— C'eft à tout ce
que j'aime, que j'ai recours ; mon frère, la
Bretagne, les hommes, la terre, le ciel, tout
m'abandonne, me trahit, a conjuré ma perte ;
l'amour fe déclareroit-il auffi contre moi ? Ah !
chère Alix, unique objet qui m'attache à la vie,
vous me voyez mourant, frappé des coups les plus
fenfibles ; mon éxiftence ne tient plus qu'à un foupir
le laifferez-vous exhaler ce foupir rempli de mon
amour ? Oui, le duc... qu'il me fait bien fentir le
poids de l'autorité fuprême ! le duc eft réuni au maréchal, à mes ennemis pour m'affaffiner ! Il vient, le
croiriez-vous ? de me dire qu'il faut que je renonce....

Il ne m'eſt pas poſſible d'achever ; non, je ne
verrai point un autre porter le nom de votre époux..`
j'accours ... c'eſt à vous de régler mon ſort ; je
vous demande un mot , un regard ... du-moins
ce ſera votre main qui me percera le cœur. ——
Relevez-vous , prince , écoutez-moi , & armez-
vous de votre courage. Les bleſſures que j'ai
à vous faire , je les ai déjà toutes reſſenties. Prince,
il ſeroit inutile de vous cacher l'empire que vous
avez ſur mon ame ; depuis long-temps elle vous
eſt aſſervie : c'eſt par vous, hélas ! que j'ai appris à
aimer ; je ne doute point que vous ne me rendiez juſtice ; je n'ai point vû en vous le frère de notre ſouverain ; la grandeur n'inſpire pas l'amour : mon cœur
s'eſt laiſſé toucher pour l'amant le plus digne d'être
aimé ; la vertu n'a fait qu'échauffer notre tendreſſe·
Nous eſpérions ſurmonter les obſtacles ... j'imaginois que mes parents dans le tombeau me rendoient à moi-même , qu'il m'étoit permis de défavouer une promeſſe contractée ſans mon conſentement , qu'enfin ma main & mon cœur ſeroient
à moi... Je me plaiſois à nourrir une erreur ſi
chère .... ce malheureux amour m'abuſoit. Le
maréchal mon oncle , à qui mes auteurs ont tranſ-

mis tous leurs droits, m'a ouvert les yeux sur l'o-
bligation à laquelle il faut néceſſairement me ſou-
mettre; mon devoir, mon honneur, mes parents
l'ordonnent; mes parents me crient du ſein de la
mort, que leur parole eſt la mienne, que je n'ai
point la liberté du choix; qu'en un mot, ils ont
fixé mon ſort irrévocablement, & c'eſt Artur...
qui doit recevoir ma main... — Vous la lui don-
neriez! —— Eh! comment, comment me dérober
à mon affreuſe deſtinée ? Oui, prince, oui, un autre
aura ma main. Mais pourrois-je ajoûter à ce don
un cœur... qui ne ſait point aimer, interrompt le
prince avec emportement. Perfide vous parlez
d'une promeſſe qui vous lie: eh! comptez-vous pour
rien les ſerments d'une tendreſſe que je croyois avoir
méritée? L'honneur, dites-vous, éxige ce ſacrifice;
l'amour, un amour tel que je le ſens, n'a-t-il aucuns droits à reclamer ? Allez, que le préſent
du cœur ſuive de près celui de la main... c'eſt à
moi de vous montrer comme on aime.

Auſſi-tôt, le prince furieux, ſaiſit ſon épée, la
met ſur ſon cœur : elle alloit le percer, malgré
l'effort & le cri d'Alix : une voix inattendue s'é-
lève : arrêtez, arrêtez... je viens vous rappeller à
la vie. Le prince reconnaît Tangui. —— Ah! mon

frère, vous m'aimez, & vous voulez que je vive!
ignorez - vous mes malheurs, l'horreur de ma
situation? —— Je sais tout, je sais que le maréchal
a rangé le duc de son parti, que Montauban triom-
phoit : mais le connétable, votre oncle, vous
cherche ; il a eu une longue conversation avec le
duc, & l'on ne doute point que vous ne l'empor-
tiez. — Mon cher frère, seroit-il possible ? j'obtien-
drois Alix ! & vous, madame... vous pleurez,
divine maîtresse de mon cœur ! ah ! pardonnez,
pardonnez si j'ai paru douter de votre amour. C'est
moi, prince, répond Mademoiselle de Dinan,
qui dois vous accuser de cruauté... Allez reclamer l'appui du comte de Richemont ; qu'il nous
protège, qu'il gagne le duc, qu'il fléchisse mon
oncle, & vous verrez si Alix ne sait point aimer.

Tangui entraînoit le prince de Bretagne auprès
du connétable. Cet amant réduit au désespoir,
avoit passé en quelque sorte de la mort à la vie ;
il se faisoit incessamment redire que son sort alloit
changer, que toutes les apparences se déclaroient
en sa faveur. Ils arrivent chez le comte de Richemont, qui du plus loin qu'il apperçoit son
neveu, vole à lui, le prend dans ses bras : ——
Le duc m'a tout raconté. Je suis charmé que Tangui

ait bien voulu vous accompagner, & qu'il en-
tende notre converfation. Prince, vous m'êtes
cher, vous ne l'ignorez point ; tous les témoignages d'une tendreffe à l'épreuve, vous pouvez
les attendre de votre oncle : mais cette amitié ne
fauroit être aveugle : c'eft à la fermeté d'un vieux
foldat, de combattre un jeune cœur qui cède à
des faibleffes impardonnables. Croyez-moi, j'ai
aimé, & j'ai fenti qu'on pouvoit vaincre l'amour
comme les autres paffions. Quel eft l'objet de cette
ardeur que vous entretenez, bien loin de chercher à
l'éteindre ? la nièce du maréchal de Bretagne, promife par fon père & fa mère, par le maréchal lui-
même, à un homme de qualité qui la regarde en
quelque forte comme fon époufe. Vous conviendroit-il de brifer des nœuds qui font prefque formés ? On dit que c'eft une promeffe authentique
qui a garanti cette union ; & vous, frère du fouverain de la Bretagne, vous qui pouvez régner un
jour, vous vous oppoferiez à un engagement fo-
lemnel ! vous voudriez qu'un parjure éclatant mît
Alix dans vos bras ! Mon oncle, interrompt le
Prince, le refpect m'a forcé jufqu'ici de vous écouter : on a fu auffi vous prévenir ! Je ne vous répé-

terai point ce qui auroit dû me juſtifier dans l'eſprit de mon frère. Les auteurs d'Alix ont diſpoſé
de leur fille ſans la conſulter ; depuis long-temps
nous nous aimons ; mon amour devoit être couronné par l'hymen ; quels droits imaginaires fait
valoir ici le téméraire Artur ! Les parents d'Alix
ſont dans le tombeau ; elle eſt affranchie de cette
eſpèce d'eſclavage qui paſſe les bornes de la ſoumiſſion. Le maréchal de Bretagne eſt le ſeul aujourd'hui dont le caprice tyrannique s'obſtine à
faire mon malheur éternel , celui de ſa niéce ; je
ne fléchirai point ſous des volontés que le prince
de Bretagne ne doit pas reconnaître. Mon oncle ,
je ne dirai qu'un mot , ou Alix eſt mon épouſe , &
je n'en aurai jamais d'autre , ou ... ſeigneur ,
qu'on ne fatigue pas une ſenſibilité prompte à
s'allumer.... Je ne répondrois point de mes
tranſports. Un amour.... tel que le mien ... ſeigneur ... Mon cher oncle, j'embraſſe vos genoux ,
j'y porte mes larmes : —— Des pleurs , prince ! ——
Ils vous peignent l'excès de ma douleur , celui
d'une paſſion qu'il m'eſt impoſſible de vaincre... Ah !
qu'on craigne que ces larmes ne ſoient expiées :
elles m'humilient , je l'avoue.... Je n'ai point
encore

encore de reproches à me faire. J'aime, j'a-
dore Alix; l'idée seule qu'elle ne seroit point à
moi, me jette dans le désespoir; mon frère &
vous, vous consentirez... vous la mettrez dans mes
bras!... Si j'implorois le roi d'Angleterre...
— Prince, c'est au roi d'Angleterre que je vous
envoye; j'ai sollicité le duc: je l'ai pressé de vous
charger d'une négociation aussi importante qu'honorable; j'ai même été jusqu'à répondre de vous.
Le monarque Anglais vous aime; nourri à sa cour,
vous posséderez les moyens de vous le concilier; il
s'agit de procurer la paix à deux nations lasses de s'en-
tre-déchirer, & qu'une trop longue guerre détruit
également; il ne peut être une plus glorieuse média-
tion, & c'est à vous qu'est confié le destin des deux
premiers états de l'Europe, à vous qui vous plaignez
de votre frère, de moi, de la Bretagne, à vous
que transporte un amour furieux, à vous qui me

J'implorois le Roi d'Angleterre. Gilles de Bretagne avoit
été élevé à la cour de Henri, qui l'aimoit beaucoup. Il faut
avouer que le premier, soit reconnaissance, soit inclination, étoit extrêmement attaché aux Anglais, ce qui servit
de prétexte à ses ennemis pour assurer sa perte, & le noircir
dans l'esprit de son frère.

Tome II.   C

menaciez, en ce moment, de céder à une violence puniffable...... Jugez fi je vous eftime. Ah! feigneur, s'écrie le prince, en fe précipitant dans les bras de fon oncle, & en pleurant d'admiration, vous me connaiffez : oui, je m'efforcerai de mériter cet excès de générofité de votre part ; ces larmes vous difent combien ce procédé fublime me pénètre ; oui, je juftifierai votre choix ; je vole en Angleterre ; je mets en ufage tous les refforts, pour faire tomber les armes des mains de deux peuples qui font nos alliés, pour vous prouver... que le prince de Bretagne, éperdu d'amour, eft incapable d'une lâcheté. Seigneur vous avez bien raifon de ne point appréhender que j'immole la gloire & l'honneur à cette paffion qui me dévore ; je cours m'acquitter de ma commiffion, & après avoir rempli mon devoir, je reviens en demander le prix ; fongez, je vous en conjure, qu'il n'en eft point d'autre qu'Alix. —— Arrêtez, prince : n'allez pas croire que j'achete votre fidélité, en flattant vos efpérances ; je vous l'ai dit : je vous eftime affez pour ne rien craindre de votre reffentiment, & moi-même, je fuis le premier à m'y expofer. Non, je ne prétends point vous féduire; je vais plus loin : je vous déclare que fi votre frère pouvoit avoir la faibleffe de céder à vos defirs, je m'éléverois pour les combattre. Vous voyez que je vous parle avec une franchife.... dont vous n'abuferez pas , j'en fuis certain. Après cet aveu, partez...tout ce que je puis vous promettre, & ce que l'honneur me permet de vous accorder : dans le deffein de vous préparer à vaincre une paffion que vous devez rejetter , j'engagerai le duc à faire différer, jufqu'à votre retour, le mariage d'Alix... — Quoi, feigneur... — Je n'ai plus rien à vous dire ; je vous attends chez votre frère ; hâtez-vous de vous y rendre.

Le prince refte feul avec Tangui : —— Voilà donc tout ce que je puis efpérer ! & l'on croit que je changerai de cœur , que cet amour...je reviendrai plus enflammé, plus déterminé à lui tout facrifier. Non, Artur, non, tu ne feras point l'heureux mortel... à cette image toute ma fureur fe réveille &... que dis-tu du connétable ? quelle vertu infléxible , odieufe & digne en même-temps de ma vénération ! avec quelle adreffe il m'emploie auprès de Henri ! & comme il fait m'enchaîner ! Sans doute , fans doute je fuis capable de tous les crimes, fi ma paffion l'éxigeoit ; mais d'une baffeffe ... Tangui, je ne trahirai point la confiance de mon oncle ; je vais fervir la France, mon pays, mon honneur, & j'accours en ces lieux. Quitte alors de toute obligation, fi l'on ofe former ces liens cruels, je n'écoute plus qu'un amour juftement irrité ... mais peut être le temps, le temps apportera quelque changement ... pourquoi me défierois-je de ma deftinée ? Je fatiguerai cet afcendant malheureux ; on a vu le bonheur le moins attendu fuccéder à l'infortune la plus conftante. Si le maréchal de Dinan alloit fe laiffer fléchir, mon frère affurément ne s'oppoferoit point à ce qui peut faire ma félicité, & le comte de Richemont lui - même ... Tangui, mon chèr Tangui, unique ami qui me montre de la fenfibilité, fouffre qu'une perfpective confolante foutienne des jours confumés de chagrin ; mon fort s'adoucit fans doute : Artur . . . . Artur ne conduit point encore Alix à l'autel.

Le duc, ainfi que fon confeil, défapprouvoient hautement le choix du médiateur ; ils repréfentoient au connétable que charger le prince d'une négociation fi délicate, c'étoit mettre les armes aux mains d'un furieux, & peut-être hafarder le falut de la Bretagne. Ils ne doutoient point qu'il ne follicitât le roi d'Angleterre d'appuyer fes prétentions, & d'embraffer fon reffentiment ; Henri ne lui refuferoit point fon fecours ; l'intérêt même de fon état fe trouvoit lié avec les motifs d'une inclination particulière. Que vous connaiffez mal les hommes, interrompoit Richemont ! rien ne flatte tant l'orgueil humain, qu'une noble confiance : elle infpire néceffairement l'eftime de foi-même, & quiconque peut s'eftimer, quand fon penchant ne le détermineroit point, fe gardera bien de defcendre à des actions honteufes. La trahifon eft le comble de la baffeffe. Mon neveu eft né violent, impétueux, mais incapable de manquer à l'honneur. J'ai élevé encore fon ame, en lui témoignant que je ne craignois point qu'il abufât du miniftère qu'on lui confioit ; cher au monarque Anglais, perfonne n'aura plus d'empire fur lui, que le prince de Bretagne ... je réponds du fuccès. La franchife d'un foldat eft quelquefois une reffource plus affurée que tout l'art de la politique.

Franç ois confirme à fon frère la promeffe de leur

C iij

oncle, que le mariage d'Alix avec Montauban, demeureroit fufpendu ; on engagea auffi le prince à demander au roi d'Angleterre la reftitution du comté de Richemont, objet qui depuis long-temps tenoit fort à cœur aux fouverains de la Bretagne, & pour lequel leurs follicitations avoient eu jufqu'alors peu de réuffite.

L'amour ne perdoit rien de fes droits. Le prince avoit fait les apprêts de fon départ: mais il ne lui étoit pas poffible de quitter la Bretagne, fans avoir vû mademoifelle de Dinan ; il auroit tout tenté pour fe procurer un moment d'entretien avec elle ; il falloit furmonter un nombre d'obftacles, endormir la vigilance de furveillants dévoués au maréchal ; des ordres févères étoient donnés. Alix, à quelques lieuës de la cour, retenue comme prifonnière dans un château, n'avoit que la liberté de gémir en fecret : elle attendoit l'affreux moment qui devoit l'affervir à un joug détefté ; elle parcouroit un parc d'une étendue immenfe & propre à entretenir la fombre mélancolie qui n'eft guères féparée d'un amour malheureux ; fans qu'elle s'en apperçût, fes pas languiffants la conduifoient vers un petit bois folitaire où les rayons du jour ne

s'introduifoient qu'à peine ; il étoit coupé par une
fource d'eau vive qui formoit un faible ruiffeau ,
dont le murmure excitoit à la rêverie ; à quelque
diſtance, s'élevoit un fiège de gazon. C'étoit - là
qu'Alix , alloit en quelque forte , fe rendre compte
des divers fentiments qui l'oppreffoient ; fon ame
furchargée de douleur fembloit fuivre la pente
de ce ruiffeau. Les infortunés & fur - tout les
amants goûtent de la douceur à fe pénétrer de
leurs chagrins , & à fe nourrir de leurs larmes ;
ils volent au devant de tout ce qui peut approfondir leur triſteffe. C'eſt pour eux que la nature a créé
les campagnes retirées , ces ombrages épais , ces
grottes , ces torrents , tous ces fites fauvages,
muets pour les heureux , & qui parlent avec tant
d'énergie aux ames dont le malheur exerce la
fenfibilité.

Mademoiſelle de Dinan tenoit entre fes mains
une lettre du prince ; elle la relifoit & l'arrofoit
de fes larmes ; elle lui adreffoit la parole , comme
fi elle eût pu l'entendre & lui répondre. Trop
dangereux écrit , difoit-elle , pourquoi n'ai-je pas
la force de te rejetter , de te repouffer loin de
mon cœur, où je voudrois te renfermer , où tu

entretiens la source éternelle de ces peines, qui
pourtant me sont chères ? Hélas ! que sert de me
livrer à un amour... que bientôt il ne me sera
plus permis d'avouer, sans être coupable... moi
coupable ! une ardeur aussi pure est-elle faite pour
être criminelle ? Si c'est un crime ! ô ciel, je
n'en suis que trop punie ! Encore si je souffrois seule,
mais le prince éprouve de violents chagrins....
Unique objet qui occupe mon ame toute entière,
ah! que l'infortunée Alix t'est encore peu connue !
as tu pu croire un instant que mon cœur... tu le
possèdes sans réserve ; tu y régneras, je le sens trop,
jusqu'au dernier soupir. Je le dirai au maréchal,
à Montauban, au duc, à la terre, au ciel : tout
saura que je suis pénétrée pour toi de la tendresse
la plus vive & la plus malheureuse, qu'il m'est
impossible d'en triompher, que je veux... l'enflammer s'il se peut encore davantage. Non, Artur...
cruel ! je ne prononcerai point ces serments affreux ! je jurerai, oui, je jurerai de n'aimer que
le prince, &... je mourrai de mon amour. ——
Vous vivrez pour recevoir mes hommages éternels ; j'expirerois cent fois pour vous, divine
Alix, qu'il me seroit impossible de payer un seul

de vos fentiments, de ces fentiments qui malgré tout ce que j'éprouve, font le charme de ma vie.

Alix eft effrayée, mais cet effroi s'eft bientôt diffipé : elle a reconnu, elle voit à fes genoux le prince de Bretagne qui s'étoit faifi d'une de fes mains, & la couvroit de fes baifers & de fes larmes : —— C'eft vous, prince !... vous m'avez entendue ? —— Vous reprocheriez-vous de m'avoir rendu le plus heureux des hommes ? craignez-vous que je ne mérite pas une ardeur digne de tous les facrifices ? Ah ! que je meure en ce moment ! on ne fauroit goûter plus de félicité. Raffure-toi, raffure toi, adorable maîtreffe d'un cœur qui ne peut refpirer que pour la divine Alix ; je te quitte pour revenir implorer encore mon frère, le comte de Richemont, ton oncle ... je me jetterai à fes genoux ; je les embrafferai ; il ne réfiftera point à mes prières, à mes gémiffements ; ton amant tentera tous les moyens pour te dérober au fort qui nous menace ; rien ne fera rougir le prince de Bretagne, s'il peut à ce prix devenir ton époux.... du-moins ma mort eft différée : le connétable m'a engagé fa parole ; ton hymen

avec un rival odieux eſt ſuſpendu juſqu'à mon retour, & alors ... tu ne ſeras jamais dans les bras
d'Artur. Promets-moi ſeulement de me conſerver
ta foi, ton cœur... — Vous conſerver mon cœur,
prince ! eh ! eſt-ce à vous de craindre qu'il puiſſe
ſe donner à un autre ? puis-je vous ôter un ſeul moment de ma vie ? allez, partez bien aſſuré que votre
Alix .. prince, vous ne ſauriez aſſez tôt revenir.

Ils ſe renouvellent le vœu ſolemnel de s'aimer
malgré tous les obſtacles. Mademoiſelle de Dinan
détache un de ſes braſſelets qui étoit tiſſu de ſes
cheveux, & en fait don à ſon amant, qui, le ſai-
ſiſſant avec tranſport, lui prodigue mille baiſers,
& le mettant dans ſon ſein : — Il ne ſortira jamais de deſſus mon cœur : c'eſt le ſceau de notre
engagement. Songez, divine Alix, que je m'é-
loigne, aſſuré que tout ce que j'adore me reſtera
fidelle. (Tangui attendoit à quelque pas) Reti-
rons nous, mon ami. Je ſuis au comble de la féci-
lité; je ſuis aimé.

Les deux amants ſont obligés de ſe ſéparer.
Le prince avoit ſu, par l'eſpoir d'une récompenſe,
gagner un des domeſtiques du maréchal, qui
l'avoit introduit ſecrettement dans le parc. Cet

homme accourt annoncer que le fire de Dinan arrive; le prince fort avec précipitation, accompagné de Tangui; il remet à fon amitié, le foin de l'inftruire de tout ce qui regardera fon amante; il lui en parle encore au moment qu'ils s'embraffent & fe quittent. Il s'eft enfin embarqué pour l'Angleterre.

La fufpenfion du mariage frappe d'une égale furprife Artur & le maréchal de Dinan; ils courent au palais, & portent hautement leurs plaintes au fouverain : ce retard offenfe, felon eux, les loix & l'équité; le duc même avoit donné fon confentement. Il répond qu'il veut bien defcendre à une explication, quoique le maître n'en doive pas à fes fujets; il a cru que l'autorité fuprême permettoit ce ménagement à la nature. Le voyage de fon frère feroit de peu de durée; pendant ce temps on lui écriroit pour le ramener à un calme néceffaire, & vaincre fa paffion, & auffi-tôt qu'il feroit revenu d'Angleterre, la juftice reprendroit tous fes droits, & le fouverain hâteroit lui-même la conclufion de cet hyménée. Seigneur, interrompt brufquement le maréchal, quand il s'eft agi de votre fervice, je n'ai connu que mon devoir; j'ai tout quitté pour voler au combat, & vous parlez d'un délai, qui

J'ofe le dire, intéreffe votre honneur ! Les fouverains, ont ainfi que les fujets, des obligations
qui les lient. Les vôtres, feigneur, ne font pas
moins facrées que celles qui nous enchaînent ; rien
ne peut vous dégager de votre promeffe : nous
venons l'un & l'autre la réclamer.

Le duc parvient à calmer le fire de Dinan ; il
lui dit que ce n'étoit pas comme fon maître, mais
comme fon ami qu'il lui demandoit ce délai. Pour
Montauban, il combattoit toujours les follicitations, fi l'on peut le dire, de fon prince. Il eft rare
qu'un extrême amour garde des limites. Artur
aimoit éperdument, & fon caractère, pour l'impétuofité, le cédoit peu à celui de fon rival.

Le prince de Bretagne avoit reçu du monarque Anglais un accueil flatteur ; fes propofitions
trouvèrent une oreille favorable ; Henri avoua
que le roi fon père & lui, avoient defiré ardem-
ment une paix avantageufe aux deux nations ; il
ajoûta qu'il pouvoit affurer Charles des difpofitions où il étoit à cet égard, & qu'il enverroit
une ambaffade en Bretagne, pour témoigner
au duc combien il avoit fu lui plaire, en lui
députant un médiateur tel qu'étoit le prince. Ce

dernier fut gratifié d'une penſion de deux mille nobles ; le roi d'Angleterre l'admit à toutes ſes parties , & lui accorda à-peu-près tout ce qu'il demandoit; on convint d'une trève qui devoit durer vingt-deux mois ; on traita même du mariage de Marguerite d'Anjou , fille de René , roi de Sicile , avec Henri , qui dans la ſuite épouſa cette princeſſe. Il n'y eut que la reſtitution du comté de Richemont qui parut ſouffrir des difficultés.

Tangui ne laiſſoit pas s'écouler un jour ſans informer ſon ami des nouvelles d'Alix. Il lui rendoit auſſi un compte exact des divers artifices qu'employoient ſes ennemis pour le perdre dans l'eſprit de ſon frère ; mais le prince uniquement ſenſible à ce qu'on pouvoit lui apprendre de Mademoiſelle de Dinan, s'occupoit peu des intrigues d'Artur & de ſon parti. Que je ſois aimé , ſe diſoit-il , de tout ce que j'idolâtre ! que je puiſſe être dans les bras d'Alix ! & je renonce à la fortune , aux grandeurs, à tout. Il n'eſt point de pertes dont l'amour ne dédommage ; l'amour eſt le premier des biens, la ſource des plaiſirs de l'ame ! Voilà ceux que je goûterai avec Alix ! il n'eſt point d'autre félicité ſur la terre. Qu'eſt-ce qu'un trône

qu'on ne partageroit point avec l'objet de fa tendreffe ?

Montauban, fans doute, étoit bien moins heureux que fon rival, puifqu'il foupçonnoit que le
prince avoit la préférence. Appuyé de l'aveu du
maréchal, il fe préfente chez mademoifelle de
Dinan qui paraît déconcertée : —— Ce trouble,
madame, que vous auriez de la peine à diffimuler,
ne m'annonceroit - il pas mon malheur ? je n'en
connais point de plus grand que de vous déplaire,
& je crains que mon hommage n'ait rien qui vous
flatte ; le prince ... —— Arrêtez, feigneur, vous
allez recevoir une preuve éclatante de ma confiance ; je vous en crois digne : c'eft vous dire,
que mon eftime vous feroit affurée, s'il m'étoit
défendu de vous accorder mon amour. —— Qui
vous empêcheroit, madame, de payer de ce fentiment tous ceux que vous m'avez infpirés, &
qui me font attendre avec tant d'impatience des
nœuds ... —— Ils ne font point encore formés,
feigneur.... —— Le maréchal ... —— Je vous ai
dit, feigneur, que je voulois vous eftimer. C'eft
à ce titre que je vais vous ouvrir mon ame ; vous
me parlez d'amour : un mortel avant vous l'a al-

lumé dans mon cœur, ce feu que je m'efforcerois
envain de cacher. Incapable de la moindre diffimulation, appréhendant fur-tout de vous tromper,
j'oferai vous faire moi-même cet aveu: le prince de
Bretagne.... — Vous avez nommé l'auteur de
tous mes tourments; mes foupçons fe trouvent
donc des vérités cruelles! & je ne faurois douter... Vous oubliez, madame, que j'ai dans les
mains une promeffe folemnelle de vos parents,
celle du maréchal votre oncle, le confentement
du fouverain, que je dois avoir le vôtre, que
vous m'appartenez, que le ciel vous a déjà déclarée mon époufe — Le ciel, feigneur! c'eft
lui qui infpire les penchants, & je n'ai pour vous...
— Achevez, madame, achevez: dites que j'ai toute
votre haine, que je fuis à vos regards le plus
odieux des hommes, que vous me voyez comme
un ennemi, un perfécuteur... eh bien! oui, je
le ferai, je le ferai ce tyran, ce barbare que vous
déteftez; je m'attacherai à juftifier cette averfion que j'ai méritée fi peu! je ne vous parlerai
plus, non, je ne vous parlerai plus de mon amour;
je ne mettrai devant vos yeux que ma vengeance,
les tranfports furieux... auxquels j'abandonne tous

mes fens ; le maréchal, le duc l'ordonne ; votre fort eft décidé. Je n'ai pu me faire aimer.... vous m'abhorrerez, madame... ingrate, je jouirai des larmes que je ferai couler ; je me repaîtrai à longs traits d'un fi doux fpectacle, & dès ce moment... adorable Alix, eft-ce bien vous qui me forcez à vous tenir ce langage ? non, non, ne penfez pas que ce foit là mes fentiments ; jamais ils n'ont approché, ils n'approcheront de mon cœur ; c'eft à ma bouche feulement que font échappées des expreffions fi démenties par toute mon ame. — Il eft inutile, feigneur, de vous le répéter : mademoifelle de Dinan n'eft pas faite pour nourrir votre paffion d'une fauffe efpérance. Accablez-moi de reproches ; vous ne m'accuferez point d'artifice ni de trahifon. Appuyez - vous du confentement de mon oncle, de ma famille entière ; joignez-y l'autorité fuprême ; difpofez, en tyran, de ma main, je n'aurai à vous oppofer que mes larmes : mais mon cœur, ce cœur que vous voulez déchirer, où vous porterez la mort, il ne peut être, il ne fera jamais à vous. Un autre, le prince de Bretagne y régnera feul jufqu'au moment qui me délivrera de mes maux... après cet aveu, entraînez-moi entraînez-moi à l'autel. — Oui je vous y traînerai comme une victime dévouée à mon trop juste reſ-ſentiment ; oui ... je déchirerai ce cœur ... qui n'a pu m'aimer, que poſſède un rival ; .. qu'il vienne m'enlever un bien qui m'appartient ; qu'il accoure vous arracher de mes bras : je ſaurai vous diſputer , ſans reſpect pour le ſang de mes maîtres, le répandre à grands flots, m'y baigner... vous même... Je me frapperai de mille coups ſur votre corps expirant. Ce ſera vous , ce ſera vous qui aurez cauſé toutes ces horreurs... J'embraſſe la vengeance avec la même fureur que l'amour !

Les menaces d'Artur ne reſtèrent point ſans effet ; l'eſprit d'intrigue s'anima encore avec plus d'activité ; on vint à bout d'armer contre le prince l'amour-propre de ſon frère ; ce ſentiment chez tous les hommes , eſt peut-être le plus dominant ; mis en action dans l'ame d'un ſouverain , c'eſt un reſſort terrible qui produit des excès inouïs. On fit accroire à François , que ſon frère avoit tenu ſur ſon compte des propos offenſants , & qu'il n'atten-doit qu'une occaſion favorable, pour exciter une révolte ; on n'oublia point l'amitié du roi d'An-gleterre , qu'on repréſentoit comme un ennemi

impatient de fondre fur la Bretagne au moindre
fignal du prince ; en un mot, les déteftables courtifans parvinrent à étouffer la voix de la nature, &
à en rompre tous les nœuds. La faibleffe prit toute
l'atrocité du crime, & chaque jour la fortifioit dans
un caractère, le jouet de la perfidie & de la méchanceté.

Henri combloit le prince de Bretagne de tous les
témoignages d'une amitié fans réferve ; peut-être
entroit-il dans un accueil fi careffant, quelques vûes
de politique : le confeil d'Angleterre auroit bien defiré que François eût été compris à titre de leur vaf-
fal, dans le traité qui fe préparoît avec Charles VII.
Quoiqu'il en foit, le monarque Anglais prodiguoit
les fêtes & les divertiffements, pour retenir fon
hôte à fa cour ; celui-ci laiffe voir au fouverain un
trouble que jufqu'alors il n'avoit point montré ;
Henri le furprend même tenant une lettre à la
main, & verfant des pleurs de colère, qu'il s'efforçoit de cacher. — Qu'avez-vous, prince ? Quelles nouvelles auriez-vous reçues ? vous n'ignorez
pas que je fuis votre ami; c'eft à ce titre qu'il m'eft
permis de me flatter que vous n'aurez point de fecrets pour moi. Vos intérêts me font trop chers...

— Oui, seigneur, vous me voyez pleurer : vous voyez le prince de Bretagne livré à la plus vive douleur.

Il raconte au roi, l'origine, les progrès de son amour, les obstacles qu'on lui oppose ; il venoit d'être informé qu'Artur & ses partisans faisoient toutes les tentatives pour hâter un engagement qui ne devoit se conclure qu'à son retour ; on ajoûtoit que le duc étoit prêt à se rendre à leurs pressantes sollicitations, malgré le comte de Richemont qui défendoit son neveu absent, & qui vouloit qu'onne manquât point à la parole qu'on lui avoit donnée ; cependant il lui écrivoit, tous les jours, pour l'engager à vaincre un sentiment qui le maîtrisoit plus que jamais. Voilà, continue le prince de Bretagne, comme on se joue des promesses les plus sacrées, & de ma crédulité !.. Je vous quitte ; je cours empêcher cette union, qui ne se fera point ; tant qu'il me restera une goutte de sang, je l'employerai à me venger ; je ne connais plus que mon désespoir ; rien ne m'arrêtera ... écoutez, prince, interrompt Henri : je ne prétends pas mettre un frein à un ressentiment qui n'est que trop légitime ; loin de vous blâmer, je veux vous servir ; quoi ! vous avez pour

ami un roi puiffant, & vous n'accepteriez point
fon appui! On ofe vous difputer ce qui vous eft
dû ! Alix defire elle - même porter le nom de
votre époufe, & d'autres nœuds l'enchaîneroient !
il n'y en a point que vous ne deviez brifer ; parlez : mes tréfors, mes foldats, toute l'Angleterre
eft à vous ; volez en Bretagne ; ne balancez pas à
demander Alix les armes à la main. C'eft ainfi
qu'agiffent des hommes tels que nous ; les combats & le fang doivent marquer nos vengeances,
& l'on ne nous offenfe pas impunément. — Je fuis
fenfible, feigneur, à cette chaleur généreufe qui
daigne embraffer fi vivement mes intérêts. Oui, j'aime, je brûle pour Alix, & je la pofféderai, ou mon
rival, & tout ce qui fert fon audace, moi-même nous
expirerons, percés de mille coups ; j'en fais le
ferment en votre préfence, à la face du ciel & de
la terre. Mais, feigneur, j'oublierois l'emploi glorieux dont on m'a honoré! moi, le miniftre de la
paix, que le comte de Richemont a cru affez
grand pour s'élever au - deffus de l'humanité, je
porterois la guerre en Bretagne ! Un frère me re-
verroit à la tête d'étrangers redoutables, défoler
nos provinces, les abandonner à tous ces fléaux qui

ſuivent le meurtre & la déſolation! Alix... je n'aurois point ſa tendreſſe, ſeigneur : elle m'accableroit
de toute ſa haine, de tout ſon mépris ; & que
ſerois-je à mes propres yeux ? un monſtre d'horreur. Vous m'aimez, prince : ne me propoſez
rien qui flétriſſe ma gloire ; il m'eſt plus facile
de mourir... Du-moins, interrompt Henri, vous
ne rejetterez pas un faible don de mon amitié :
je vous offre l'épée de connétable d'Angleterre.
— Je ne puis, ſeigneur, répondre encore que par
un nouveau refus : cette dignité m'obligeroit de
tirer l'épée contre le roi de France, mon oncle,
& jamais, jamais il n'aura à me reprocher un ſemblable égarement ; j'écarte le rang ſuprême & les
droits ſacrés de la parenté: Charles, après Alix, eſt
ce que j'aime le plus.

Le prince de Bretagne réuſſit dans les diverſes commiſſions dont le duc l'avoit chargé:
il n'échoua qu'au ſeul article qui concernoit le

Je vous offre l'épée, &c. Rien de plus vrai : le prince de
Bretagne l'avoit refuſée noblement, dit un hiſtorien, pour
n'être pas obligé de faire la guerre au roi de France ſon
oncle.

comté de Richemont. Il s'éloignoit à peine de la cour Anglaife : il apprend que le maréchal de Dinan vient de defcendre au tombeau ; fa fortune alors lui femble prendre une nouvelle face ; il fe jette au devant d'une perfpective qui lui fourit ; Alix, délivrée d'une efpèce de joug dont elle ne pouvoit s'affranchir, fans bleffer la décence, fe voit maîtreffe de fa deftinée ; il court lui demander fa

---

Le comté de Richemont, &c. Henri répondit qu'à l'égard de ce comté, il avoit ignoré jufqu'alors fur quel titre le droit de réclamation, de la part des fouverains de la Bretagne, étoit établi ; il ajoûta qu'il feroit examiner les regiftres, & qu'il rendroit juftice aux prétendants. Voici l'origine de ce droit qu'on faifoit valoir : j'emprunte cette explication d'un des écrivains qui ont publié l'hiftoire des ducs de Bretagne. » Alain *le Roux*, fils de Geoffroi le *Bâtard*, fils » d'Eudon, comte de Penthièvre, de la maifon de Breta- » gne, ayant bien fervi le duc de Normandie, dans la » conquête qu'il fit de l'Angleterre, eut pour récompenfe » le comté d'Edwin, dans la province d'Yorck, que l'on » appella depuis, le comté de Richemont, du nom d'un » château qu'il y bâtit ; il mourut fans enfants : mais » Etienne fon frère, recueillit fa fucceffion ; c'eft de fon » chef que les ducs de Bretagne ont poffédé dans la fuite le » comté de Richemont ».

main, & va l'obtenir; Artur n'ofera pas feulement
faire éclater des plaintes ; tout s'empreffe de fe
déclarer pour un amant qui a fu fe rendre utile au
fouverain & à l'état. Il touche enfin à l'époque
d'un bonheur qui ne fera plus empoifonné d'amertume. Voilà les images enchantereffes qui flat-
toient l'imagination du prince , & féduifoient fes
regards.

Il s'avançoit vers Nantes, accompagné de fes
gentilshommes : il apperçoit à quelques lieues de
cette ville, près d'un château, une foule de fpectateurs ; il découvre un cortège brillant; il voit
une jeune perfonne éplorée & environnée de plufieurs femmes qui la foutenoient dans leurs bras :
il approche, il reconnaît ... c'étoit tout ce qu'il
aimoit, Alix que Montauban conduifoit aux autels du confentement de fa famille & de François,
qui s'étoit laiffé vaincre par les perfécutions de
fes favoris. Il n'eft guères poffible de rendre cette
fituation : le prince fuivi de fes ferviteurs, court à
mademoifelle de Dinan, pouffe un cri terrible,
la voit évanouie, l'arrache des mains de fes femmes, la remet avec le même emportement dans
celles de deux chevaliers qui lui étoient attachés;

D iv

& ordonne qu'elle foit confiée à la garde d'une de
fes parentes , dont le féjour touchoit au lieu de
la fcène. Déjà les armes étinceloient ; Artur furieux
de fe voir enlever fa proie , veut à fon tour la re-
faifir , & à la tête de fon parti , il n'afpire qu'à
faire tomber fa rage fur la petite troupe de fon
rival. Celui-ci s'écrie : arrêtez , qu'on fufpende
les coups. C'eft à moi de combattre pour Alix ,
& Montauban eft le feul objet de ma vengeance...
Approche, téméraire : je t'affranchis du refpeêt
qu'on doit au fang de fes maîtres ; ta haute naiffance , l'excès de mon amour , voilà tout ce que
j'envifage aujourd'hui. Je ne prétends point abufer de mes droits. J'aime , j'adore Alix , & tu
ofes me la difputer ! Sois mon égal pour te mefu-
rer avec l'homme qui te détefte le plus , & que l'un
des deux rougiffe cette terre de fon fang ; Alix
fera au vainqueur.

Il tire auffi-tôt fon épée , invite Montauban à
en faire de même, & commande qu'on refte fpeêta-.
teur impartial du combat ; il reprend : Artur, ne
ménage point ma vie ; fois affuré que je ne ména-
gerai point la tienne.

Bientôt ils fe font atteints ; ce font deux lions

rugiſſants qui brûlent de ſe déchirer ; le prince reçoit une bleſſure ; ſon ſang coule ; on veut inter-rompre le combat ; la mort, s'écrie-t-il ! je me ſens encore aſſez de vigueur pour percer le ſein de mon ennemi. La fureur ſe rallume des deux côtés ; Montauban eſt renverſé ſur la terre ; il prononce d'une voix défaillante, qu'il expire ; ſes amis le re-lèvent, & ſe chargent de l'emmener avec eux , tandis que le vainqueur accompagné de ſon eſcorte, vole au château où l'on avoit tranſporté Alix.

Mademoiſelle de Dinan revenoit à peine de ſon évanouiſſement ; elle fixe ſes regards ſur le prince ; elle apperçoit du ſang ; elle retombe ſans connaiſ-ſance ; le prince lui-même qui, juſqu'à ce moment, avoit conſervé ſes forces , chancelle , & bientôt ne donne plus aucun ſigne de vie.

Alix rouvre les yeux, les arrête ſur ſon amant : —— Il n'eſt plus ! je l'arroſerois vainement de mes larmes ! & c'eſt moi , c'eſt moi qui ai conduit le fer qui tranche ſa vie ! Ah ! madame , (en s'a-dreſſant à ſa parente) recevez mon dernier ſou-pir ; il m'eſt impoſſible de lui ſurvivre ! j'ai tout perdu !

Elle ſuccomboit à ſa douleur ; la même journée

alloit voir expirer Alix, & le prince de Bretagne.
Celui-ci jette un profond gémissement qui annonce qu'il n'est point au rang des morts ; mademoiselle de Dinan renaît avec le prince, court
à lui, & oubliant peut-être ce qu'elle se devoit,
laisse éclater tous ses transports ; les expressions
les plus tendres, les assurances les plus touchantes d'un amour que les obstacles n'avoient
fait qu'enflammer, les soins les plus empressés,
& en est-il au-dessus de ceux d'une amante ?
toutes ces causes réunies rappellent le prince à
la lumière ; il n'attend point que sa blessure soit
guérie : —— Divine Alix, les moments nous
sont chers ; je ne revivrai qu'à l'instant où il me
sera permis de vous nommer mon épouse ; préve-
nons le retour d'une espèce de fatalité obstinée à
me poursuivre ; si je n'ai que peu de jours à éxister,
du-moins que je meure dans le sein de tout ce que
j'aime ! qu'on lise sur mon tombeau : c'est ici que
sont renfermés les restes du mari d'Alix.

Un amant aussi enflammé devoit l'emporter sur
les allarmes & les représentations de mademoiselle de Dinan ; c'est envain qu'elle lui expose les
suites funestes de cette union précipitée, & formée

fans l'aveu du fouverain ; le prince n'écoute que la violence de fon amour ; il réunit quelques-uns de fes gentilshommes pour fervir de témoins ; un de fes chapelains eft mandé ; le prince de Brétagne eft enfin au comble de fes vœux , il a époufé , il poffède tout ce qu'il adore , & Alix à fon tour n'envifage plus qu'un mari , ou plutôt qu'un amant digne de toute fon ardeur.

Artur, pour ainfi dire , s'étoit relevé du tombeau ; la foif de la vengeance l'avoit rendu à la vie ; tous les feux de la fureur le dévorent , quand il apprend que fon heureux rival tient Alix dans fes bras , qu'elle lui eft enchaînée par des nœuds que la mort feule pouvoit rompre. A cette nouvelle , il tombe dans le défefpoir , il fe livre à tout ce que fa rage lui fuggère , réfolu d'employer les moyens, quels qu'ils foient , qui affureront la perte du prince de Bretagne.

Tous les refforts font mis en œuvre ; l'effort du complot fut d'achever d'ourdir la trame commencée avec tant de fuccès. La faibleffe de François fe prêtoit aifément aux foupçons dont

_____

La faibleffe du fouverain , &c. » Il étoit impitoyable

on vouloit l'empoisonner. On lança dans son cœur le dernier flambeau de haine qui restoit à allumer; son frère, en un mot, ne lui parut plus qu'un sujet coupable dont il devoit presser la punition.

On est obligé de convenir que les apparences étoient peu favorables au prince ; son mariage avoit les couleurs du rapt, & son éloignement de la cour paraissoit être un aveu tacite qu'il ne méritoit point de s'y remontrer ; le principal chef d'accusation sur-tout, qu'on se plaisoit à revêtir de toutes les formes, rouloit sur son attachement sans bornes pour la nation Anglaise : en-effet, elle recevoit chaque jour des marques visibles de son amitié ; il avoit eu l'imprudence d'envoyer à Londres un de ses gentilshommes, Thomas de Lesquen, pour solliciter le paiement de la pension, dont Henri l'avoit gratifié ; il se plaignoit,

---

» (dit Villaret), comme le font toutes les ames faibles, &c. »
Mahomet IV avoit de la peine à prononcer des arrêts de mort : afin de concilier sa sensibilité & sa faiblesse inhumaine, il étoit convenu qu'on choisiroit les heures de son sommeil, pour faire dans le serrail des exécutions, & le sultan se livroit aisément au repos.

même dans fes dépêches, de la dureté de fon frère
à fon égard, & revenoit toujours fur la modicité
de fon appanage. Les lettres interceptées ne laif-
fèrent plus douter au duc que fon frère ne cherchât
à fe concilier la cour de Londres ; cette crainte
donna de la réalité à tous les fantômes qu'il plut à
la brigue de Montauban de préfenter au fouverain :
il voyoit fans ceffe l'Anglais s'emparer de la Bretagne, & lui ravir la couronne ducale pour la mettre fur la tête de fon frère.

Cependant, loin de s'occuper des moindres
objets d'ambition, le prince fe livroit uniquement au plaifir de poffeder Alix. Non, redifoit - il inceffamment à fa femme, rien n'approche de la douceur d'aimer & d'être aimé ; ce
n'eft pas mon frère qui règne, c'eft moi . . . qui
fuis le maître du monde ! un regard de tes yeux,
ma chère Alix, porte l'enchantement jufques dans
le fond de mon cœur. Mon ame, oh ! mon ame
eft la tienne ; je ne refpire que par toi feule ! j'ai
oublié tous mes chagrins, mes ennemis, la Bretagne, l'univers entier ; je ne puis être plus heureux !
Ah ! prince, répondoit cette charmante époufe, ma
tendreffe eft auffi vive, eft plus vive que la vôtre ;

vous favez que ce n'eft point le prince de Bretagne qui a fu me captiver , mais l'homme le plus
fenfible & le plus aimable. Croiriez-vous pourtant
que des allarmes continuelles altèrent mon bonheur? La bienveillance, l'amitié quelquefois s'affai-
bliffent ; la haine fe fortifie avec le temps. Vos
ennemis ne font point défarmés. Artur ne vous
pardonnera jamais de m'avoir infpiré un amour...
qui peut-être fera pour vous une fource de maux ;
ah ! quelle image je me préfente ! penfez - vous ,
prince, qu'Artur m'aimoit, que vous êtiez fon
rival, que vous êtes mon époux, un époux adoré...
Seigneur , j'appréhende tout d'une vengeance
éxcitée par la jaloufie ! —— Souveraine maîtreffe
de mon ame , je fais donc mieux aimer que vous !
je ne vois rien de tout ce qui m'environne ; eh !
quel autre objet qu'Alix occuperoit ma penfée ,
mon fentiment ! Ils ont bien raifon de me porter
envie ! c'eft le bonheur fuprême que je goûte ! repouffons , repouffons des craintes , qui doivent
fe diffiper quand je fuis près de toi.

Ces amants fortunés entretenoient ainfi leur
yvreffe & leur fécurité. Le prince paffoit avec
Tangui les moments qu'il ne pouvoit donner à fa

chère Alix; cet ami fidèle étoit venu le trouver
dans fa retraite du Guildo, & cherchoit inutilement à lui infpirer cette défiance fage & néceffaire, qu'il faut bien fe garder de confondre avec
la diffimulation. Le prince éxhaloit tout haut fon
mécontentement, & dans fes propos contre les
favoris, ne ménageoit point fon frère. Il avoit
fait venir de la Normandie quelques habiles archers Anglais, avec lefquels il s'éxerçoit à tirer de
l'arc, divertiffement qui l'attachoit beaucoup, &
qui fut une des caufes de fa perte : on traveftit
auprès du duc ces archers étrangers, en émiffaires fecrets qui nourriffoient l'efprit de divifion &
de révolte dont fon frère s'animoit ; on alla jufques à dire qu'il s'étoit vanté d'affurer aux Anglais
une defcente en Bretagne ; on ajoûta que quelques-uns étoient introduits dans les châteaux voifins de la côte.

Le connétable à qui le prince de Bretagne avoit
rendu compte de fa négociation, par une lettre
extrêmement détaillée, s'étoit retiré mécontent

Du Guildo, &c. Une des terres qui formoient la dot de
mademoifelle de Dinan, &c.

du duc fon neveu ; il écrivoit à ce dernier : » On
» abufe de votre faibleffe ; vous oubliez que les
» erreurs des princes font très-fouvent des crimes ,
» & on vous a fait commettre une injuftice révol-
» tante : n'aviez - vous pas promis à votre frère
» qu'on attendroit fon retour pour difpoler de
» la main d'Alix ? On lui a manqué de parole ;
» le fouverain a commis une faute impardonnable ,
» & le frère a offenfé la nature ; qu'eft-il arrivé
» de cette promeffe violée ? on a réduit un mal-
» heureux prince à la trifte néceffité de n'écouter
» que la fougue de fon caractère : c'eft donc fur vo-
» tre confeil , fur vous-même que doit retomber
» tout le blâme de l'emportement qui l'a égaré ;
» c'eft vous qui l'avez forcé à devenir coupable ;
» il l'eft fans doute, je ne prétends point le diffi-
» muler : mais il faut balancer d'une main égale
» fes vertus & fes vices, ou plutôt fes défauts ; il
» vient de vous fervir en Angleterre vous & l'état,
» avec une nobleffe d'ame dont peu d'hommes à
» fa place auroient été fufceptibles ; il auroit pu
» facilement intéreffer à fa vengeance un monar-
» que puiffant qui l'aime , & fe remontrer dans
» fa patrie à la tête d'une troupe d'Anglais ; avec

Io

» le temps, de la modération, & de fages con-
» feils, on feroit venu à bout de le calmer, &
» de l'arracher à une funefte paffion dont il eft la
» première victime. Mon avis eft que vous lui
» pardonniez, que vous le rappelliez à la cour,
» & que fur-tout vous n'ouvriez point l'oreille
» aux fuggeftions empoifonnées d'indignes favo-
» ris. Je connais cette efpèce d'hommes fi mépri-
» fable & fi dangereufe : c'eft un fléau néceffaire-
» ment attaché aux cours, & dont je n'ai moi-
» même que trop reffenti les cruels effets. Leur po-
» litique tend à vous affervir ; fans le favoir, vous
» ferez l'aveugle inftrument de leurs caprices, de

Je n'ai moi-même, &c. Perfonne n'éprouva plus que le
comte de Richemont, toute la perfidie & la baffeffe des
favoris. Tandis qu'il battoit les Anglais & qu'il reffufcitoit
la France, on indifpofoit Charles contre lui. Il eft vrai que le
comte, pouffé à bout, paffa les bornes du mécontentement :
il fit prendre de fon autorité, Giac, favori du monarque,
& le condamna à perdre la vie, ce qui fut exécuté promptement, quoique Giac, pour racheter fes jours, eût fait offrir
à Richemont, cent mille écus.

Tome II.   E

» leurs paſſions, de leurs forfaits ; ils vous feront
» repouſſer loin de vous , la bienfaiſance, la na-
» ture , la juſtice ; ils précipiteront votre frère dans
» des démarches qui ne trouveront point grace à
» ſes propres yeux. Croyez-moi, mon neveu : quel-
» que élevés que nous ſoyons , nous ne ſommes
» point affranchis de ces nœuds ſacrés qui lient
» tout ce qui éxiſte. La première paix qu'un ſou-
» verain doive être jaloux de conſerver , c'eſt celle
» qui lui attache ſa famille. Votre frère a le cœur
» excellent ; il vous aime : c'eſt à vous de le cor-
» riger comme ſon aîné , & ſon maître , en lui
» donnant des exemples de ſageſſe & d'indul-
» gence, &c. »

La lettre du connétable avoit paru ébranler le
duc : Artur de Montauban , Hingant , d'Eſpinai &
quelques autres ſeigneurs qui étoient entrés dans
le complot, changèrent bientôt ſes diſpoſitions : les
favoris ne vouloient point contredire ouvertement
un homme en crédit tel que Richemont , & qui
avoit une ſorte d'empire ſur l'eſprit du ſouverain ;
ils employèrent donc toute l'adreſſe des courtiſans : ils engagèrent François à écrire au prince ,

& à lui commander de revenir auprès de lui ; en
même-temps, ils firent donner à l'époux d'Alix des
avis détournés, qui lui préfentoient fa perte certaine,
s'il fe rendoit à l'invitation defon frère ; celui-ci
s'étoit laiffé conduire à toutes leurs impreffions fa
lettre pleine de menaces infultantes, fut confiée à
Hingant, qui fe chargea de la porter lui-même au
Guildo. Ils ne doutèrent point que toute voye de
réconciliation ne fût fermée au malheureux prince,
& qu'à la lecture d'une pareille lettre, il ne fe
répandit en plaintes indifcrètes, qu'on fe garde-
roit bien de ne pas recueillir. L'événement fervit
ces perfides, même au delà de leur efpérance ;
Hingant arrivé au Guildo, trouve le prince entouré d'Anglais. Il lui remet l'écrit ; à peine le
prince y a jetté les yeux : fa fureur s'allume ; l'impétuofité de fon caractère éclate : —— M'écrire
pour m'outrager à ce point ! oublier que je fuis de
fon fang, que je fuis prince ! .. oui... il me reverra... je vole auprès de lui ... mais les armes
à la main ... il y a trop long-temps qu'on me retient
l'appanage qui m'eft dû... Les Anglais... Ah ! feigneur, s'écrie fa femme, que dites-vous ? que dites-
vous ? ce n'eft point là votre penfée ! — J'en fais fer-

ment, madame, en préfence des braves gens qui m'environnent : mon frère ne m'aura pas offenfé impunément. Et toi, (s'adreffant à Hingant) fi j'en croyois une jufte indignation, je te ferois fur l'heure repentir de ta témérité ; je fais que tu as l'audace d'être au nombre de mes ennemis ; j'avoue que je t'ai manqué ; j'imaginois que tu étois fatisfait de la réparation : elle ne te paraît point fuffifante ; parle en ce moment, je fuis prêt à ne voir en toi que le gentilhomme. (Hingant répond par des expreffions flatteufes) Vil courtifan, n'ajoûte point la baffeffe à la perfidie ; je n'ai plus rien à te dire ; contente-toi du perfonnage de délateur : va rendre compte au duc de quelle façon j'ai reçu fon meffage, fors . . . ne manque pas de lui rapporter que mon reffentiment ne connaîtra point de bornes.

Hingant quittoit l'appartement. Alix court après lui : — N'en croyez point le prince ; fon défefpoir l'égare ; fon cœur m'eft connu ; affurez le duc qu'il ne démentira jamais fon attachement, fa fidélité. Elle rentre, & ne cache point l'excès de fa douleur ; Tangui, Millon, Braibraffu, (ces derniers étoient attachés au prince depuis fon enfance) lui remontient,

les larmes aux yeux, tout ce que de fidèles ferviteurs
doivent à leur maître, la vérité : —Ah! monfeigneur,
à quel emportement vous vous êtes abandonné! vous
voulez donc entraîner votre perte, celle de tous
les vôtres, celle de la princeffe! Hingant, n'en
doutez point, ne laiffera échapper aucune de
vos expreffions; il les préfentera à votre frère,
revêtues des plus noires couleurs. Hélas! peut-
être, (car il faut tout attendre des méchants,)
on cherche à vous trouver criminel; la princeffe
a raifon : ce n'eft pas votre cœur qui s'eft exprimé;
combien de fois vous nous avez dit que le duc
vous étoit cher, que vous aimiez votre patrie, que
vous répandriez tout votre fang pour le bien de
votre famille & celui de l'état! ce n'eft pas vous,
qui avez parlé! & l'on vous jugera fur ce qui
vient de vous échapper!... Vous pleurez....
—— Oui, mes amis, vous voyez couler mes
larmes; digne époufe, excufe ton amant; ces

Aucune de vos expreffions, &c. En-effet Hingant ne manqua pas d'empoifonner l'efprit du duc; il lui rapporta que le
prince lui avoit paru *aliéné, hors de fens, & enragé* : ce font fes
propres paroles.

fureurs ne peuvent partir que de l'amour... malheureux caractère, que je ne saurois dompter, &
qui me précipite dans des extrémités!.. Mes amis,
ma chère Alix, oh! je me fais encore plus de reproches que vous ne m'en faites! je suis le premier
à m'accuser, à me condamner, mais le duc....
savez-vous qu'il me menace de briser des nœuds...
qu'on m'ôte la vie, plutôt que de me séparer d'A-
lix... Les perfides! comme ils se jouent de ma
facilité à ressentir vivement leurs outrages!
Qu'ils me connaissent bien! Ce sont eux, les
cruels, qui m'ont ravi le cœur d'un frère! ils lui
prêtent leurs ames basses & détestables! Je le
vois: je l'ai perdu, pour ne jamais le retrouver!...
J'entrevois un avenir.... Alix, reste toujours contre mon cœur, & je brave l'infortune la plus effrayante, (en disant ces mots, il court à son
épouse, la presse dans ses bras, l'inonde de ses
pleurs: je suis bien malheureux! on me force à
rougir de moi-même.

On profite de cette disposition du prince; on
le détermine à envoyer à son frère, une lettre où
il peignoit toute sa sensibilité & son repentir. Il rejettoit ses réponses à Hingant sur la violence de

fon amour. Il promettoit d'aller avec fa femme fe
jetter aux pieds de fon fouverain & de fon frère dont
il réclamoit la tendreffe.

Cette efpèce d'acte d'humiliation, ne défarma
point la colère de François qu'on ne ceffoit
d'irriter; il ne tarda pas à fe rendre auprès de
Charles, à Chinon; infpiré par les implacables
ennemis du prince, il indifpofa ce monarque contre
lui, le repréfenta comme l'ami le plus zélé du roi
d'Angleterre, prêt à devenir un rebelle, un frère
dénaturé; parla de l'offre de l'épée de connétable
qu'on lui avoit faite, obtint enfin de Charles, qu'on
enverroit des gens de guerre l'arrêter. Le duc &
fes lâches complices, avoient combiné que ce coup
d'autorité émanant du roi de France, le prifonnier
feroit regardé tel qu'un criminel d'état.

Le duc de Bretagne avoit quitté la cour de
France; fon oncle le comte de Richemont, indi-
gné de fa conduite à l'égard de fon frère, s'étoit
peu ménagé dans fes témoignages de mécontente-

Il indifpofa ce monarque, &c. (Ce font les expreffions de
Villaret); « il eut l'art d'intéreffer le roi dans fa vengeance ;
» Charles commit une injuftice, abufé par un prince fans efprit
» & fans caractère, leçon importante pour les fouverains ».

E iv

ment, il ne l'avoit pas même visité ; il apprend
qu'il s'est tramé un complot contre son neveu ,
& qu'on avoit eu l'adresse d'y intéresser le pouvoir
& le ressentiment du monarque Français ; il court
chez le roi : —— L'ai-je bien entendu, sire ? on a
juré la perte d'un prince infortuné ; un frère s'élève
contre son frère, médite sa ruine , & le protecteur
de l'innocence persécutée, celui qui tend une
main secourable à quiconque l'implore, un roi de
France prêteroit son appui sacré à de semblables
manœuvres! ce seroit vous , sire, qui travailleriez
à la destruction de la maison de Bretagne ! vous
rendriez irréconciliables deux frères déjà divisés !

Le roi aimoit le connétable ; loin d'être blessé
de la liberté avec laquelle ce grand homme venoit
de lui parler , il est touché de sa douleur. *Beau
cousin , lui dit-il , pourvoyez-y , & faites dili-
gence, autrement la chose ira mal , car ils vont tous
délibérés de prendre le prince de Bretagne , & le
mettre ès mains du duc ; lequel a résolu de l'em-
prisonner.* Le comte de Richemont est frappé de ce
qu'il entend. Charles lui avoue qu'il a envoyé en
Bretagne quatre cent lances sous les ordres de l'a-
miral Coétivi , que ces troupes doivent aller au

Guildo fe faifir du prince ; il ajoute qu'on l'a repréfenté comme un factieux , qui ne refpiroit que
l'occafion d'appeller les Anglais dans fa patrie ,
que d'ailleurs il déteftoit les Français & leur maître ; lé roi appuia beaucoup fur ce dernier chef
d'accufation. .——On vous a trompé , fire , on
vous a trompé. Mon neveu vous aime autant qu'il
vous refpecte. C'eft pour ne pas fe trouver les
armes à la main contre votre majefté , qu'il a
refufé l'épée de connétable que lui offroit Henri ;
voilà, fire, les coups les plus cruels que la calomnie pût lui porter; je vole à fon fecours, &
je l'amène à vos genoux , lui & fon époufe ; vous
verrez leurs larmes, & vous faurez de leur propre
bouche, combien ils vous font attachés.

Le comte de Richemont profite de la permiffion
que lui avoit accordée le roi ; il ne perd pas un
moment ; impatient d'arriver en Bretagne, il précipite fon voyage, court joindre le duc à Dinan ; il
apperçoit d'honnêtes-gens affligés , les favoris
pleins d'une joie infolente, le duc embarraffé à fon
afpect ; enfin il apprend que le prince eft arrêté.

Rien de plus vrai que cette affreufe nouvelle.
Le prince endormi dans la plus profonde fécurité ,

efpérant toujours que fa conduite & le temps, lui procureroient fon raccommodement avec fon frère, fe livroit à des amufements innocens : il jouoit à la paume avec fes écuyers ; on lui annonce que des gens de guerre fe préfentent devant le château ; auffi-tôt qu'il eft inftruit que ces troupes viennent de la part du roi de France, il ordonne qu'on fe hâte de leur ouvrir les portes ; du plus loin qu'il les apperçoit, il leur crie : *foyez les bien venus, & donnez-moi des nouvelles de mon cher oncle.* Quelle réponfe lui eft rendue ! que lui fait-on lire ? l'ordre de l'arrêter. Ce prince en pouffant un profond foupir : —*Ah ! je n'attendois pas ce coup du parent qui m'eft le plus cher !* On s'empare des clefs du château, de fa vaiffelle d'or & d'argent, & l'on fe faifit de fa perfonne ; fa femme tout en larmes, veut abfolument le fuivre, ainfi que Tangui & tous fes ferviteurs, & demande à partager fa captivité.

De quelle indignation eft frappé le connétable ! C'eft un fouverain, dit-il au duc, qui abufe de fon autorité, pour opprimer une innocente victime abandonnée à la méchanceté de fes vils courtifans ! c'eft un frère qui fans égard pour les liens du fang, fait le malheur de fon frère, & le plonge

dans une prifon ! Duc, ce n'eft pas vous que j'ac-
cuferai : j'aime à croire encore que la nature n'eft
point éteinte dans vôtre cœur , qu'elle vous parle,
cette nature outragée : mais on vous empêche d'entendre fes cris.. Ceft vous que j'interrogerai , vous
qui égarez à ce point l'ame de votre maître , vous
qui colorez du prétexte fpécieux de raifon d'état,
vos animofités particulières , vos perfidies couvertes , vos trames infernales. Artur , Hingant, d'Efpinai, ofez me répondre ; quels font à vos yeux
les crimes du prince de Bretagne ? Il s'eft plaint
de la modicité de fon appanage ; il a témoigné de
la reconnaiffance aux Anglais chez lefquels il a
été élevé ; je ne prétends point déguifer fes fautes ;
Montauban, je fens qne vous devez être fon ennemi : il eft l'heureux poffeffeur d'une femme que
vous aimiez : mais haïffez le prince , fans ajoûter
l'injuftice à la haine ; ayez la nobleffe de confef-
fer à vôtre fouverain que c'eft là le vrai motif qui
vous anime, que vous ne refpirez que la perte
d'un rival. Et vous, lâche Hingant, puifque vous
nourriffez dans votre ame une vengeance que ne
pourroient défarmer toutes les réparations, courez
demander à mon neveu qu'il mefure fon épée avec

la vôtre; il ne fera point valoir les privilèges du rang
suprême, & il vous satisfera fans héfiter. Cruels !
percez lui le fein: mais ne l'affaffinez pas par de
honteufes calomnies; ne le perdez point dans l'efprit de fon frère & de fon fouverain. Pour vous,
miniftre des autels, fi peu digne de votre emploi,
rougiffez du rôle qu'on vous fait jouer, & repre-
nez le caractère de votre état. Eft-ce le ciel qui
vous ordonne d'armer un frère contre un frère ?
Ah! duc, ne les écoutez pas, ne les écoutez pas;
prêtez l'oreille à cette voix que vous ne fauriez
étouffer; fuivez votre propre penchant : votre cœur,
oui, votre cœur, j'en fuis affuré, vous follicite,
demande grace en faveur d'un infortuné, qui s'eft
laiffé entraîner dans des fautes;.. il n'a jamais
commis de crimes, il en eft incapable... je vous
connais : on abufe de votre faibleffe ; vous en
triompherez, vous entendrez le fentiment : venez,
prince, venez avec moi ouvrir la prifon d'un
frère ... accourez lui pardonner, l'embraffer,
pleurer avec lui.

Le duc eft ébranlé ; il cède aux inftances de fon
oncle; un de fes favoris lui parle bas, & veut
l'empécher de fuivre le connétable qui s'écrie:

Duc, ces perfides ne l'emporteront pas fur la nature & l'équité ; je vois qu'ils tentent de vous ramener à leur caractère inhumain. Je fais le refpect qu'on doit à vos pareils : mais qu'on n'oblige pas le comte de Richemont à fortir des bornes qu'il veut bien fe prefcrire... Mon neveu, votre frère ne reftera pas plus long-temps dans les fers : vous allez vous-même les brifer, ou... je n'écoute que ma fureur ; le prince eft libre par moi , & je donne la mort au premier infolent qui s'oppofera à fa délivrance. Le comte de Richemont ne fouffrira pas qu'on vous déshonore à ce point.

Un murmure s'étoit élevé dans l'affemblée; une femme entre les cheveux épars , les yeux baignés de larmes, la douleur fur le front, & court fe précipiter aux genoux du duc , qui reconnaît l'époufe du prince de Bretagne: il veut la relever. —Non, feigneur, j'y refterai, j'y mourrai fi vous refufez de m'entendre. Hélas! mon mari, votre frère eft traîné dans une prifon comme un criminel!.. Seigneur, c'eft moi qu'on doit punir de la feule faute qu'on puiffe lui reprocher : je lui ai infpiré un amour malheureux... que je n'ai jamais reſſenti pour Montauban; le prince a formé, ſans votre conſentement, des nœuds qui m'attachent à ſon infortune ; c'eſt moi, c'eſt moi qui languis dans les horreurs d'une captivité... on s'eſt aſſez vengé, puiſque vous ne l'aimez plus, lui, ſeigneur, qui vous plaint, qui vous chérit malgré les injuſtices dont il eſt accablé ! ah! ce n'eſt pas mon époux qui a oublié que vous étiez ſon frère !

Le comte de Richemont interrompt ſa nièce : — Tes pleurs n'auront pas coulé inutilement ; allons, duc, vous les arrêterez ces larmes ſi touchantes ; donnez - moi votre main, laiſſez - vous fléchir, & que vous me deviez l'action la plus bienfaiſante.

Il entraîne ſon neveu, qui cependant regardoit ſes courtiſans, & cherchoit à lire dans leurs yeux, s'ils approuvoient ſa démarche.

Le prince, privé de la liberté, doutoit encore s'il n'étoit pas le jouet des illuſions d'un ſonge : — C'eſt moi qui ſuis dans les fers, & l'on s'eſt ſervi du plus cher de mes parents, du plus grand des rois, pour me porter ces coups ! Ah, mon frère, mon frere!... Quel nom m'eſt échappé ? Cruel! un titre ſi doux n'eſt plus le tien ! Tu ne les connois

plus ces tendres sentiments que j'éprouve encore
pour toi! Eh! que devient Alix ? Sans doute mon
horrible situation lui coûte des pleurs ; je ne lui ai
causé que des chagrins! voilà le partage du plus
ardent amour! C'est cet amour qui fait tous mes
malheurs, qui fait ceux d'Alix, d'une épouse adorée! Encore, si je souffrois seul! mais tous ces
traits frappent Alix.... Le ciel m'abandonneroit-
il ? Oh! je vis, je vis pour la vengeance. Le roi
d'Angleterre sera informé de ma détention; son
amitié volera à mon secours, frère inhumain, ou
plutôt le plus sombre des tyrans. Monstres qui lui
soufflez votre esprit de cruauté, qui le dénaturez,
je vous ferai payer cher ces larmes que vous faites
répandre! C'est par des torrents de sang que je les
expierai; je n'ai plus de famille, de parents : venez,
venez, Anglais, que ma prison, que la Bretagne
entiere ne soit plus qu'un lieu de désolation!.....
Que dis-je, malheureux? où m'enporte ma douleur?
Ah! je retiendrois les coups qui menaceroient mon
pays, mon frère ; j'exposerois encore pour eux
cette vie... qu'ils ont dessein de m'arracher, que
j'exhalerai sous le fardeau de tant de disgraces.
Fasse le ciel que celle d'Alix soit épargnée! je par-

donne tout à mes perfécuteurs, pourvû qu'elle ne partage point l'excès des maux dont ils m'accablent !

Le prince entend quelque bruit à la porte de fa
prifon ; elle s'ouvre : il voit le connétable qui tenoit le duc par la main, & que fuivoient Pierre
de Bretagne & Alix. Plufieurs feigneurs les accom-
pagnoient. Le prince s'écriè : je vous revois ma
chère Alix! Elle va tomber, en pléurant, dans
fes bras. Mon neveu, dit le connétable, voici
votre frere que je vous amène : demandez - lui
pardon, & il vous rend votre liberté. —— Lui
demander pardon ! m'humilier jufqu'à cet abaiffe-
ment ! & qu'a-t-on en effet à me reprocher ? Des
crimes, répond le duc, qui a déjà repris toute
fa haine, la perfidie, le rapt, l'ingratitude ;
vous avez recherché l'appui des Anglais ; vous les
avez attirés dans votre château ; tous les jours,
vous écrivez à Henri, & vous en recevez des
réponfes. Vous avez arraché des bras de Montauban, une femme qui ne devoit pas être la
vôtre. Au mépris de toutes les loix, vous l'avez
époufée, & pour couronner vos égarements,
vous me portez une inimitié... vous en voulez à
ceux que j'honore de ma protection, à mon pou-

voir

voir suprême , & peut-être à ma vie. Eft-ce à moi
d'en douter ? Ah ! mon frère , interrompt le prince
avec vivacité, le croiriez-vous que vos jours ne me
font pas aufli chers que les miens mêmes , que ceux
d'Alix ? Voilà où d'indignes courtifans vous ont
amené ! ils m'ont ôté votre cœur ; la nature , la
nature , quelques efforts que je fafle, ne peut plus
y rentrer pour moi ; idée cruelle qui me défefpère !
Non , qu'on ne m'accufe point de forfaits aufli
monftrueux. Je vous ai toujours refpecté , toujours
chéri. Il eft vrai que j'aime les Anglais ; ils ont
pris foin de mon enfance ; j'ai puifé dans leur fociété , cet efprit de franchife & de liberté qui eft
étranger en ces lieux ; leurs goûts , leurs amufements font les miens ; leur fouverain eft mon plus
tendre ami : mais j'en appelle à fon propre témoignage : ai-je jamais oublié avec lui que j'étois
votre frère , votre premier fujet ; le neveu du roi
de France , que la Bretagne étoit ma patrie ? Que
Henri, que toute l'Angleterre prononce , & les
calomniateurs feront confondus ; je ne diffimulerai
pas que mon amour eft extrême , que j'ai enlevé
Alix à fon ravifleur... Nous nous aimions ; vous
même , ne m'aviez-vous pas engagé votre parole

que le mariage avec Artur feroit fufpendu ? je re-
gardois cette promeffe comme un ferment inviolable, & j'apprends qu'on traîne Alix aux autels ;
je la vois dans les bras d'un perfide qui m'a
perdu auprès de vous : alors, je l'avouerai, je n'é-
coute plus que cette paffion, qui ne s'éteindra qu'a-
vec ma vie... Mon frère, n'auriez-vous jamais
aimé ? l'amour, l'amour eft capable de tout.

François paraiffoit écouter le prince plus favora-
blement. Alix prend la parole : —— Je vous l'ai
dit, feigneur : c'eft moi feule qui fuis coupable ; s'il vous faut une victime, n'allez pas plus
loin ; que j'occupe ici la place de mon époux : ah !
qu'on me charge de fers, qu'on termine une miférable éxiftence, pourvû que le prince foit libre,
qu'il défarme cette méchanceté acharnée à fa perte,
que vous lui rendiez vos bonnes graces ; pourvû
qu'il retrouve un frère ; hélas ! j'emporterai dans le
tombeau une douce fatisfaction, fi ma mort lui
peut être utile.

Le prince ne laiffe pas achever fa femme ; il
court vers elle, l'arrofe de fes larmes ; elle lui dit,
à voix baffe : jettez-vous aux pieds de votre frère,
fon époux fait un gefte qui décèle fa répugnance ;

Alix ne lui adreſſe que ce mot, vous m'aimez !
Auſſi-tôt le prince tombe aux genoux du duc : ——
Qu'éxigez-vous de plus ? Votre frère, ſeigneur, eſt
proſterné devant vous. Seriez-vous inexorable ?

Le ſouverain eſt ému ; il ne peut même cacher
ſon attendriſſement. Soudain Alix, le comte de
Richemont, & Pierre de Bretagne, embraſſent
ſes pieds. Le comte s'écrie : héſiteriez-vous encore à
lui pardonner ? Nous ne rougiſſons pas de nous
abbaiſſer, & c'eſt votre oncle lui-même, le connétable de France, qui implore ſa grace à vos genoux.

Le duc ouvre enfin ſes bras au priſonnier, dont
les fers vont tomber. Il promet de tout oublier ;
la nature a triomphé, & la force du ſang l'a em-

————————————————————————

François eſt ému, &c. La nature humaine ſeroit-elle ſuſceptible de tant de barbarie ? Il y a des écrivains qui avan-
cent le contraire : ils prétendent que loin d'être touché, le
duc conſervant ſon caractère infléxible, « eut la baſſeſſe d'a-
»buſer de la ſituation du prince, & même de l'inſulter par
»des railleries indécentes. » Voilà l'eſpèce d'hommes dont la
véridique hiſtoire doit à jamais faire juſtice, en condamnant
leur mémoire à une éternelle éxécration.

porté fur cette averfion, le fruit de tant d'odieufes manœuvres.

On n'attend plus que le moment où le prince fortira de la prifon ; fon époufe demeure feule avec lui : à peine le duc s'eft éloigné : —— Jugez, ma chère Alix, de l'empire que vous avez fur mon ame ! c'eft plus cent fois que de mourir pour vous. Je vous ai obéi; je me fuis anéanti, à votre voix, pour prendre la pofture la plus humiliante ; & de-vant qui me fuis-je abbaiffé ? devant mon frère, devant mon tyran. L'avez-vous remarqué ? il n'a cédé qu'à l'efpèce d'autorité que le connétable a fur nous ; ce n'eft qu'à regret qu'il m'a laiffé ac-courir dans fes bras : non, je ne regagnerai jamais fon amitié. Je connais trop le fentiment pour m'en impofer ; un cœur, Alix, qui fçait t'aimer, ne peut s'y méprendre. Le duc ne confervera pas long-tems cette fenfibilité, que vous & le comte de Richemont avez feuls été capables d'exciter... — Quelle cruelle défiance, prince, vient empoifon-ner un bonheur dont tout nous affure ? Pourquoi prêter au duc cette inhumanité? Eh! qui ne s'atten-droit fur votre fituation ? Il n'eft point de cœur affez endurci pour réfifter à des prières fi touchan-

tes! Je n'en doute point : le duc a craint de nous
montrer tout ce que vous lui avez infpiré ; c'eft fa
grandeur qu'il faut accufer de l'avoir empêché de
mêler fes pleurs aux nôtres. Prince, c'eft d'aujour-
d'hui que votre deftinée commence: vos ennemis vont être confondus. Ils feront les témoins
de cette réunion ; ils trembleront; mais, croyez-
moi, c'eft l'inftant de leur pardonner; votre grande
ame m'eft connue ; & le jour de notre bonheur, tout
le monde doit être heureux.

Une amante perfuade facilement. Le prince ban-
nit les foupçons, & s'abandonne à toute l'ivreffe de
la joie dont fa femme eft pénétrée. Ils forment le
projet d'aller, loin de la cour, s'enfevelir dans une
de leurs terres, d'y vivre l'un pour l'autre, de
s'y remplir de leur attachement mutuel. L'amour
n'eft-il pas tout, difoient-ils, pour deux cœurs fenfibles ? Qu'eft-ce que la grandeur auprès de cette
pure tendreffe, que l'on goûte toujours avec un
nouveau charme, & qui ne s'altère jamais ? Qui
fçait aimer, trouve tous les plaifirs dans fon ame ;
les autres paffions font hors de nous : c'eft l'amour
qui eft la véritable paffion du cœur ; livrons-
nous à fa féduction. Heureux par nous - mêmes,

puiſſions nous être oubliés de la terre entière ! tous
nos chagrins feront diſſipés.

L'approche de pluſieurs perſonnes ſe fait entendre : on vient vous rendre la liberté, s'écrie Alix !
cher prince, n'oubliez pas de revoler dans le ſein
de votre frère. Nos malheurs font donc finis !

Quelle affreuſe révolution ! Des gardes paraiſ-
fent : — Madame, nous avons ordre de vous ſéparer. —— Mon époux n'eſt pas libre ? —— Nous
exécutons, madame, les volontés du ſouverain.
Nous n'avons rien à dire ; daignez ſeulement
vous retirer. —— Je cours vers le duc ; auroit-il
changé de ſentiment ? Elle embraſſe ſon mari, le
ferre contre ſon cœur, en obſervant un morne ſilence,
& le quitte, après avoir pouſſé un cri lugubre : il
demeure immobile, accablé de la foudre ; il n'eſt
réveillé de ce ſommeil de douleurs que par de nouveaux coups : on lui préſente des fers. —— Des
fers ! à moi ! des fers ! (les gardes, en lui enchaî-
nant les deux mains, ont de la peine à cacher le
trouble qu'ils éprouvent) Il n'y aura donc dans la
nature que mon frère qui ſoit inſenſible ! Apprenez-moi, de grace, ce qui peut m'attirer cet excès
d'injuſtice & de barbarie, &...où me menez

vous ? à la mort ? Ah ! chère Alix, ne te reverrois-je
plus ?

Ces satellites ne répondent que par quelques mouvements de compaſſion, qui ſemblent leur échapper
malgré eux ; ils ſe ſaiſiſſent du priſonnier, & après
l'avoir transféré de Dinan à Rennes, & de - là à
Château-Briant, & en pluſieurs autres lieux, ils
le conduiſent au château de la Hardouïnaye.

On doit aiſément deviner le motif d'une contrariété ſi révoltante : ce retour du ſouverain à la
nature n'avoit pas été aſſez déterminé pour ſurmonter les aſſauts que lui portoient les perſécuteurs de ſon frère. On répéta tout ce que ce dernier avoit dit contre le duc dans ſes accès d'emportement, ou plutôt on inventa les plus abſurdes calomnies ; on fit paraître des témoins qui dépo-
ſèrent que le projet de cette victime de la méchanceté humaine, étoit d'introduire les Anglais dans ſon pays ; on alla même juſqu'à l'accuſer hautement de s'être abandonné à des violences
criminelles à l'égard de femmes & de filles, qui
ervirent la rage des impoſteurs, & ſe plaignirent
d'avoir été outragées ; en un mot, on vint à bout

d'intenter un procès à ce malheureux prince, qu'on étoit décidé à trouver coupable.

Le procureur général du-Breil reçoit ordre de former son accusation ; ce respectable magistrat court aux pieds de son maître, lui représente l'horreur de la démarche où il va s'engager, refuse de prêter son ministère à cette trame d'iniquité. Le duc infléxible le presse d'obéir, joint à ses ordres la menace : du-Breil accepte enfin cette affreuse commission, mais dans le dessein louable de détourner l'orage, ou du-moins d'en affaiblir les effets.

Alix étoit allée se jetter aux genoux de François : —— Eh ! seigneur, par quelle fatalité inattendue votre ame a-t-elle changé en si peu de temps ? Vous permettiez que mon mari portât ses larmes dans votre sein ; vous aviez même paru vous laisser toucher ; vous nous aviez enfin accordé sa grace, & l'on resserre ses chaînes ! il est traîné de prison en prison ! on l'accuse de mille excès dont il n'a pas seulement conçu l'idée ! Avez-vous résolu, seigneur, de lui ôter la vie ? Je viens vous offrir la mienne ; que j'expire plûtôt que de soutenir un si

horrible fpeſtacle !.. Seigneur, eſt-ce mon hyménée qui attire votre colère fur la tête de mon
époux ? Eh bien ! le dirai-je ? j'y confens :
qu'on rompe les nœuds qui nous uniſſent, qui
me font ſi chers ; mon cœur me reſtera, pour l'a-
dorer toujours. Cher prince ! c'eſt moi qui te
cauſe tous ces maux ?.. Ah ! qu'on m'enlève le
nom de ſa femme ! qu'on me raviſſe juſqu'à l'honneur, ſi à ce prix la liberté lui eſt rendue ! Je
n'enviſage que mon époux ſeul ; je m'oublie entiérement ; qu'il ſoit libre, qu'il ſoit libre ! Le refu-
ſerez-vous aux larmes que je verſe à vos pieds ?
Craint-on qu'il ne cherche à ſe venger, qu'il n'aille
exciter le peu d'amis... Hélas ! les malheureux
n'en eurent jamais ! Si ſes perſécuteurs appréhen-
dent qu'il ne tente de s'arracher de leurs mains,
car vous l'avez abandonné à leur haine implacable, je leur offre une ſeconde victime, ſeigneur :
vous avez en moi un ôtage qui vous répondra de
mon mari. — J'accepte la propoſition, madame ;
vous m'êtes garante de la fidélité d'un frère qui

Vous avez en moi un ôtage, &c. Le duc effectivement
demanda qu'Alix de Dinan fût remiſe en ſes mains.

a perdu ce titre à mes yeux : ils se sont dessillés ; je vois trop jusqu'où l'esprit de haine & de rébellion peut l'emporter... —— Le prince rebelle ! lui, seigneur ! c'est vous qu'on égare ; c'est vous qu'on rend l'artisan des malheurs d'un frère... Il ne vous hait point, il ne vous hait point. Je resterai dans ces lieux, j'y attends tous les supplices, si la moindre accusation contre mon mari a une ombre de vérité. Hélas ! tout son crime est de me trop aimer ! Encore une fois, je suis la seule coupable, seigneur ; voilà sur qui doivent s'exercer toutes ces fureurs allumées par la jalousie ; qu'Artur vienne me percer le sein, & que les fers de mon époux soient brisés.

C'étoit envain que la princesse avoit, en quelque sorte, fait le sacrifice de sa liberté, pour assurer celle de son mari : cette action héroïque n'a doucit point le sort du prisonnier : son procès se continuoit ; les charges furent remises au sénéchal de Rennes, pour être rapportées à l'assemblée des états.

C'est à cette auguste assemblée que parut le comte de Richemont, tel qu'un dieu protecteur qui accouroit à la défense d'un mortel. Il frémis-

foit de colère ; il s'étoit emporté en menaces contre les favoris, & avoit même accablé le duc des
reproches les plus fanglants. Meſſieurs, dit ce
grand homme, avec cette noble aſſurance qu'il
montroit dans les combats, un guerrier ne connaît
point l'art de la parole : peut-être même le dédai-
gne-t-il ; la vérité, pour vous être préſentée, n'a
pas beſoin de ſecours étrangers. Je ne m'élève
point ici contre celui qui vous commande ; s'il n'é-
coutoit que ſon penchant, je ne ſerois point forcé
de vous faire entendre des plaintes : mais je traduis
à votre tribunal, aux pieds du juge ſuprême, de
ce Dieu dont on ne ſurprend point l'équité, j'accuſe
à haute voix les infâmes courtiſans qui infectent
leur maître de leurs poiſons, qui égarent ſon cœur
comme ſon eſprit, qui oſent l'armer contre ſon
frère, contre le mortel le plus innocent, qui ne
reſpirent enfin que la perte de mon neveu. Quelles
font les charges que l'on produit? Les dépoſitions
de miſérables créatures dont on a acheté le témoignage impoſteur, les délations de femmes proſti-

---

De femmes proſtituées, &c. » On avoit mandé de toutes

tuées, livrées au mépris public. Le prince a eû
recours à la force pour les insulter. Et qui ne connaît son violent amour pour Alix ? Etoit-ce en
ces moments où il brûloit d'arracher sa proie à son
rival, où il revenoit d'Angleterre, & enlevoit mademoiselle de Dinan, où il se remplissoit du bonheur de lui donner sa main & de la posséder, étoit-
ce en ces moments qu'il se jettoit dans des dérégle-
ments honteux dont rougiroit le dernier des Bretons?
C'est cette passion pour sa femme, qu'il n'a pu dompter, dont j'ai désapprouvé moi-même les transports
& les suites, qu'on doit lui reprocher; sans doute il
s'est rendu criminel de rapt, plus coupable qu'un
homme ordinaire, puisqu'il est fait pour donner
l'exemple de la modération & des bonnes mœurs.
Je ne veux point déguiser sa faute, ni l'affaiblir : mais
il aimoit, il étoit aimé; qui de vous, peut-être, n'a
éprouvé daus quels égarements cette erreur peut
nous précipiter? Montauban n'avoit inspiré que de la
haine. Alix a-t-elle contracté une alliance indigne

————————————————————————

» parts, (dit un historien des ducs de Bretagne) des fem-
» mes & des filles, lesquelles accusèrent le prince de les avoir
» violées ».

de fa maifon, en époufant le frère de votre maître ?
tout n'eft-il pas réparé ? Et s'il falloit, meffieurs, une
punition, n'a t-il pas affez expié cette faute, qui répandra de l'amertume fur le refte de fes jours ? Exi-
geriez-vous un châtiment plus confidérable ? Il lan-
guit dans une prifon ; il eft en butte à toute l'inimitié
de fon fouverain ; car il n'a plus de frère ; le plus
abject des hommes, dans fa fituation, défarmeroit
la juftice infléxible ; & le nom de prince empê-
cheroit-il qu'on ne lui fît grace ? Mais, ofe-t-on
dire, c'eft un factieux qui médite la ruine des
fiens : c'eft à cette accufation, meffieurs, que
doit éclater mon indignation ! Avez-vous pu
nourrir parmi vous d'auffi monftrueux calomniateurs ? Mon neveu, traître à la patrie, appellant les
Anglais en Bretagne, portant le fer & la flamme
dans ces contrées où il a reçu la naiffance, fur lef-
quelles il pourroit un jour régner ! Et où font les
preuves de ce forfait, qui paffe tous les attentats,
digne de la mort la plus affreufe, d'une exécration éternelle ? Des difcours, des difcours légers
& imprudents, qu'un jeune prince a tenus à l'un
de fes plus ardents ennemis ; & dans quelle occafion ? quand il voyoit Hingant chargé d'épier fa

conduite , les fecrets de fon ame. D'ailleurs, qui
nous garantit la vérité de ces délations ? Hingant,
Hingant lui-même , qui , fans doute, aura groffi
les objets, au lieu de les diminuer , qui a juré la
perte du prince ; il ne s'eft pas fenti affez grand
pour oublier la prétendue injure qu'il croit avoir
reçue ; il n'a tenu qu'à lui d'obtenir une réparation qu'il eft bien loin de mériter. Au refte , ce
n'eft point dans des propos vagues & arrachés à
la colère qu'on découvre les vrais fentiments. Si
le prince en-effet tramoit un complot avec les Anglais , feroit-il refté tranquille dans fa retraite ,
quand on lui annonçoit le péril qui le menaçoit ?
Voici la lettre de Guillaume Roskill , qui l'aver-
tiffoit des coups qui l'attendoient à la cour de Bretagne. Un homme qui a conçu le projet de trahir
l'état , auroit-il confervé cette fécurité ? Il n'appartient qu'à l'innocence de jouir de ce calme
heureux. Mon neveu a été élevé à la cour de Londres ; Henri l'honore de fon amitié ; il lui a offert l'é-
pée de connétable , qu'il a refufée : il aime la façon
de vivre des Anglais ; il partage avec eux fes divertiffements , & de-là on inférera l'oubli des devoirs , le crime de haute trahifon , la dégradation

de l'ame, la haine contre le souverain & la patrie.
(Le comte de Richemont se tourne vers le duc.)
Prince , revenez donc d'un aveuglement qui ,
j'ai droit de vous le dire, vous déshonore, & flé-
triroit à jamais votre règne. Contemplez un innocent auquel vous faites subir la peine dûe aux
coupables ; envisagez un infortuné qui vous tend
ses bras , ses bras appésantis de chaînes, votre
frère ... à ce nom, vous n'ordonnez pas qu'on
aille vîte briser ses fers ! vous résistez à la nature,
qui vous parle , qui vous sollicite, qui vous combat par moi, qui vous rejettera du nombre des humains , si vous refusez plus long-temps de lui céder !.. C'est donc à vous , respectables membres
d'une auguste assemblée, qu'il faut que je m'a-
dresse ; c'est parmi vous ... que je trouverai des
hommes , que le cri de la pitié se fera entendre
au défaut de la voix du sang ; ah ! sans doute vous
serez plus sensibles qu'un frère dénaturé ; dès
cet instant, tous les liens qui nous unissent sont
rompus : j'oublie qu'il est le fils de mon frère.
C'est donc vous que j'implore pour mon malheureux neveu ; il n'est point coupable , il n'a été
qu'imprudent , il a cédé à une funeste passion que

peu de cœurs font maîtres de repouffer, & quand il feroit criminel ... le ciel ne pardonne-t il pas ? fongez que c'eft le comte de Richemont qui follicite fa grace, qui vous la demande comme un faible prix des fervices qu'il a pu rendre à la Bretagne ... vous voyez couler mes larmes.

Auffi-tôt on entend un cri général : il n'eft point coupable ! que fes chaînes foient brifées ! qu'il foit libre ! que notre fouverain daigne lui rendre fon amitié !

Le connétable reprend : jufqu'à fon époufe qu'on perfécute, & qu'on prive de la liberté ! Un des favoris élève la voix : la raifon d'état éxige cet acte de févérité. La raifon d'état, interrompt brufquement le comte, eft que votre maître foit humain, frère fenfible, fouverain jufte, & qu'il vous puniffe comme d'infâmes calomniateurs, que le ciel a trop long-temps épargnés. Mon neveu fortira de la prifon, ou votre vie en répondra ; je pourrai m'abbaiffer jufqu'à fouiller mes mains d'un fang qui ne doit fe répandre ... que fous celles des bourreaux.

Le connétable, à ces mots, fe retire précipitamment de la falle ; le vicomte de Rohan accourt au duc: —— Seigneur, oſerois - je faire entendre ma voix, après celle du comte de Richemont ? vous devez ſavoir que, parent d'Artur, il me ſeroit permis d'embraſſer ſa querelle ; mais je ſuis le premier à déſavouer ſes pourſuites contre le prince ; je fais plus : dès ce moment, je deviens ſon ennemi déclaré, ſi lui - même ne tombe à vos genoux, pour ſolliciter dans votre cœur la tendreſſe fraternelle ; oui, ſeigneur, c'eſt moi qui vous conjure, qui vous preſſe de rendre la liberté au prince ; j'oublie l'eſpèce d'affront fait à la maiſon de Montauban, & je n'abandonne mon ame qu'aux ſentiments de pitié & d'attendriſſement que doit exciter la ſituation du prince votre frère. Le vicomte ſe jette aux pieds de François, & achève d'entraîner l'aſſemblée en faveur du priſonnier.

Le comte de Richemont ne doutoit pas que ſon diſcours ne produiſît l'heureux effet qu'on en devoit attendre ; il reçoit une lettre du roi de France, qui lui ordonnoit de ſe rendre, ſans nul délai, à ſa cour ; les Anglais faiſoient de nouveaux efforts pour reprendre les places que nous leur avions ôtées. Le connétable, qui ſe piquoit d'exactitude à remplir ſes devoirs, vole auprès de Charles, après avoir laiffé dans la Bretagne, des amis chargés de pourfuivre fon ouvrage, qu'il regardoit comme prefque achevé.

Les états avoient refufé de prononcer fur une affaire fi importante. Le prince cependant gémif-foit toujours dans les fers, & fa femme, graces à la vigilance de fes perfécuteurs, n'étoit guères moins captive que lui. C'en étoit fait ! le cœur de François s'obftinoit dans fon endurciffement, & fes favoris, par leurs abominables intrigues, pré-venoient les moindres apparences de retour à la fen-fibilité. C'eft une des imperfections de la nature hu-maine : on revient moins facilement à la compaffion & à la vertu, qu'on ne retombe dans le vice, & dans cette indifférence, la mort de l'ame, qui conduit à la barbarie. C'eft de la dureté des hommes qu'éma-nent tous leurs crimes : rendez-les fenfibles, on n'aura que des fautes à leur reprocher.

Le duc, par la main de fes lâches émiffaires, répandoit à la cour de France des mémoires, où fon frère étoit peint des plus noires couleurs. Il vouloit faire partager à Charles cette haine impa-tiente de fe fatisfaire : peu content des états, il prétendoit établir la continuation du procès fur de nouvelles informations, les premières n'ayant fourni que des preuves insuffisantes. Il voit avec peine qu'il ne pouvoit se passer du secours de son procureur général : il envoye donc chercher du-Breil, qu'il comble d'abord de caresses, & auquel il promet une fortune éblouissante. Monseigneur, lui dit, le respectable magistrat, à quel titre aurois-je mérité ces bienfaits de mon souverain? —— On ne sauroit trop récompenser votre amour pour la justice, & c'est cette intégrité que je réclame. Vous n'ignorez pas que je suis offensé, que mon dessein est de punir le coupable, & sans doute vous aurez mes yeux : vous ne verrez dans le prince de Bretagne, qu'un criminel que l'on doit abandonner au glaive des loix... Je vous l'ai dit : une protection déclarée vous attend ; toutes les faveurs tomberont sur vous, sur votre famille... —— Et vous dites, monseigneur, que j'aime à remplir mes devoirs, que je suis attaché à la justice ? le serois-je, si en ce moment je cédois à vos desirs, que d'ailleurs je respecte ? mériterois-je la place que vous avez bien voulu me confier ? Monseigneur, les princes sont au-dessus des hommes : mais les loix sont au-dessus des princes. Je suis

G ij

prêt à perdre la vie, pour vous témoigner mon zèle: mais blesser l'équité! Dieu même, si l'idée de l'Etre juste par excellence pouvoit se concilier avec une idée aussi absurde & aussi révoltante, Dieu même ne me feroit pas manquer à cette intégrité, qui doit être l'ame d'un magistrat. Après cet aveu, monseigneur, qu'éxigeriez-vous de moi? la justice? je l'ai rendue : votre frère ne sauroit plus long-temps garder la prison. Il ne m'appartient pas à moi qui dois ne reconnaître que l'infléxible pouvoir des loix, d'être l'organe de la compassion, de faire valoir la naissance, la jeunesse du prince, de vous représenter qu'il est de votre sang, que la nature se récrie; je ne vois ni le rang, ni l'âge : je ne contemple, je n'entends rien que la vérité; vous m'en avez établi le ministre. Je dois donc vous dire que les charges ne suffisent point pour trouver le prince coupable ; & quand il le feroit, sachez que la loi ôte à l'aîné le droit de poursuivre criminellement son frère cadet; vous ne pouvez donc faire le procès au prince. Le

_____

Son frère cadet, &c. » L'aîné, disoit le procureur-général, malgré l'avantage de sa naissance, n'a point de jus-

duc enflammé de colère, interrompt du-Breil :
vous réfifteriez à l'autorité ? —— J'obéis, monfeigneur, à la voix de ma confcience; il n'y a point
de fouverain dans le monde qui faffe taire cette.
voix que tous les hommes devroient écouter. — Eh
bien ! je faurai... toute ma fureur... — Voici
ma tête, monfeigneur, une tête blanchie dans
l'éxercice des travaux de la magiftrature. Frappez;
qu'elle tombe à vos pieds ; j'ai foixante & dix-
huit ans ; je n'irai pas déshonorer le peu de jours
qui me reftent à vivre; vous ne voudriez point que les
derniers moments d'un fidèle fujet fuffent flétris d'un
opprobre éternel; ma vie, je vous l'abandonne, mais
mon honneur, voilà mon éxiftence véritable, & nul
pouvoir ne peut me l'enlever... Ah, monfeigneur !
j'ai peine à retenir mes larmes ; ce n'eft plus le
magiftrat qui vous parle : c'eft l'homme, l'homme
le plus fenfible à vos propres intérêts ; non, monfeigneur, non, mon maître, vous n'êtes pas in-

---

» tice criminelle fur fon *juvégnieur*. » Cette décifion eft-elle
en effet appuyée fur les loix ? Il faut croire que du – Breil
cherchoit un prétexte pour fauver l'infortuné prince de
Bretagne. Le fentiment qui vaut bien le code prononçoit
affurément en faveur du magiftrat.

G iij

juste , barbare , impitoyable ; on vous égare , on
abuse de votre confiance ; c'est ainsi qu'on dénature
les princes ! on veut changer votre cœur que le ciel
avoit fait humain , compatissant, prompt à s'attendrir ! hélas ! je vous ai vû aimer le prince votre frère ;
il partageoit vos amusemens. Je vous ai entendu
souvent dire qu'il vous feroit toujours cher. Sans
doute il est tombé dans des erreurs, & à quel homme
n'échappe-t-il pas des fautes ? Soyons indulgens ,
monseigneur ; la bonté nous vient du ciel : c'est l'enfer qui a produit la haine, & le courroux infléxible ; voyez votre malheureux frère qui vous adresse
ses gémissemens , qui du fond d'un cachot vous
demande grace, vous tend ses mains suppliantes : il
seroit coupable, Dieu , monseigneur , Dieu lui par-
donneroit... j'embrasse vos genoux. —— Retirez-
vous , sujet rebelle. —— Dites, monseigneur, un
sujet qui donneroit sa vie , pour vous rappeller
à vous-même. —— Je n'ai besoin ni de vos conseils , ni de vos secours ; je saurai bien sans vous
satisfaire un ressentiment légitime. —— Monseigneur , craignez les remords , ils sont les maîtres
des rois. —— Redoutez l'effet de ma vengeance.
—— Je l'attendrai , monseigneur.

Du-Breil fort à ces mots, & laiſſe le duc fré-
miſſant de rage. Il y avoit des moments où le
prince méditoit la perte de ce vieillard vénérable :
mais bientôt il changeoit de penſée. Le méchant,
malgré lui, éprouve du reſpect pour la vertu, &
ce n'eſt pas le moindre des tourments ſecrets qui le
déchirent. François, déſeſpérant de pouvoir réuſſir
par la voie de la procédure, renonce à ces moyens, &
de concert avec ſes lâches corrupteurs, imagine d'autres artifices pour travailler à la ruine de ſon frère.

Les fers du priſonnier s'appeſantiſſoient ; accablé de tant de malheurs, il ne gémiſſoit que ſur
la deſtinée de ſa femme ; elle ſouffre avec moi,
s'écrioit-il, & ſes ſouffrances me touchent bien
plus que les miennes propres ! on ne ſe conten-
tera point d'une ſeule victime ! ils épuiſeront encore leur barbarie ſur Alix ; ils la puniront de cet
amour qui m'enflammera juſqu'au dernier ſoupir !..
que n'ai-je en-effet recherché l'aſſiſtance des Anglais ! je ne me verrois point plongé dans une eſpèce
de tombeau, ſéparé de tout ce que j'aime, chargé
de chaînes… Ah ! frère cruel, eſt-ce là ce que
la nature t'a conſeillé ? la nature ! ingrat ! tu ne la
connus jamais. O mon père, pourquoi les morts

G iv

ne peuvent-ils se lever du cercueil ? quelle image frapperoit tes regards !.. Encore s'il n'a pas fait ressentir sa haine à mon épouse ; si Alix... peut-elle être heureuse ? Les peines de ce que nous aimons, ne sont-elles pas nos peines les plus cruelles ? Si je pouvois souffrir, & qu'elle l'ignorât, frère barbare ! je te pardonnerois tous les mauvais traitements dont tu m'accables ; mais Alix, Alix verse des pleurs, & c'est toi qui les fais couler !

Telles étoient les réflexions de cet infortuné. Il reçoit en secret, des mains d'un de ses satellites, une lettre, que cet homme l'engage à voix basse de n'ouvrir que lorsqu'il se trouveroit seul : il brûle d'arriver à ce moment ; les geoliers se sont retirés : ses mains impatientes, malgré l'obstacle des chaînes, se précipitent sur la lettre ; il reconnaît l'écriture, lui prodigue mille baisers, & lit ces mots :

» Cher époux, tout ce que j'adore, vous devez » concevoir l'horreur de ma situation ; il ne m'est » point permis de partager avec vous l'affreux sé- » jour que vous habitez ; on me défend, on m'em- » pêche de mêler mes larmes aux vôtres, de vous » serrer dans mon sein, de vous donner mes soins ,

» d'être votre confolatrice ; votre domeftique , de
» fervir tout ce que j'aime. Du-moins j'adoucirois
» vos maux ; je fouleverois vos fers ; cher prince !
» nous confondrions nos gémiffements , nos ames;
» s'il faut mourir, nous rendrions nos derniers
» foupirs enfemble : mais, le croiriez-vous ? à
» peine on vous eut ravi la liberté, je courus aux
» pieds de votre frère, m'offrir en ôtage, me flat-
» tant qu'à cette condition vos chaînes feroient
» rompues ; je fuis, en quelque forte, prifonnière ;
» on obferve tous mes pas ; on épie jufqu'à mes
» larmes, & vous n'êtes point libre. Que j'aurois
» de plaifir à mourir, fi à ce prix vous ceffiez d'être
» malheureux ! hélas ! c'eft moi qui vous ai plongé
» dans ce gouffre de mifère ! Pourquoi vous ai-je
» aimé ? je le paye bien cher cet amour qui fait
» encore le charme de ma vie. Eh bien ! cher
» prince, puifque toute autre confolation nous eft
» refufée, aimons-nous donc, s'il fe peut, encore
» davantage ; que nos deux cœurs fe correfpon-
» dent ! Le mien s'élance toujours vers cette hor-
» rible prifon ; ah ! que n'y fuis-je renfermée à
» jamais ! près de toi , cher époux, fongerois-je au
» monde, à tout ce qui nous environne ? malgré
» notre tyran , nous goûterions la félicité fuprême.

» L'amour embellit tout ; les palais où nous aurions
» à supporter l'aspect de nos persécuteurs, voilà les
» cachots abominables. Je ne puis donc, ô le plus
» aimé des amants, que t'assurer d'une tendresse
» invariable, te répéter cent fois que ton Alix ne
» respire que par toi seul, & pour toi seul. Mon
» cœur rempli de ton image, plein de son amour,
» c'est tout ce qui est en ma puissance. Je n'ai que des
» pleurs & des conseils à te donner. Tu m'aimes :
» j'en attends une preuve éclatante. Il ne s'agit
» plus ici de conserver un orgueil qui aggraveroit
» tes maux, & tes maux ne sont-ils pas les miens ?
» Prince, le rôle des infortunés est l'abbaissement :
» c'est là le malheur véritable ! il faut vous y soumet-
» tre, faire couler vos larmes dans tous les cœurs,
» écrire à votre oncle, le roi de France : il n'est pas
» possible qu'il ne vous prête son appui ; les mo-
» narques Français ont été de tout temps le sou-
» tien des malheureux ; ne ménagez point les ex-
» pressions ; peignez vous prosterné à ses genoux,
» réclamant, je ne dirai pas les droits du sang,
» mais sa compassion, son humanité. Si mon état
» pouvoit ajoûter à ce tableau, représentez-moi,
» inondant ses pieds de mes larmes, & lui criant
» comme à notre dieu protecteur. Mon tendre

» ami , ofez faire plus ; je vous renouvelle ma
» prière : c'eft pour moi , pour la plus à plaindre
» des femmes que vous vous humiliez , que vous
» vous immolez entièrement : cette humiliation eft
» le comble de la grandeur de l'amè ; écrivez en-
» core, ne vous laffez pas d'écrire à votre tyran , à
» votre frère , les lettres les plus touchantes , les
» plus remplies de foumiffion ; vous le défarmerez ;
» vous l'attendrirez , nous nous reverrons. Encore
» une fois, c'eft votre époufe , votre amante, votre
» Alix qui implore de vous cette grace ; n'envi-
» fagez qu'elle , & vous ne me refuferez pas cette
» preuve d'amour. J'avoue qu'il n'en peut être
» une plus grande : mais vous m'avez appris à tout
» efpérer de votre tendreffe ; foyez libre , en un
» mot , & n'examinons pas les moyens. Nous nous
» aimons : nous nous fuffirons à nous-mêmes ; que
» nous importe le refte de la terre ! Adieu, l'homme
» qui vous remettra cette lettre , m'eft dévoué ;
» confiez-lui votre réponfe , & fur-tout fouvenez-
» vous qu'on ne peut être plus malheureux que
» nous ne le fommes. Pour moi , je ne connais
» d'autre orgueil que de vous aimer. »

Votre fidèle époufe.

Le prince ne ceſſoit de relire cet écrit, de l'approcher de ſa bouche, & de le tremper de ſes pleurs; l'homme, dont il le tenoit, lui procure les moyens de répondre; ſes chaînes deſſerrées lui permettent de ſe ſervir de ſes mains; le priſonnier ne tarde point à profiter de cette facilité; il écrit:

» Que m'apprenez-vous, adorable épouſe? vous
» êtes auſſi privée de la liberté! ô Dieu! pouvois-
» je imaginer que je n'avois pas épuiſé les diſ-
» graces les plus accablantes! celle-ci me reſtoit
» encore à ſupporter. Vous voulez que le prince
» de Bretagne, que votre époux, qui n'eſt point cri-
» minel, deſcende à cet excès d'humiliation, ſe ſa-
» crifie pour ne ſe remplir que de vous! Alix, Alix
» vous ſerez obéie. N'êtes-vous pas ma divinité
» ſuprême? eh! qu'aurois-je à vous refuſer, à vous,
» maîtreſſe idolâtrée de ce cœur, qui n'a jamais
» brûlé que pour la divine Alix? un mot de votre
» part me ſuffiſoit; oui, c'eſt un ordre du ciel. J'écri-
» rai au roi de France, à mes autres parents, à tout ce
» qui m'eſt le plus étranger, au dernier des hommes,
» s'il peut ſervir vos vûes, chère Alix; j'écrirai au
» duc: qu'exigez-vous d'avantage? Femme adorée,
» ce n'eſt pas à vous à douter de mon amour; oui,

» j'enverrai à cet inhumain mes larmes, mon ame
» même pénétrée de la plus vive douleur. Plus de
» prince de Bretagne: je ne me ressouviendrai que
» de toi, tendre épouse: s'il faut dire que je suis cou-
» pable, implorer un pardon... quel mot m'échap-
» pe! je le dirai; je l'implorerai ce pardon si dés-
» honorant, si révoltant pour une juste fierté; je
» me représenterai comme un vil esclave pros-
» terné devant le barbare; commanderas-tu encore
» que je le nomme mon frère? eh bien! je lui don-
» nerai ce nom qu'il a tant profané, qu'il mérite
» si peu; je lui demanderai ma grace à genoux...
» es-tu contente, Alix? & aimé-je assez?

P. S. « Je ne te parle point de tous les
» traits qui me déchirent; je dois, je veux mé-
» nager ta sensibilité; si je ne souffrois point
» dans ma femme, je serois bien moins malheu-
» reux. Quand mes regards s'attacheront-ils sur
» les tiens? Quand mon cœur palpitera-t-il con-
» tre ton cœur? Sais-tu bien qu'il n'y a que l'a-
» mour prodigieux que tu m'as inspiré, qui me
» fasse vivre encore? Mon ame est entièrement à
» toi. »

　　　　　» Ton époux & ton amant. »

La haine de François recevoit fa s ceffe de nouveaux aliments de la part des fcélérats qui l'entouroient. Son animofité crédule embraffoit toujours
plus avidement les plus noires & les plus abfurdes accufations contre fon frère. L'amour outragé eft
inéxorable : Artur, de fon côté, fe flattoit que la mort
du prince lui rendroit Alix : plein de cet efpoir, il
vole auprès du fouverain qui l'a mandé ; il trouve
avec lui Hingant & Olivier du-Méel, gentilhomme
attaché à la maifon de Montauban, & membre du
confeil du duc qui avoit dans ces deux perfonnages une confiance aveugle. Ils étoient ennemis
déclarés du prince de Bretagne. Mes amis, dit
François qu'une colère effrénée enflamme, vous le
voyez : la juftice a refufé de me fervir ; le crédit de
mon oncle a fait taire les états & mon procureur-
général, fur le fort d'un perfide... que j'ai réfolu de
punir. Artur, il vous a offenfé cruellement ; il vous
a ravi votre époufe ... ne pourriez-vous vous charger de la vengeance ? —— Comment, feigneur ?
—— Vous devez m'entendre. Ignorez-vous quelle
doit être la fin d'un ennemi dont la deftinée eft dans
nos mains ? .. Je n'ai plus de frère. Artur témoigne
de l'indignation, tant il eft des crimes qui effrayent.

les plus coupables ! ——Seigneur, je ne le diffimulerai point : je ne puis écouter affez ma haine contre
le prince ; il m'a arraché tout ce qui m'étoit le plus
cher ; je voudrois qu'il reçût le prix des tourments
qu'il me caufe ; d'ailleurs je le regarde comme un
criminel d'état qui brûle de livrer fa patrie, & vous-
même aux Anglais ; fans doute, il mérite la mort :
mais moi, la lui donner ! Artur de Montauban
fe dégrader à cet excès ! .. feigneur, avez-vous pu
croire un feul inftant que j'accepterois une femblable propofition ? Je fuis votre fujet le plus dévoué :
mais j'oferai défobéir à mon maître, quand il m'or-
donnera des actions qui me couvriroient d'un opprobre éternel. Commandez que le prince & moi, nous
nous battions en champ clos, & je me flatte qu'en
digne chevalier, me mefurant avec lui, je percerai
ce cœur qui a porté dans le mien le plus profond
défefpoir ; un gentilhomme ne connoît pas d'autres
moyens de fe venger. Souffrez que je me retire.

Le duc paraît étonné : il ne peut concevoir le
motif de ce refus ; un rival balancer feulement à fe
défaire de fon rival, lorfqu'on le remet en fon
pouvoir ! L'extrême faibleffe conduit à l'extrême
cruauté ; voilà ce qui rendoit François beaucoup
plus barbare qué Montauban. Ce prince perfifte

dans fon projet horrible, & s'adreſſe enſuite pour
fon exécution, à Hingant, qui paraît conſentir à ce
qu'éxigeoit fon maître.

On l'avoue: c'eſt à regret qu'on trace de pareilles
horreurs : un ſouverain, un frère ſe porter à des
extrémités ſi révoltantes! mais c'eſt la voix même
de l'hiſtoire qui s'exprime ici avec toute ſa fidélité,
& l'on ne ſauroit trop préſenter aux hommes juſqu'à quel point leurs paſſions, ou plutôt leur fai-

---

C'eſt la voix même de l'hiſtoire, &c. On lit dans une hiſtoire de Bretagne : « Lorſque le duc aſſiégeoit Fougères ,
» il fit venir auprès de lui Jean Hingant, & Olivier du-
» Méel, qu'il regardoit comme deux hommes ſervilement
» dévoués à ſes volontés ; il communiqua d'abord à Hin-
» gant le deſſein qu'il avoit de faire mourir ſon frère , & lui
» propoſa de le ſervir dans l'exécution de ce noir projet.
» Hingant, ſans être ſcrupuleux, eût horreur de cette pro-
» poſition. Le duc dit à Olivier du-Méel, qu'il ſouhaite-
» roit, que *M. Gilles fût en paradis*, *qu'on le blâmoit de*
» *l'avoir gardé ſi long-temps* ; du-Méel repréſenta au duc
» que cette affaire pouvoit avoir des ſuites fâcheuſes , &
» qu'il ne pouvoit faire mourir ſon frère, ſans s'expoſer à
» l'indignation du roi de France. *Je ſuis bien avec le roi*,
» reprit le duc avec vivacité ; *il ſait que M. Gilles eſt un*
» *très-mauvais ſujet*, *& il ne ſera pas fâché qu'on en faſſe*
» *juſtice* ».

bleſſe

bleffe eft capable de les égarer. François envi-
ronné d'autres courtifans, auroit pu avoir la bonté
d'Antonin, & il eft devenu l'exécration de la poftérité.

Hingant, au premier mot du confentement
qui lui étoit échappé, avoit fenti ces remords
fi puiffants, qu'il eft impoffible à quelque homme
que ce foit de repouffer. Un hiftorien nous dit
qu'Hingant *étoit courtifan, mais qu'il avoit quel-*
ques principes de probité. A peine rentré chez
lui, il envoye prier le procureur-général de venir
le trouver la nuit, & de prendre garde fur-tout
d'être apperçu d'Olivier du-Méel; il ajoûte qu'il
avoit une affaire très-importante à lui communiquer. Du-Breil obferve les précautions indiquées,
& fe rend à l'invitation; il eft furpris de l'efpèce de
défordre où il voit Hingant : — Que vous eft-il arrivé ? quelle pâleur fur votre vifage ! — Ce trouble, cette révolution, tout cela naît de mon cœur
qui fe foulève contre un projet... Je touche à la
plus haute fortune... Un magiftrat ne fauroit imaginer ce que c'eft qu'un courtifan qui brûle de s'élever, & de laiffer bien loin derrière lui fes rivaux...
Il faut fe rendre utile : c'eft par-là qu'on parvient à

Tome II.   H

fixer la faveur du fouverain, cet avantage fi momen-
tané... — Mais de quoi s'agit-il? — Le duc m'a pro-
pofé... Oh! vous allez me condamner... Son prifonnier lui pèfe, & il ne feroit pas fâché qu'on l'en
débarraffât ... vous me comprenez? — Vous auriez
promis? — J'ai donné une réponfe vague. — Vous
balanceriez? —Je fuis dans une perpléxité inconcevable; j'ai le fecret de mon maître; d'un côté
toutes les faveurs de la cour, la plus haute élévation; de l'autre, je ne fais trop pourquoi, une révolte éternelle dans mon ame! Le prince cependant m'a offenfé, & je me vengerois, ce qui flat-
teroit ma jufte fenfibilité pour mon honneur...
— Votre honneur! votre honneur éxigeroit que
vous fiffiez l'office de bourreau! malheureux Hingant! c'eft vous-même qui avez dreffé le piège
où vous voilà arrêté; c'eft vous qui, de concert
avec le fire de Montauban, avez femé & nourri
la divifion entre les deux frères; votre fituation,
je l'avouerai, eft embarraffante; vous défobéiffez
à un maître, en n'éxécutant point fes volontés;
vous renverfez votre fortune; vous vous livrez aux
dangers auxquels eft expofé un courtifan difgracié, qui a eu l'entière confiance du fouverain:

NOUVELLES HISTORIQUES. 115

c'eft-là ce qui vous attend, il ne faut pas vous le cacher; mais il n'y a point à héfiter : il vaut mieux déplaire au duc qu'au ciel, à fa confcience, à l'humanité ; c'eft dans ce moment fa voix qui fe récrie; cette voix vous pourfuivroit, fuffiez - vous affis fur le trône , & ... croyez - moi , mon ami, la vertu dédommage un cœur des traverfes qu'il éprouve. La faveur de tous les fouverains du monde , n'eft point comparable à cette fécurité qui récompenfe l'homme éxempt de reproche. Seriez-vous frappé de la plus horrible adverfité : vous auriez à vous applaudir d'avoir fait une bonne action, en refufant votre miniftère au crime; allez, éloignez-vous pour quelque temps de la cour ... — Quitter la cour ! & qui vous affure que le duc ne fera pas lui-même atteint des traits du repentir ? On ne verfe pas impunément le fang humain & le fang d'un frère ! alors quelle fatisfaction pour vous & pour le fouverain lui-même , que fes defirs n'aient point été remplis! il vous devra fa gloire, fon bonheur, l'éloge de fa mémoire , & c'eft la vertu qui fera la bafe de votre élévation.

Hingant fuit les confeils du procureur-général : il s'écarte de la cour. François fûrieux de voir fa

H ij

barbarie ainfi trompée, s'adreffe à Olivier du
Méel, qui plus endurci qu'Hingant, fe charge
avec Robert de Rouffel de la garde du prince de
Bretagne, & promet tout.

L'infortuné prifonnier avoit trouvé moyen de
faire parvenir au roi de France, une très-longue
lettre, qui contenoit les détails de fon horrible
fituation ; il expofoit à Charles que, depuis près
de trois années, il expiroit dans les fers, fans
avoir eu feulement la liberté de produire fes dé-
fenfes ; il préfentoit fa mort prochaine, s'il ne s'é-
levoit en fa faveur quelque protecteur de l'humanité fouffrante, & c'étoit à fon oncle qu'il faifoit
entendre fon dernier foupir ; il lui recommandoit
fa femme, & il revenoit continuellement à cet
objet ; il ajoûtoit qu'il étoit convaincu qu'on étouf-
foit la fenfibilité de fon frère, qu'il ne pardonne-
roit jamais à fes ennemis de lui avoir ôté jufqu'à
la compaffion qu'il auroit pu en attendre ; que malgré fon indifférence barbare, ce frère qu'on égaroit, lui feroit toujours cher. Il finiffoit cet écrit,
en fuppliant le monarque de l'appeller en France,
& de vouloir bien être fon juge. Il n'y a que vous,
difoit-il, dont je follicite la juftice, & dont je

l'attende. Si je fuis coupable, vous me punirez.
Innocent, je ferai juftifié par l'équité même.

La lettre, en plufieurs endroits, étoit effacée
par les larmes du prince. Charles ne put la lire,
fans en verfer auffi; c'eft dans cette fituation que le
furprend fon chambellan, Guillaume de Kofnyvinen, chevalier de la plus haute probité : — Vous
pleurez, mon maître! cet écrit... — Hélas! c'eft
une lettre que je reçois du prince de Bretagne; il
eft coupable fans doute; mais il eft bien malheureux! — Ah! fire, ne repouffez point cet attendriffement qui honore la majefté! écoutez la pitié,

---

Guillaume de Kofnyvinen, &c. Ce font de tels hommes
dont les noms doivent fe confacrer à la poftérité. Ce généreux gentilhomme ne fe contenta point de défendre l'innocence opprimée, auprès du roi fon maître : il fe porta
pour caution de la fomme de dix mille cinq cent écus,
(fomme exorbitante pour ces temps) envers quelques perfonnes du confeil, afin de les engager à prendre le parti du
prince de Bretagne, & à lui procurer fa liberté. Ses follicitations preffantes obtinrent que Charles enverroit en Bretagne Prégent de Coëtivi fire de Raiz, amiral de France,
parler au duc de fa part, & lui demander l'élargiffement
du prince.

H iij

plutôt qu'un ressentiment injuste ; cédez à vos larmes, & non aux calomnies atroces qui poursuivent
l'innocence & l'accablent. On vous en impose, sire :
voici les torts du prince. Il a demandé avec peut-
être trop de hauteur une augmentation d'appanage ; l'amour l'a égaré, j'en conviens, jusqu'à
enlever une femme promise à un autre : mais, sire,
il étoit aimé de mademoiselle de Dinan ; il est jeune,
il est prince : la grandeur oublie aisément les devoirs de l'homme. D'ailleurs, il est de votre sang,
& il vous a toujours respecté ; il a fait même en
plus d'une occasion, éclater pour vous sa tendresse.
Son penchant le porte à aimer les Anglais auxquels il a des obligations ; nourri à leur cour, il
a pris leurs mœurs, leurs goûts : mais c'est l'imposture la plus punissable qui l'accuse de s'être lié
avec eux pour susciter la guerre à son frère ; on l'a
même noirci dans votre esprit, quand il n'a plus
que vous sur la terre, qui daigniez ouvrir votre sein
à ses gémissements ; .. l'abandonneriez-vous, sire ?
un roi de France n'est-il pas l'image de dieu ? ne
tend-il pas une main protectrice à tous les malheureux qui l'implorent ? Son trône est l'autel de la bien-
faisance ; & c'est le plus à plaindre des hommes, un

prince, c'eſt votre neveu qui réclame votre bonté. Le
connétable ſe joint à mes prières ; il eſt en ce moment, à la tête de vos armées ; il m'écrit pour vous
intercéder en faveur de cette victime d'une cabale
inexorable. Sire, donnez vos ordres : que le prince
vienne à vos genoux, & vous prononcerez comme il
le deſire , ſa juſtification ou ſon châtiment; n'allez
point demander conſeil à des courtiſans ; je les connais : rarement ils ſont du parti de la clémence & de
l'humanité ; c'eſt vous, ſire, c'eſt votre cœur ſi ſenſible, c'eſt le roi de France que vous devez conſulter ;
ce ſont vos pleurs qu'il en faut croire. O mon maître ,
ô mon roi, protégez l'innocent. Eſſuyer une ſeule
larme d'un malheureux, c'eſt ſans doute la première
gloire, préférable à tout l'éclat des conquêtes. Pourquoi les rois peuvent-ils goûter plus de bonheur que
nous ? Ils ont la faculté de faire plus de bien, & un
plaiſir éternel ſuit un acte de bienfaiſance. Je vous
le répète : le prince ne s'eſt jamais écarté du reſpect
& de l'attachement qu'il vous doit... Sire, j'oſe vous
le rappeller : ſouvenez-vous que vous avez éprouvé
la diſgrace. Je ne quitterai point vos genoux que
vous ne cédiez à ma prière ; c'eſt un vieux ſerviteur
proſterné devant vous, qui s'enhardit, en ce moment,

H iv

à vous demander quelque récompenfe : mais c'eft à votre générofité feule qu'il veut être redevable de la grace du prince de Bretagne. —— Relevez-vous, chevalier , & embraffez votre ami. Oui , vous avez bien raifon ; je le fens : je n'aurai jamais goûté plus de fatisfaction en ma vie ; j'en croirai mon cœur ; j'en croirai un digne fujet tel que vous. C'eft vous qui m'affurez que le prince eft victime de la calomnie : je vous offenferois, fi je foupçonnois feulement que vous ne m'avez pas dit la vérité. Que mon amiral fe rende donc promptement à la cour de Bretagne ; qu'il parle au duc de ma part , & qu'on donne la liberté à mon neveu ; je le ferai venir ici ; je l'écouterai.

Le chambellan , charmé de la réuffite de fon en-tretien , avoit volé auprès de l'amiral , qui ne tarda point à s'acquitter de fa commiffion ; il fe met en chemin pour aller trouver le duc à Vannes. Kofny-vinen , en homme éclairé , prêta au pouvoir de la fenfibilité les raifons d'une fage politique ; il fit ob-ferver à Charles que la détention du prince avoit occafionné l'infraction de la trève arrêtée entre les Anglais & nous , & que fon élargiffement pourroit adoucir cette nation , & faciliter le fuccès des con-férences entamées en Normandie.

L'amiral, au nom du roi , obtient ce qu'il demande : les fers du prince vont enfin être. brifés ; Alix, dans fa retraite , ou plutôt dans fa prifon , car on ne lui accordoit pas la moindre liberté , apprend cette nouvelle , fe livre à la joie la plus vive : — Je vais revoir mon époux ! il fera rendu à mes embraffements ! mon cœur ne peut fuffire à fes tranfports ! oh ! cher prince ! combien je m'attacherai à te faire oublier ces jours affreux ! Sera - ce affez de mon amour pour te dédommager de tous les maux, que tu peux m'imputer ? ah ! me feroit-il poffible de t'aimer d'avantage ?

Le prifonnier n'éprouvoit pas une révolution moins fatisfaifante ; il avoit fu , on ignore par quelle voie , que le duc s'étoit laiffé toucher , & qu'il terminoit fa captivité ; le premier fentiment, la première image dont fon cœur s'étoit rempli , ne lui préfentoit qu'une époufe adorée ; il renaiffoit, en quelque forte , pour voler dans fes bras ; le tableau d'une fi grande infortune fuyoit déjà loin de fes regards. Le connétable avoit écrit au roi une lettre pleine de l'épanchement de la plus vive reconnaiffance. Tous les amis du prince, c'est-à-dire le petit nombre de gens de bien qui fe trou-

voient à la cour de Bretagne , faifoient éclater leur
joie: le courier du duc, chargé de mettre fon frère
en liberté , étoit parti.

Par quelle fatalité la méchanceté & la haine ont-
elles des reffources que n'imagine point la bienfaifance ! Les ennemis du prince de Bretagne étoient
confondus : leur proie leur échappoit, & ils alloient
être témoins de fon bonheur ; cette dernière idée
augmentoit leur rage ; elle leur fuggère un expédient
qu'on peut appeller le chef-d'œuvre des machinations infernales ; ils découvrent & achetent à prix
d'argent l'exécrable talent d'un vieux fcélérat, nommé Pierre de la Rofe, qui poffédoit fingulièrement

─────────────────────────

Pierre de la Rofe , &c. Charles avoit effectivement envoyé
en Bretagne l'amiral Coétivi, pour folliciter la liberté du
prince : il l'avoit obtenue : » mais (nous dit un des hiftoriens
» de Bretagne) les ennemis du prince ne furent pas plu-
« tôt informés de fes dépêches, qu'ils firent remettre au
» duc une lettre écrite au nom du roi d'Angleterre , qui
» le fommoit de lui rendre M. Gilles, chevalier de fon
» ordre & fon connétable, qu'à fon refus, il enverroit
» dans fon pays des forces capables de l'y contraindre.
» Cette lettre étoit l'ouvrage de la fuppofition , & de l'im-
» pofture la plus noire ; elle avoit été fabriquée par un

l'art de contrefaire les écritures ; il avoit demeuré long-temps parmi les Anglais, & il s'étoit fait une étude suivie de la connaissance du style des dépêches de la cour d'Angleterre. C'est donc à ce misérable qu'on a recours pour fabriquer au nom de Henri une lettre menaçante, adressée au duc de Bretagne ; on le sommoit de rendre promptement le prisonnier, ou une armée considérable étoit prête à fondre dans ses états. Le duc offensé vivement de cet écrit, qu'il ne croit que trop véritable, s'abandonne à la fureur, révoque l'ordre d'élargir le prince, & jure absolument sa perte, qu'il n'a que trop différée. L'amiral de France est enfin congédié, sans avoir réussi dans sa négociation. Il y a

---

» nommé Pierre de la Rose ; ce scélérat, qui avoit demeuré
» long - temps en Angleterre, avoit si bien contrefait
» le style des dépêches de cette cour, qu'il étoit facile
» de s'y méprendre ; la lettre étoit signée & scellée dans la
» forme ordinaire ; à la lecture qu'en fit le duc, il montra une vive indignation, & soit qu'il la crût véritable, ou qu'il fit semblant de la croire telle, il envoya à
» toute bride défendre au capitaine de mettre son frère
» en liberté, quelques ordres qu'on lui signifiât de sa
» part ; il fit même parvenir la fausse lettre au roi de
» France. »

des mémoires de ce temps qui foupçonnent fa bonne-foi ; il faut regarder ce doute comme une calomnie. Les hommes ne font-ils pas déjà affez méchants, fans qu'on leur prête de nouvelles attrocités ? Coétivi avoit de la fortune, & paraiffoit être au-deffus de la corruption.

Le malheur qui pourfuivoit le prince ne fut pas borné à cette cruelle épreuve ; la cabale fut, par des refforts cachés, irriter les Anglais, qui déclarèrent effectivement la guerre au duc, & redemandèrent l'élargiffement de fon frère ; ce dernier coup acheva d'endurcir un cœur qui ne demandoit qu'à repouffer la nature, & à fe livrer aux plus noirs excès d'injuftice & de barbarie ; François ne s'occupa plus que des moyens d'affurer fa vengeance implacable.

Le malheureux prince croit toucher au moment de fa délivrance ; il entend du bruit ; fon ame s'ouvre toute entière à ce doux efpoir ; de nouveaux fatellites plus inhumains encore que les premiers, & Olivier du-Méel à leur tête viennent le tirer de fa chambre, pour le plonger dans un cachot. Cet infortuné veut demander la raifon d'un changement fi contraire à celui qui l'avoit flatté ; l'imagineroit-on ? cependant l'hiftoire nous l'attefte : on ne répond

au prince de Bretagne qu'en le frappant avec violence: alors toute sa fermeté l'abandonne, il verse
un torrent de larmes. — Et c'est moi qu'on traite
ainsi ! & je ne puis me venger ! à moi, de pareils
outrages ! mon frère auroit donné ces ordres ! n'est-
il pas satisfait de me faire éprouver l'excès des
souffrances ? y ajoûter l'opprobre ! Ces monstres loin d'être désarmés, redoublent leurs mauvais traitements. On avoit retiré au prisonnier
cet homme moins féroce qui lui avoit facilité
les moyens d'écrire à sa femme & au roi de
France; il étoit donc privé de la douceur de recevoir des nouvelles d'Alix, que dans son séjour
on avoit resserrée plus étroitement. L'accablement
le plus profond anéantit cette épouse si tendre qui
n'attendoit que le moment d'embrasser son mari.

Le cœur des hommes les plus méchants ne peut
quelquefois se défendre des atteintes de la pitié,
tant la compassion est un sentiment propre à notre nature ! Ah ! malheureux humains, pourquoi ne l'écou-
tez-vous pas davantage, cette voix touchante qui
vous crie, & vous sollicite en faveur de l'infortuné !
vous augmenteriez le nombre de vos plaisirs ; la
barbarie est une impression qui vous est étran-

gère : elle fatigue l'ame, & y jette toujours le dégoût & le remords. Du - Méel, ce monftre fi infléxible, eft vaincu par les fupplications, par les gémiffements de fon prifonnier : il le met en état d'écrire au duc : voici la première lettre que le prince adreffe à ce frère inhumain.

» Monfeigneur,

» Je n'ofe vous appeller mon frère : peut - être
» mes ennemis me feroient un nouveau crime de
» réclamer auprès de vous les droits du fang ; je
» ne m'appuyerai donc pas d'un nom fi cher en-
» core à ma fenfibilité : je ne vous préfenterai que
» le dernier de vos fujets, le dernier des hommes
» & le plus malheureux, qui embraffe vos ge-
» noux, qui les inonde de fes larmes, & qui ne
» cherche qu'à exciter votre compaffion. Je pour-
» rois vous parler de mon innocence prouvée
» par tant de témoignages, recourir à votre juf-
» tice : mais je ne veux intercéder que votre
» clémence ; je confens à vous paraître coupa-
» ble, fi cet aveu fert votre générofité ! Hélas ! je
» n'ai plus d'orgueil ; brifé fous le fléau de l'infor-
» fortune, je me remets entièrement à votre pitié ;
» jetté dans un profond cachot, trempant un pain

» groſſier de mes pleurs , dont bientôt la ſource
» va tarir, ſans conſolation, ſans eſpérance , ſé-
» paré d'une épouſe que j'aime plus que jamais &
» qui partage mon ſort affreux ... ô ciel quelle
» image! Alix , Alix auſſi perſécutée : telle eſt
» la ſituation d'un prince qui n'a commis qu'une
» faute , l'amour ... qu'allois-je dire? mon deſſein,
» je vous le répète , eſt de m'offrir à vos regards,
» ſous l'aſpect du plus grand criminel: vous en au-
» rez plus de mérite à me pardonner, & je me livre
» ſans nulle réſerve à toute l'horreur de ma deſtinée.
» Mes liaiſons avec Henri & les Anglais vous ont
» déplu : je renonce à Henri , aux Anglais , à tout,
» à tout; vous me verrez ſoumis aveuglement à
» vos volontés ; il n'y aura que vous & Alix qui
» occuperez mon cœur. Refuſez-vous de me voir?
» voulez-vous me bannir de votre cour, de la Bre-
» tagne? faites-moi tranſporter, au bout du monde,
» dans le déſert le plus horrible ; que j'y vive avec
» mon épouſe ! j'y bénirai encore vos bontés ; il ne
» m'échappera jamais la moindre plainte... Ah !
» mon frère, je n'y réſiſte point, je n'y réſiſte point!
» ſi notre père pouvoit percer la nuit de la tombe,&
» qu'il me vît dans ce déplorable état, croiroit-il...

» je m'interdirai le plus faible reproche ; rappellez-
» vous seulement ce qu'un prince d'Angleterre
» disoit à l'impitoyable Guillaume. Vous m'avez
» parlé, plusieurs fois, de ce trait d'attendrissement
» dont l'humanité s'honore. Hélas ! si vous êtes
» sensible au plaisir d'être aimé, qui vous ai-
» mera mieux qu'un frère ? & vous voulez l'im-
» moler, ce frère si misérable, qui vous invoque
» comme il invoqueroit Dieu même, qui vous
» chérit encore ! On ne peut vaincre la nature, &
» c'est la nature elle-même qui vous porte mon
» dernier soupir : le laisserez-vous s'exhaler ? Par-
» donnez-moi, pardonnez-moi : ces expressions

A l'impitoyable Guillaume, &c. Guillaume le *Conquérant*
avoit trois fils, Guillaume surnommé le *Roux*, Henri, &
Robert ; le second excita quelque trouble, prit les armes
& se retira au mont Saint-Michel où il fut assiégé par ses
deux frères. Il fut réduit à manquer d'eau ; il en fit demander à Robert qui lui en envoya, & même ajoûta à ce
présent un tonneau de vin. Guillaume le *Roux* blâma fort ce
mouvement de sensibilité ; » eh ! lui répond Robert, quel-
» que tort que notre frère ait avec nous, devons-nous
» souhaiter qu'il meure de soif ? nous pouvons, dans la suite,
» avoir besoin d'un frère, où en retrouverions-nous un
» autre, quand nous aurons perdu celui-ci ? »

» doivent

» doivent avoir tant d'empire fur le cœur humain!
» le vôtre feroit-il endurci au point d'en mécon-
» naître la force ? les cruels ! mon frère, ils vous
» auroient prêté leur ame ? fouvenez-vous . . .
» quelquefois vous avez daigné me ferrer dans vos
» bras ; vous m'avez dit fouvent : mon frère, compte
» fur une tendreffe éternelle ; & en voilà les
» fruits ! mais je ne prétends point me plaindre &
» vous offenfer. S'il faut en faire l'aveu pour vous
» défarmer, j'ai mérité ces coups ; c'eft votre feule
» pitié que je réclâme ; qu'on brife donc des fers
» trop appéfantis, ou du-moins, qu'une prompte
» mort me délivre de tant de maux ! »

» Le prince de Bretagne. »

Ce que c'eft que l'amour ! quelles victoires il
remporte ! s'il n'eût été touché que de fa propre
infortune, le prince affurément n'auroit point defcendu à tant de foumiffion : mais il s'agiffoit de la
deftinée d'Alix, & un cœur vraiment fenfible met
une efpèce de vanité à s'humilier pour ce qu'il aime.
Il eft tant de dévouements qui coûtent plus que
celui de la vie ! l'abbaiffement eft le comble du
malheur, & le facrifice de l'orgueil eft le dernier
qui nous refte à faire.

Tome II.   1

Le prifonnier comptoit les jours, les heures, les moments ; il ne recevoit aucune réponfe ; plein de fon défefpoir, il écrit cette nouvelle lettre.

» Mon arrêt eft donc prononcé ! mon frère n'eft
» plus que mon juge inéxorable ! je lui ai adreffé
» du fond de ma prifon, des entrailles de la terre,
» mes larmes & mes cris, comme à la Divinité
» même, & il m'a rejetté ! il ne m'a point feu-
» lement accordé la confolation de lire ma fen-
» tence fignée de fa main ! on me refufera jufqu'à
» la mort que je follicite comme une faveur ! Frère
» cruel... ah ! pardon, pardon, le défefpoir m'é-
» gare ; mes tourments font à un degré... je ne
» me connais plus, & c'eft vous, mon frère, qui
» me plongez dans ce gouffre de douleurs ! Pour-
» quoi la religion me défend-elle de terminer des
» jours qui ne font qu'un tiffu de fouffrances ? Il
» y a long-temps que j'aurois épargné ce crime à
» mes bourreaux ; ils pouffent la barbarie jufqu'à
» me laiffer l'éxiftence ! ils verfent le poifon goutte
» à goutte dans mon cœur ! Mon frère, mon frère,
» ce nom ne fauroit donc vous toucher ! Songez-
» vous que c'eft votre fang qui coule dans mes
» veines, que le même fein nous donna la vie..

» que je ne puis vous haïr , & vous êtes l'auteur
» de tous mes maux ! Au nom de ce Dieu dont
» vous & moi nous dépendons , jettez sur le plus
» malheureux des hommes, un regard de pitié. Je
» vous l'ai dit : c'eſt votre compaſſion , votre ſeule
» compaſſion que j'invoque ; ordonnez qu'on pré-
» cipite l'heureux moment où je ceſſerai d'être.
» Voilà l'unique bienfait que mes larmes & mes
» gémiſſements implorent; ne ſuis-je pas aſſez mi-
» férable, pour me flatter qu'on m'accordera cette
» grace? La mort, mon frère, la mort, puiſqu'il ne
» m'eſt point permis de vous attendrir ! Hélas ! je
» vous la pardonne cette fin cruelle ; & j'expirerai...
» je nommerai mon frère, en mourant de ſes coups.
» Ah ! faut-il que vous me haïſſiez ? cette affreuſe
» idée, je l'emporterai dans la tombe ! Du-moins
» promettez-moi de ne pas pourſuivre ma mémoire.
» Mon frère , vous connaîtrez la vérité ; vous me
» plaindrez ; laiſſez-moi ſortir de la vie avec ce
» doux eſpoir; le tombeau n'eſt il pas un terme
» à la haine , & mes ennemis tourmenteront-ils
» encore ma cendre? Je ne vous adreſſe plus mes
» prières que pour mon épouſe ; c'eſt bien aſſez
» d'une victime : la vengeance qui m'accable , ne

» feroit-elle pas affouvie ? Je vous en conjure par
» mes pleurs, par mon fang que j'attends qu'on
» vienne épuifer, ne puniffez point Alix d'un mal-
» heureux amour ; hélas ! elle aura de la peine à fur-
» vivre à fon mari. Daignez la protéger, & fouffrez
» qu'elle vous parle quelquefois de mon inno-
» cence, de ma tendreffe & de mes malheurs ».

Le duc étoit bien éloigné de répondre à fon
frère ; au lieu de ces deux lettres fi touchantes, il
en avoit reçues qui étoient pleines de reproches &
de menaces, l'ouvrage de ce même Pierre de la
Rofe, fi habile dans l'art de contrefaire les carac-
tères ; François irrité par ces écrits offenfants, ne
diffimule plus la fureur qui l'anime. On lui avoit
rapporté que le prince, dans fon défefpoir, difoit
qu'il s'arracheroit la vie. Il peut en difpofer, re-
pliqua froidement le barbare, je l'en laiffe entièrement le maître. Les moindres paroles des fouverains font recueillies avec avidité, & les courtifans leur prêtent aifément l'interprétation qui leur
eft favorable. Les ennemis du prince, d'après ces
expreffions échappées au duc, conçurent le déteftable projet de fe défaire au plutôt de leur prifonnier.
Ils dreffèrent un ordre comme émané de François,

de faire mourir le prince ; cet arrêt fut porté au garde des fceaux pour être fcellé. Eon le Baudoin, c'eft ainfi qu'on appelloit cet homme refpectable, & de femblables noms pour l'honneur de l'humanité & la confolation de la vertu, doivent être tranf-mis aux fiècles les plus éloignés, Eon le Baudouin refufa hautement d'appuyer de fon miniftère ce monument de l'impofture & du crime ; il perdit fa charge, & acquit une gloire immortelle. L'ordre enfin eft revêtu de la forme légale, par une main plus complaifante, & Olivier du-Méel eft chargé de l'éxécution.

Le vicomte de Rohan va trouver Artur, lui fait de vives repréfentations fur l'attentat prêt à fe com-mettre, lui propofe le combat fingulier : celui-ci obtient de François un commandement exprès au vicomte de ne point fe mêler de cette affaire ; il fut même éxilé à plus de trente lieues de la cour.

Alix ne ceffoit d'implorer le ciel pour la déli-vrance de fon mari ; elle écrivoit continuellement au roi de France & au duc de Bretagne, des lettres qui ne leur étoient point rendues ; fouvent, fuccom-bant fous l'excès de la douleur, elle jettoit des cris perçants, elle vouloit même attenter à fes jours ;

ceux qui l'entouroient, écartoient tout ce qui l'auroit pu servir dans cet affreux dessein. Le connétable, obligé de remplir ses devoirs, & de rester
à l'armée, ne pouvoit qu'importuner Charles par
des dépêches qui se succèdoient promptement :
mais la faction contraire au prince, avoit su se procurer jusques à la cour de France, des émissaires qui
empêchoient que le roi ne fût instruit de la vérité ; d'ailleurs on étoit parvenu à défigurer son
neveu à ses yeux ; il le regardoit comme coupable,
malgré toutes les représentations de Kosnyvinen,
qui revenoit sans cesse à la charge. Par quelle étrange
destinée le mensonge a-t-il presque toujours un accès facile auprès des grands ? Il n'est point à douter
que le monarque, convaincu de l'innocence du
prince, ne se fût déclaré son appui.

Je le répète avec douleur : c'est ici l'histoire la
plus fidèle qui va se charger du pinceau. On annonce à du-Méel qu'il faut se hâter d'arriver au dé-
nouement de cette abominable intrigue ; on lui en
impose : on lui dit que c'est le conseil du duc qui
a prononcé l'arrêt ; on le voit ébranlé, soit que
le remords se fît entendre enfin au fond de son
cœur, ou soit qu'il craignît que le duc venant à

fe repentir, ne le punît de fon trop de docilité.
Les promeffes éblouiffantes, les récompenfes,
les gouvernements, une foule d'avantages pour lui
& fes complices, tout eft préfenté à fon avidité
mercenaire : il eft déterminé. On change une feconde fois les fatellites qui gardoient le prifonnier ;
il eft jetté dans un cachot encore plus profond
& rempli d'eau, dont les fenêtres grillées don-
noient fur les foffés ; on a réfolu de le laiffer mourir confumé par la faim & la foif ; on refte enfin plufieurs jours fans lui apporter ni à manger ni à boire.

Le malheureux fent toute l'horreur du fort qui
l'attend ; il pouffoit des accents lamentables ; il im-
ploroit le fecours de tous ceux que de fa fenêtre
il voyoit paffer au-delà du foffé ; il leur tendoit à
travers les barreaux des mains fuppliantes ; » c'eft le
prince de Bretagne, leur crioit-il, c'eft le prince de

Et rempli d'eau, &c. Ce fut le duc lui-même, qui ordonna à Olivier du-Mecl d'enfermer fon frère dans un
cachot où il y avoit de l'eau ; quelque dévoué que fût cet
officier aux volontés de fon maître, il héfitoit à fe prêter à
cette inhumanité : il ofa répondre qu'il ne mettroit point le
prince dans une femblable prifon. » *Si vous ne voulez pas*
» *l'y mettre*, dit le duc, *d'autres l'y mettront* ».

I iv

» Bretagne qui vous demande du pain & de l'eau,
» pour l'amour de Dieu. » On n'ofoit s'arrêter feulement pour l'écouter, tant on craignoit de laiffer
échapper le moindre indice de pitié ! Qu'il eft peu
d'ames courageufes qui prennent la défenfe de l'humanité aux dépens de l'intérêt perfonnel ; & qu'on
fe courbe facilement fous le joug de la tyrannie !

Une pauvre femme qui mendioit près du château, eft émue fortement en faveur du prince ; on
ignore le nom de cette créature refpectable, tandis qu'on nous accable des noms & furnoms de
tant de fcélérats, la honte & l'éxécration de l'efpèce humaine. L'ingratitude & la dureté feroient-

---

Du pain & de l'eau pour l'amour de Dieu, &c. propres
expreffions de ce malheureux prince ; ce fait fi inconcevable
eft rendu ici dans la plus grande éxactitude : on n'a pas eu
befoin d'ajoûter aux couleurs de l'hiftoire. Plût au ciel
pour l'honneur de l'humanité, qu'on pût accufer l'auteur
de publier un roman ! On fera une remarque : ce même
fouverain, ce frère dénaturé, prêt à mourir, dit à fes courtifans : » *mes amis, que l'état où je fuis vous ferve d'exem-*
» *ple ! j'ai été votre prince, & maintenant je ne fuis plus*
» *rien.* » N'y auroit-il que le flambeau de la mort qui pût
éclairer les hommes ?

elles des vices attachées à notre nature ? ou la fenfibilité n'appartiendroit-elle qu'au cœur du malheureux ? Cette femme, qui elle-même avoit à peine
un morceau de pain pour foutenir fa trifte éxiftence, a le courage de defcendre la nuit dans
les foffés , & d'apporter au prifonnier fur les bords
du foupirail , ce morceau de pain , & une petite
cruche d'eau. Monfeigneur, monfeigneur, dit-elle
au milieu des larmes, je vous donne tout ce que je
poffède ; je mourrois pour vous fervir. Parlez : que
puis-je faire pour vous ? les grands font donc quelquefois auffi à plaindre que nous le fommes ? Ah !
monfeigneur , ne puis-je vous être plus utile ? Le
prince eft fi touché de cette action de bienfaifance , que les pleurs coupent fa voix : elle fe
fait , au bout de quelques inftants, un paffage à
travers les fanglots : —— C'eft vous , digne créature qui venez me fecourir , tandis que tout le
monde... que mon frère... il n'a pas la force
d'achever : les larmes le fuffoquent. Monfeigneur , reprend la bonne-femme , il faut affurément que notre fouverain ne foit point inftruit de
votre fituation ! elle me pénètre ! croyez que je
vais demander l'aumône avec une ardeur que je

n'ai point encore reffentie ; du-moins je vous ap-
porterai tout le pain que j'aurai. Oh ! monfeigneur,
il fera tout pour vous ! bien peu fuffira à mon befoin. Eh ! les cruels ! en quel état ils vous ont réduit ! Le prince dans fon malheur, éprouvoit quelque adouciffement : la pitié confole. Il redifoit fans
ceffe : voilà donc le feul cœur que j'ai pu émouvoir !

Cette femme, l'héroïne du fentiment, épioit
les heures de la nuit où les ténèbres font plus
épaiffes, pour apporter fon tribut de pain & d'eau
au prifonnier ; il ne la revoyoit point fans crainte :
—— Si l'on vous appercevoit, on vous ôteroit peut-
être la vie ! —— Eh ! monfeigneur, qu'eft-ce que
le rifque de ma vie auprès du plaifir de prolonger
la vôtre ? tout mon chagrin eft de ne pouvoir faire
davantage ! Le prince l'interroge ; il voudroit avoir
des lumières fur le fort de fon époufe : les moindres clartés lui font refufées. Vous prenez foin de
mes jours, dit-il à fa bienfaitrice : il faudroit auffi
pourvoir au befoin de mon ame ; les barbares me
dénient jufqu'à ce fecours ; daignez me procurer
quelque religieux charitable qui reçoive ma con-
feffion : car je fens que, malgré votre pitié, je
touche à ma fin.

La femme compatissante court se jetter aux pieds d'un cordelier qui la confessoit : elle lui révèle ce qu'elle fait pour le prince, lui peint l'extrémité où il se trouve, presse enfin ce bon religieux & l'engage à se rendre à l'invitation du prisonnier. Cet homme digne de remplir les fonctions du sacré ministère, & qui en possédoit l'esprit bienfaisant, s'expose au danger d'être arrêté, suit cette femme qui le conduit dans l'ombre, & l'amène jusqu'aux bords du soupirail ; elle appelle le prince qui ne sait comment leur témoigner sa reconnaissance. Monseigneur, dit le cordelier, c'est mon devoir que je remplis ; & qui doit voler au secours de l'infortune, si ce n'est la religion ? elle est la mère des malheureux ; son sein est toujours ouvert à leurs plaintes, & elle nous enseigne à lui tout sacrifier, jusqu'à la vie même ; la religion va bien plus loin que l'humanité ; disposez donc de mon zèle & de mes services, monseigneur... O Dieu ! les inhumains ! sont-ce des hommes, des chrétiens qui vous traitent ainsi ? Le prisonnier présente d'un air touché, un bras décharné au religieux : —— Hélas ! c'est mon frère ! Il ajoûte : je reconnais bien à ces traits, le caractère de la véritable piété qui

vous anime ; oui, il n'y a que la religion qui puiſſe
être auſſi ſenſible, auſſi ſecourable ! je ſuis rejetté de
l'univers entier ! Ce n'eſt plus qu'à Dieu que je peux
confier mes peines, & c'eſt de lui ſeul que j'oſe
attendre quelque compaſſion. Croyez (s'adreſſant
à la femme, & au cordelier) ames ſi généreuſes,
que, ſi le ciel me rendoit au monde, j'employerois
toute mon éxiſtence à vous prouver combien je ſuis
pénétré de vos bienfaits. J'ai donc, avant que d'éx-
pirer, trouvé deux amis ! Ah ! monſeigneur, interrompt la femme, c'eſt vous qui nous obligez !
pour moi, je n'imaginois point qu'il fût pour nous
autres pauvres gens, des plaiſirs ſur la terre ! &
vous me faites éprouver que dans la plus grande
détreſſe, on peut goûter le bonheur : je ſuis la
plus heureuſe des créatures ! j'ai pu vous conſerver
la vie !

Le priſonnier auquel il n'étoit point permis de
ſoupçonner la fidélité d'une créature ſi reſpectable,
la charge d'une commiſſion qui demandoit de l'in-
telligence : il s'agiſſoit qu'elle tentât de s'inſinuer
juſqu'à la princeſſe, & de l'engager à venir voir ſon
époux expirant. Si ſa main, dit le prince, pouvoit me fermer les yeux ! ſi elle recueilloit mon

ame prête à s'éxhaler !... Allez, ma digne protectrice... c'eſt vous, reſpectable infortunée, qui protégez le prince de Bretagne ! quel éxemple pour les
grands de la terre ! allez, faites tous les efforts : que
je jouiſſe encore une fois de la vûe de mon épouſe !...
mon père, ce ſouhait n'offenſe point l'Etre ſuprême;
c'eſt Dieu qui fit mon cœur, mon cœur ſi ſenſible !

La bonne femme laiſſe le prince avec le cordelier, & court chercher les moyens de s'introduire auprès d'Alix.

Son époux malheureux s'occupe d'abord du ſoin
de ſatisfaire au ſpirituel : il trace un tableau fidèle
de ſes fautes ; il en témoigne un repentir ſincère ;
enſuite il vient à expoſer l'horreur de ſa ſituation :
—— Mon père, ſans doute, je ſuis coupable aux
regards de la Divinité : vous voyez combien j'en
ſuis contrit : mais vous me promettez que mes
larmes, mes remords m'obtiendront du ciel un
pardon, que les hommes ont la dureté de me refuſer. Eh ! qui m'a précipité dans ce gouffre de
maux ? Mon frère, un frère que j'aimois. A ce mot,
il fond en larmes ; il reprend : mon père, Dieu
commande par votre bouche : il faut donc lui pardonner ! Le prêtre lui repréſente à ce ſujet tout ce

que la religion nous impofe. Le prifonnier continue : je lui pardonne , mon père, je lui pardonne
mais , puifqu'il s'obftine à ne point vouloir connaître mon innocence ; puifqu'il rejette mes cris, mes
larmes , mon dernier foupir , c'eft au tribunal du
Juge fuprême, du Maître des puiffances de la terre,
c'eft devant Dieu que je la cité , & je l'y appelle
dans quarante jours ; allez le trouver de ma part ,
& qu'il fache quel vengeur j'ai réclamé ; dites-lui
que vous avez vû fon frère plongé dans une eau
croupiffante, couvert des ulcères de la mifère, s'ab-
breuvant de fes pleurs , confumé de befoin , prêt à
éxhaler fa malheureufe vie , & ... lui pardonnant,
l'aimant encore ; oui , mon père, il m'eft encore
cher, & c'eft ce qui redouble mes douleurs ! on
abufe de fa faîbleffe ; on l'a forcé, j'en fuis con-

Je l'y appelle dans quarante jours , &c. On lit dans une
hiftoire de Bretagne : » il pria en même-temps ce cordelier
» d'aller trouver le duc de fa part , de lui dire l'état où il
» étoit réduit , & de lui déclarer que, puifqu'il lui avoit
» refufé juftice en ce monde , il le citoit au tribunal de
» Dieu. On ajoûte même que dans la citation qu'il donna
» au cordelier , il fixa le terme de quarante jours ».

vaincu, à détefter, à pourfuivre fon frère, à me déchirer le fein. Vous lui direz auffi que je follicite du-moins fa compaffion pour mon époufe ; étendroit-on jufques fur elle une perfécution fi peu méritée ? Si le ciel, mon père, le touchoit par votre voix, qu'il me fût permis de me traîner à fes pieds, d'y porter mes pleurs ... mais je ne ferai plus, je ne ferai plus! mon père, fouvenez-vous dans vos prières du plus malheureux des hommes. Je laiffe à Dieu le foin d'acquitter ma reconnaiffance. Voici une bague de peu de valeur, feul bien que mes bourreaux ne m'ayent point ravi : daignez la recevoir & la conferver en mémoire d'un infortuné qui fent tout le prix du fervice que vous lui avez rendu.

Le religieux n'avoit pas la force de répondre; il pleuroit amèrement avec le prifonnier qui lui prenoit la main par les barreaux, & la trempoit de fes larmes. Il pourfuit : adieu, mon cher bienfaiteur! encore une fois, voyez le duc, & n'oubliez pas de lui parler du tribunal auquel je le cite : mais laiffons-là les hommes; c'en eft fait! je me jette dans les bras de Dieu : c'eft lui, lui feul qui counait, qui venge la vérité & l'innocence.

Quelle image ! & c'eſt dans le quinzième ſiècle que ce tableau d'horreurs eſt préſenté , quand il éxiſtoit des hommes qui ſe ſeroient offenſés d'avoir été appellés des ſauvages , des barbares , des bêtes féroces , quand ils profeſſoient une religion de bonté , quand ils ſe diſoient des chrétiens ! eh ! monſtres ! n'étiez-vous pas au-deſſous des tigres les plus acharnés ?

Le géolier & ſes ſatellites qui eſpéroient que la faim les débarraſſeroit de leur priſonnier , ſont étonnés de le voir vivre encore : il avoit ſerré dans un coin de ſon cachot, quelques morceaux de pain & une cruche d'eau : voilà ce qui ſoutenoit les miſérables jours du frère d'un ſouverain!

Olivier du-Méel ne ſauroit concevoir par quelle eſpèce de prodige , ſon eſpérance eſt ainſi trom-pée. Les ſcélérats qui ne reſpiroient que la mort de leur victime , & qui craignoient qu'un retour

---

Qui craignoient, &c. » Le duc (dit-on) aigri de plus
» en plus contre ſon frère , par ces lettres offenſantes
» qu'on avoit ſubſtituées aux véritables , laiſſa échapper
» des termes qui marquoient qu'il ſouhaiteroit d'être dé-
» fait du prince ; ſes ennemis ſe prévalurent de ces ex-
d'humanité

d'humanité dans le cœur de François, ne leur ar-
rachât le fruit de leur vengeance, font dire à du-
Méel qu'on hâte la fin du prisonnier : on a résolu
de l'empoisonner ; on feint d'être touché de son
état ; on lui apporte une soupe, qui, bien-loin de

» preſſions échappées à François dans un mouvement de
» colère : ils ont donc réſolu d'ôter la vie à leur malheu-
» reuſe victime ; le chancelier de Bretagne n'avoit point
» rougi, ainſi que nous l'avons vû , de prêter ſon miniſtère
» à cet abominable complot : il avoit dreſſé un ordre comme
» émané du duc, de faire mourir ſon frère. Ceux qui gar-
» doient le priſonnier, étoient tous gens dévoués à ſes enne-
» mis, & qui ne demandoient qu'à ſignaler leur ſcélé-
» rateſſe. Cet ordre (ſelon d'autres mémoires) éma-
» noit du duc même. La conduite qu'il avoit tenue juſqu'ici
» à l'égard du prince , & les moyens divers qu'il avoit
» cherchés pour le faire périr, donnent en-effet lieu de le
» croire. La vérité eſt que le maréchal de Montauban, que
» des intérêts de famille avoient fait entrer dans cette eſ-
» pèce de conjuration pour perdre un innocent, eut hor-
» reur du projet, & s'oppoſa de tout ſon pouvoir à l'éxécu-
» tion. »

   On lui apporte une ſoupe, &c. » Rayard maître - d'hôtel
» d'un des complices, remit à du-Méel trois paquets de
» poiſon qu'il avoit apportés d'Italie, & lui apprit même

fanimer fes jours, devoit lés terminer ; on y avoit
infinué du poifon ; la force de fon tempérament
l'emporte fur les effets que du-Méel attendoit, &
le prince luttoit encore contre la mort, qui, en
quelque forte, l'inveftiffoit de tous côtés.

Il cédoit, un moment, à la violence de fes
maux : ce fommeil qui naît de l'éxcès des fouffrances, & que nous devons regarder comme un
bienfait de la nature, tendre mère toujours attachée
à nous fecourir, ce fommeil accablant s'appé-
fantiffoit fur la paupière du prifonnier ; il s'entend
appeller par une voix touchante, qu'il a bientôt
reconnue : il fe précipite, s'élance à fon foupirail : —— Eft-il bien vrai?.. quel miracle!.. C'eft
vous, chère Alix!.. c'eft vous !.. & fous quels
habits! un faible clair de lune permettoit de diftin-

» le moyen de les préparer ; ces fcélérats délibérèrent en-
» tr'eux fur la manière dont ils préfenteroient le poifon :
» il fut conclu qu'on le feroit prendre dans une foupe
» graffe que l'on donneroit au prifonnier; il mangea donc
» de cette foupe : mais la force de fon tempérament l'em-
» porta encore fur la violence du poifon, & il en fut quitte
» pour des douleurs d'eftomac, qui l'affaiblirent confidéra-
» blement. »

guer les objets. La princeſſe, c'étoit elle en effet, ne peut retenir un cri lamentable, lorſqu'elle apperçoit ſon mari dans cette horrible ſituation ; elle tombe, le viſage collé contre les barreaux, qu'elle inonde de ſes pleurs : —— Cher prince!.. cher époux!.. c'eſt ainſi qu'un frère barbare vous traire !.. ah ! je cours lui demander la mort. Le prince la retenant par la main : —— Il eſt inutile de tenter une démarche infructueuſe. J'en ai trop fait ! nous nous ſommes trop abbaiſſés, trop humiliés ! il faut mourir. Je vous ai vûe, adorable épouſe ! c'eſt l'unique faveur que j'implorois de ce ciel, mon ſeul appui : il me l'a accordée ; j'expire content.

Ils entrent dans des détails interrompus vingt fois par les ſanglots. La bonne femme avoit ſû vaincre les obſtacles : elle étoit parvenue à la princeſſe, quand on la conduiſoit à l'égliſe, & en feignant de lui demander l'aumône, elle avoit eu le temps de lui parler de ſon mari ; Alix, à l'aide d'un drap découpé, étoit, pendant la nuit, deſcendue de ſon appartement ; revêtue des habits de la pauvre femme à qui elle avoit laiſſé les ſiens, & inſtruite de la façon dont elle devoit s'introduire dans les foſſés, elle étoit arrivée, à la fa-

K ij

veur de ce déguifement, jufqu'à l'affreux féjour
qui renfermoit fon époux. Non, cher prince, lui
dit la princeffe, en attachant fes baifers & fes larmes fur une de fes mains, vous ne mourrez pas; je
revivrai avec vous; je vais embraffer les genoux du
cruel auteur de nos mifères; ou je le fléchirai, ou
il enfoncera le poignard dans mon fein; c'eft mon
époux, c'eft lui qui fouffre tous ces tourmetits, qui
mange le pain de la pauvreté!.. ô ciel! ciel! per-
mettras-tu que le crime triomphe à ce point?

Un bruit s'élève; on apperçoit des flambeaux;
on diftingue une troupe de gens armés; ces furieux
accourent, fe faififfent de la princeffe qui pouffoit
des cris perçants, & qui, s'attachant aux barreaux,
ne vouloit point fe féparer de fon mari : —— Eh !
du-moins, tigres impitoyables, que nous puiffions
expirer enfemble! nous refuferez-vous jufqu'à cette
confolation ? Ah! barbares, s'écrioit le prince,
venez, hâtez-vous de déchirer mon flanc, & qu'une
époufe innocente ne foit pas l'objet de vos fureurs !
c'eft fur moi, fur moi que doit s'épuifer votre rage.

. L'un & l'autre n'étoient point écoutés. On avoit
furpris la pauvre femme avec des habillements fi
peu convenables à l'indigence ; les menaces, les

coups n'avoient pu lui arracher son secret ; un en-
fant, qui par hasard s'étoit trouvé près d'Alix
lorsqu'elle revétissoit ces haillons, avoit tout découvert ; la femme charitable fut plongée dans un
cachot, & l'on ramena la princesse mourante à sa
retraite, où elle essuya tous les mauvais traitements d'une dure captivité.

Le duc venoit de prendre Avranches sur les
Anglais ; il se mettoit en chemin avec ses principaux seigneurs, pour aller coucher au mont Saint-
Michel ; on lui annonce un religieux qui demandoit à lui parler en particulier. Ce prince éprouvoit
déja ces tourments de l'ame inséparables du crime ;
c'est en-vain qu'il se déplaçoit : l'image de son
frère l'atteignoit, entroit dans son cœur, y portoit
ce trouble, cet effroi de soi-même que rien ne
peut dissiper ; il entendoit des accents lamentables;
tous ses sens se soulevoient contre lui ; tout prenoit
une voix pour lui reprocher son inhumanité ; on
n'offense donc pas la nature impunément ! quelle
différence de la vertu qui, dans les plus malheu-
reuses épreuves, conserve la sérénité, & se console
de ses maux par le témoignage favorable de sa
conscience !

K iij

Le religieux aborde le souverain qui a fait retirer ses courtifans, & qui le premier prend la parole : —— Quel fujet vous amène ici , mon père , & que me voulez-vous ? —— Empêcher , monfeigneur , le comble de l'injuftice & de la barbarie , réclamer auprès de vous la nature , la religion ; je fuis chargé d'une commiffion cruelle : mais mon état m'ordonne de dire la vérité , & de la fervir. Le prince votre frère qui eft prêt d'expirer , vous appelle à ce jugement infaillible , irrévocable , auquel tous les hommes font foumis , au jugement de Dieu ; il vous cite à fon tribunal , dans l'efpace de quarante jours... —— Vous ofez... —— Tout , monfeigneur , dès qu'il s'agit de vous retenir fur les bords de l'abyme , de vous ouvrir les yeux , de vous rendre à vousmême : car il n'eft pas poffible que vous portiez un cœur auffi impitoyable ! Repréfentez - vous le prince courbé fous le poids des chaînes , enfeveli , pour ainfi dire , dans une foffe pleine d'eau , condamné par les barbares inftruments de votre vengeance , à expirer de faim ; il en reffentoit toutes les horreurs : il n'y a que la charité d'une pauvre femme qui ait prolongé jufqu'ici fa miférable existence ; elle lui a donné en secret le fruit de ses aumônes, le morceau de pain, seul aliment qu'elle possédoit, & dont elle s'est privée pour votre frère, qui dans ce moment trempe ce peu de nourriture de ses dernières larmes, qui vous tend ses deux bras desséchés par le besoin... par le besoin, monseigneur ; c'est votre stère qui est réduit à cette extrémité, &... il cherche encore à vous justifier ; il est persuadé qu'on vous a trompé, qu'on se sert de votre nom sacré, pour lui faire subir des tourments qu'on épargneroit au dernier des scélérats. Eh quel crime a mérité une semblable punition ? oui, malgré ses souffrances ... dont vous êtes l'auteur, il ne sauroit vous haïr ; vous lui êtes encore cher ; sa voix défaillante vous nomme encore... (le religieux se jette aux pieds du duc) monseigneur ... monseigneur, r'ouvrez votre sein à ce malheureux frère ; rappellez son dernier soupir ; il vous auroit offensé : Dieu pardonne, monseigneur ; les souverains ne sont-ils pas son auguste image sur la terre ? c'est par la bonté qu'on est vraiment supérieur aux autres hommes. Si vous laissez consommer le crime, tremblez : je dois vous le prédire ; un remords éternel vous déchirera le sein ; vous

K iv

reverrez toujours une ombre effrayante ; ses accents
plaintifs frapperont toujours votre oreille ; plus de
repos, plus de confolation ; vous sentirez le vuide de
vos grandeurs ; ce ne font point elles qui vous ren-
dront le calme ; vous voudrez vous fuir , & vous
vous retrouverez par-tout... le plus malheureux... le
plus coupable des hommes. Il en eft temps encore : cédez à la vérité, à la pitié , à la religion qui vous conjure par ma voix , par mes larmes , de faire ceffer le fupplice d'un infortuné...
Monfeigneur, tôt ou tard il faut paraître devant
Dieu, & comment vous offrirez-vous à fes regards ?
Tout couvert des larmes , du fang d'un frère...
Ah ! s'écrie le duc fondant en pleurs, & tombant
dans les bras du religieux , mon père, mon père,
tout ce que vous defirez ... donnez mes ordres...
mon frère ... je brûle de le revoir , de l'embraffer... c'eft moi qui implorerai de lui mon pardon ;
je vous prierai de vous joindre à moi pour l'obtenir... mon frère , ai-je pu écouter à ce point
des cruels ?.. (il appelle fes officiers) : que l'on
coure vîte ! que du-Méel mette le prince en liberté...
empreffez-vous ! hâtez-vous , que je le ferre dans
mes bras ! & vous homme refpectable , fi digne

de l'état que vous profeffez, vous me rappellez
à la religion, à l'humanité, à la nature, vous
ôtez de deffus mon cœur un fardeau qui l'accabloit ; je l'ai trop éprouvé : qu'il en coûte pour
être inhumain ! eh ! quel plaifir on reffent à céder
à l'attendriffement ! qu'il eft doux de pardonner,
d'aimer, d'écouter la nature qu'on cherche à étouffer en nous ! une voix fecrète me crioit fans ceffe
d'épargner mon frère. Mon père, demeurez auprès
de moi. Les fujets qui difent la vérité, voilà les
fidèles ferviteurs des princes ! loin de moi pour toujours ces infâmes courtifans ! mon père, ils m'ont
creufé l'abyme où vous me voyez entraîné ! ils
m'ont rendu odieux à la Bretagne, à moi-même...
Mon frère, mon cher frère ! oh ! je réparerai tous
les chagrins que je t'ai caufés. Tes larmes ont coulé
jufques au fond de mon cœur ! je les fécherai par
tant de marques de tendreffe ! je ferai fi occupé de
ton bonheur ! jamais, jamais nous ne nous ferons
plus aimés !

Le connétable, que le duc croyoit à la tête de
l'armée Françaife, ouvre la porte de l'appartement avec précipitation, entre, agité de colère,
& s'adreffant à fon neveu : ―― Malheureux, te

voilà donc arrivé au comble des forfaits ! —— Mon
oncle, ils ne se commettront point : —— Que dis-
tu ? —— Que mon frère ... —— Il est assassiné ...
—— Mon frère assassiné ! —— Vas, cours, vas

Il est assassiné, &c. Ces misérables voyant que la faim &
le poison ne produisoient pas les prompts effets qu'ils espé-
roient, se hâtèrent de chercher un autre moyen de se délivrer de leur prisonnier. Du-Mécl leur dit : *or bien j'en suis
content, mais de moi je n'y ferai pas.* Ce remords inat-
tendu qui devoit exciter une forte impression sur l'esprit de
ces barbares, ne les arrêta point : ils courent au cachot
du prince qu'ils trouvent endormi, se jettent sur lui, &
l'étranglent. Des mémoires du temps déposent qu'il fut
étouffé entre deux matelas, & couché ensuite dans un lit,
pour faire croire que sa fin étoit une mort naturelle. Quelques-uns de ces monstres allèrent à la chasse. Du-Mécl
qui joignoit l'hypocrisie à ses autres mauvaises qualités,
se rendit à l'église pour assister aux offices du jour ; un page
aposté vint le trouver en pleurant, & lui annonça la mort
du prince. Le scélérat sçut jouer admirablement l'homme affligé : il fit part de cette nouvelle à plusieurs personnes
qui étoient dans l'église, & les pria de se souvenir que lui
& les autres étoient absents, lorsque le prince étoit mort.
Cette grossière imposture n'en imposa point, & ne fit que
révolter ; les meurtriers devinrent l'objet de l'éxécration
publique.

voir fon cachot regorger de fon fang , & c'eft par
ton ordre ... —— O ciel ! qu'ai-je entendu ? que
m'apprenez - vous ? —— Ce que ta barbarie n'a
dû que trop prévoir , ce que fans doute tu as commandé, ce qui appelle fur ta tête tous les châtiments du ciel. Oui , du-Méel ayant vû que la faim
& le poifon ne pouvoient terminer les jours de mon
malheureux neveu , il l'a fait étrangler par des fatellites dignes d'être les éxécuteurs de tes abominables volontés ; oui, c'en eft fait ! ton frère n'eft
plus ! il eft enlevé pour toujours à mes larmes , à
mes embraffements , à la Bretagne qui le pleure ,
& qui l'aimoit ; le roi m'avoit accordé la permiffion
de voler à fon fecours , & je viens pour contempler
fon cadavre , pour gémir en-vain fur fes triftes reftes.
Prince indigne de ton rang & de ta maifon, c'eft de
deffus ce corps enfanglanté que je crie vengeance à
Dieu qui te punira , qui te frappera. Regarde le

Et c'eft par ton ordre , &c. » Le connétable (c'eft l'hiftoire
» qui parle) accabla François des reproches les plus fan-
» glants ; le duc eut beau vouloir fe juftifier : on ne put
» fe perfuader que, fans fon ordre, on eut ofé attenter à la
» vie de fon frère. »

glaive fufpendu ; entends la foudre qui roule : tu ne faurois t'y dérober, Pour moi, je te livre à toute ma malédiction ; je te défavoue pour être de mon fang ; tu ne feras plus à mes yeux qu'un vil coupable… il n'y a que la honte d'immoler un criminel auffi abject qui retienne mon épée. Le duc qui étoit tombé dans le plus profond accablement, s'en relève, & veut fe juftifier : — Je ne t'écoute point ; je ne t'écoute point. Le roi fait tout, il fait qu'on a égaré fa juftice, qu'on l'a trompé indignement, que ton frère… ah malheureux ! je retourne auprès de Charles, & je cours à haute voix lui demander la punition de tes indignes complices, la tienne même.

Le cordelier veut fuivre les pas du connétable qui s'eft retiré : mon père, lui crie le duc frappé déjà d'un horrible égarement, arrêtez, reftez, foutenez-moi fous l'excès de tant de maux, Quoi ! mon frère n'eft plus, & je fuis… je fuis fon bourreau ! la prédiction eft accomplie : je l'entends… je le vois… un fpectre épouvantable… il me pourfuit… fon fang rejaillit jufqu'à moi ! … mon père, ouvrez-moi vos bras ; mon père, fauvez-moi dans le fein de la religion … que je m'y cache à moi-même !

me repousseroit-elle? Dieu, ah! je sens qu'il n'y
a que lui seul qui puisse me secourir, prendra-t-il
pitié d'un criminel... oui, je me suis souillé de
tous les crimes... mon père, tous les supplices...
l'enfer est dans mon cœur.

En-effet le duc fut persécuté par un trouble ef-
frayant qui le poursuivit jusques sur son lit de mort.
L'armée avoit horreur de marcher sous ses drapeaux;
la Bretagne entière se répandoit en murmures qui,
tous les jours, éclatoient davantage. On n'entendoit
que des regrets sur la fin déplorable du prince ; on
se représentoit sa jeunesse, ses malheurs, & l'on ne
voyoit plus ses défauts. L'indulgence & la compassion sont deux sentiments qui nous sont si natu-
rels! la bonté est toujours prête à rentrer dans le
cœur humain, quand l'intérêt personnel ne vient
pas le pervertir. Les détestables favoris n'échappèrent point à la vengeance Divine ; la plûpart

---

En - effet le duc fut persécuté, &c. Le discours du cordelier, jetta effectivement dans l'ame du duc une terreur
qui ne put se dissiper ; c'est en-vain qu'il s'efforçoit d'en im-
poser aux regards de ceux qui l'environnoient : les remords
& l'épouvante ne le quittoient plus , & il fut atteint d'une
langueur qui précipita la fin de sa vie.

fubirent une mort funefte; Alix fut inconfolable de la perte de fon époux. François voyant s'ouvrir fon tombeau, s'étoit fait tranfporter de Vannes à une maifon de campagne, des environs, appellée le *Manoir de Plaifance*; il y manda fon frère Pierre de Bretagne, & lui déclara fes dernières volontés, en préfence des feigneurs & des principaux officiers de fa maifon; il expira enfin dans les bras du cordelier qui ne le quittoit plus, & du vicomte de Rohan qu'il avoit rappellé de fon éxil. Il prononça, plufieurs fois, avant que de mourir, le nom de fon frère dont il reyoyoit toujours l'ombre pâle & fanglante; quelquefois il le conjuroit de lui accorder fon pardon; il fe rejettoit fur la méchanceté de ceux qui l'avoient entouré. Par un codi-

---

Subirent une mort funefte, &c. Artur de Montauban, pourfuivi par le connétable, quitta la Bretagne, fe fit céleftin à Marcouffi, fut enfuite archevêque de Bordeaux, & mourut de chagrin. Hingant effuya le châtiment d'une longue prifon; Olivier du-Méel, Jean Rayart, Male-Toufche, la Chèfe, Robert Rouffel eurent la tête tranchée, & leurs membres divifés en plufieurs quartiers, furent expofés fur le grand chemin.

Gille ajoûté à fon teftament, il ordonna qu'il feroit
fait une fondation pour le repos de l'ame de Gilles de Bretagne, à l'abbaye de Boquien, où étoit
inhumé ce prince ; mais cette faible réparation n'a
pu abfoudre fa mémoire, » La poftérité (dit un
» des écrivains de fa vie) lui reprochera toujours
» d'avoir été fourd à la voix de la nature, & la
» mort de fon frère eft une tache dont il ne fe la-
» vera jamais. »

On pourroit ajoûter que, quelque coupable que
foit François, fes courtifans l'ont été encore plus.
Voilà les grands criminels à qui l'humanité ne

Dit un des écrivains, &c. Un autre l'accufe » d'avoir été
» aifé à prévenir contre fes plus proches ; trop livré à fes
» favoris, dont la haine & l'ambition abufoient de fa cré-
» dulité : il préféra leurs confeils pernicieux & fanguinai-
» res, à ceux de la raifon & du fang. » Après de femblâ-
bles traits, on nous repréfente ce monftre tout dégoûtant
du fang de fon frère, comme *ayant un fond de religion &
de piété.* S'il avoit eu la plus faible idée des devoirs du chrif-
tianifme, fe feroit-il livré à de tels excès de barbarie ? Peut-
on avoir quelque fentiment de religion, quand on a ceffé
d'être homme, & la nature n'eft-elle pas une voix du ciel
que, tous les jours, l'abus des paffions nous fait étouffer ?

doit point pardonner, & qu'il faut dévouer à l'éxécration éternelle. On demande quelquefois aux
gens de lettres, quelle morale réfulte de l'expo-
fition de tel ou tel évènement; fera-t-on tenté de
faire une pareille queftion? La morale de celui-ci
n'eft-elle pas frappante & terrible?

LA DUCHESSE
DE CHÂTILLON.

1780

LA DUCHESSE DE CHATILLON.

C. p. Marillier fecit 1781   Gravé par Simonet

LA DUCHESSE

DE CHÂTILLON.

L A malheureuse journée de Worceſtre ſembloit avoir mis le ſceau aux éclatantes diſgraces de

---

De Worceſtre. Cette bataille entraîna la perte de Charles II.
La déſunion élevée entre les principaux officiers ne fut
pas une des moindres cauſes de cette défaite ; le roi eſſaya

K 3

Charles II; il n'avoit plus d'autre parti à prendre
que d'abandonner promptement l'Angleterre. Le
Génie victorieux de Cromwell paraissoit l'investir,
& le presser de tout côté. Exemple frappant des
caprices de la fortune, ce prince nous montroit que
les rois en font aussi maltraités que le reste des
hommes. Cependant Charles avoit sçu combattre
sa funeste destinée, & se dérober à son vainqueur;
il ne dut cet adoucissement dans ses maux, qu'à une
sorte de miracle : le chêne où il se réfugia, est devenu pour les Anglais une espèce d'arbre sacré.
Enfin il trouva le moyen de tromper l'œil surveillant de Cromwell : une barque le transporta aux

---

envain de rallier ses troupes : il fut obligé de chercher son
salut dans une prompte fuite ; les vaincus furent conduits
à Londres comme *un vil troupeau de bétail* : ce sont les expressions de Clarendon. L'infortuné Charles, après avoir
fait couper ses cheveux, suivi d'un ou deux de ses do-
mestiques, qu'il congédia bientôt, alla se jetter seul dans
un bois épais. Rien de plus ntéressant dans l'histoire
que ce tableau ! il offre un grand spectacle : un souverain sur qui semble s'épuiser le malheur, & une suite singulière d'événements tous plus attachants les uns que les
autres.

côtes de Normandie , & l'espoir , dès ce moment, revint dans le cœur du jeune monarque.

Charles jetta, si l'on peut le dire, un coup d'œil sur les différentes cours de l'Europe , dont il lui étoit permis d'attendre des ressources; ses premiers regards avoient fixé la France , comme une retraite assurée & toujours ouverte aux illustres malheureux: mais il craignoit que la politique n'oppolât quelque obstacle aux sentiments de générosité qui font le caractère de notre nation. Il ne faut point le dissimuler : les crimes heureux du *Protecteur* en avoient imposé jusqu'à nos ministres ; ils redoutoient le singulier afcendant d'un homme , qui d'un rang vulgaire , avoit fçu s'élever au trône : car Cromwell, fans porter le fceptre , étoit plus roi que Charles Ier ne l'avoit jamais été. D'ailleurs, nous nous reffentions encore de ces troubles inteftins , si dangereux pour les états qui en font agités : notre situation demandoit des ménagements , & l'on auroit balancé à rompre ouvertement avec un ufurpateur, dont une fuite inouie de fuccès fembloit avoir juftifié l'audace. Ce n'étoit pas à Charles à méconnaître les loix dures de la néceffité. Il tourna les yeux fur l'Efpagne , & ne tarda point à s'avouer que cet afyle

lui convenoit peu : qu'efpérer en effet d'un pays
où l'on n'avoit point eu honte d'acheter, à vil prix,
une portion de l'héritage de l'infortuné Charles Ier?
Divers intéréts partageoient l'Allemagne, & la
grande image d'un régicide ne s'y montroit point
affez dans toute fon horreur, pour échauffer les
cœurs & les efprits en faveur d'un prince qu'une
forte de fatalité pourfuivoit ; il ne vouloit point re-
tourner en Ecoffe. Il y avoit effuyé une foule de
défagréments ; la dévotion, ou plutôt la fuperftition
févère du clergé Ecoffais lui étoit devenue infup-

De l'héritage de l'infortuné Charles I. Ce fut la cour de
Madrid qui fit cet achat : il confiftoit en peintures & en
meubles de prix ; il y en avoit la charge de plus de dix-
huit mulets, &c.

La fuperftition févère du clergé Ecoffais. Charles n'avoit pas
feulement la permiffion de fortir le dimanche pour prendre
l'air ; fouvent on lui faifoit entendre cinq ou fix fermons,
& ces fermons étoient de fanglantes diatribes contre la mémoire du roi fon père, contre fa mère, contre lui-même.
Burnet avoue qu'il *fortoit ennuyé d'un fervice divin, fi allongé,
& fi affommant* : ce font fes propres paroles. On obfervera
que ce furent ces réformateurs rigides des mœurs qui trahirent leur maître, & qui le vendirent à Cromwell.

portable ; il pouvoit auffi avoir des craintes qui n'é-
toient que trop fondées : ce royaume étoit infefté
de miférables fatellites vendus à Cromwell. A l'é-
gard de la Hollande, elle reffembloit à ces gens
fans caractère, qui ne fçavent à quel parti s'arrêter,
& dont l'indécifion & la faibleffe font toujours voi-
fines de la défection. Charles fe détermina donc à
fuivre fon premier projet : il réfolut de ne point
quitter la France ; fi elle ne répondoit pas entierement à fes vues, du moins fes jours n'y courroient
aucun rifque, & ce qui le touchoit davantage, il y
conferveroit cette confidération attachée au perfonnage de fouverain ; chez nous autres Français, le
malheur prête un nouvel éclat à la majefté, & il
ajoute au refpect cet attendriffement le plus vrai
peut-être & le plus flatteur des hommages.

Ce beau règne marqué pour être l'époque de notre
gloire, s'annonçoit à l'Europe ; l'aurore du *fiècle
de Louis XIV* commençoit à s'élever ; la nation
refpiroit déjà ce goût heureux pour les arts, qui
devoit dans la fuite produire ces chefs-d'œuvres, dans
tous les genres, que les autres peuples font forcés
d'admirer, & qu'ils nous envient encore ; la galanterie comme le luxe accompagnent ordinairement la

K 4

culture des lettres & les progrès de l'efprit ; l'amour
& les graces promettoient d'orner notre cour ; on
diftinguoit entre les jeunes beautés du premier rang,
la fille du comte de Boutèville-Montmorency : elle
réuniffoit toutes ces qualités brillantes qui femblent
être le partage conftant de fon illuftre maifon. Le
duc de Châtillon l'avoit laiffé veuve, dans un âge
où le cœur s'eft à peine développé ; elle feule pa-
raiffait ignorer des charmes dont tout reffentoit le
pouvoir ; mademoifelle de Montpenfier recherchoit
fa fociété ; le bel efprit Segrais l'a célébrée dans fes

La fille du comte de Bouteville-Montmorency. C'eft le même
qui eut la tête tranchée pour caufe de duel, en **1627** ;
cette dame, fœur du maréchal de Luxembourg, époufa,
en **1645**, Gafpard de Coligni, quatrième du nom, duc
de Châtillon-fur-l'Oie, tué dans la guerre ridicule de la
Fronde, à l'attaque de Charenton, près Paris, en **1649** ;
il ne laiffa point d'enfants ; fa veuve fe fit adjuger pour
fes reprifes le duché de Châtillon ; elle avoit de la beauté,
de l'efprit, & des talents ; en **1664**, elle fe remaria avec
Chriftian-Louis, duc de Meckelbourg, & mourut en **1695**,
laiffant le duché de Châtillon au fecond fils du maréchal
de Luxembourg fon frère.

Le bel efprit Segrais. Mademoifelle de Montpenfier,
que Louis XIV voyoit de mauvais œil, depuis l'aventure

ouvrages , & elle n'avoit pas befoin d'être flattée ,
pour être mife au nombre des femmes les plus fé-

du fauxbourg Saint-Antoine , alla fe retirer à Saint-Far-
geau ; une cour de femmes les plus aimables l'y fuivit.
Segrais qui cherchoit à plaire à Mademoifelle , imagina ,
pour fon amufement , de compofer *les Nouvelles Françaifes :*
n'ofant pas nommer les perfonnes , il effaya de les faire
connaître par leurs portraits ; voici comme il nous peint
la ducheffe de Châtillon , à laquelle il donne le nom d'*A-*
planice (ce nom eft tiré du mot Grec *Aplanos* qui fignifie
fans tache ; on prétend que la maifon de Montmorency l'a
pris pour devife) « Aplanice attache , & fe fait refpecter
» par un cœur plus noble encore que fa naiffance ; elle eft
» bonne, défintéreffée , généreufe , pleine d'efprit , & fon
» efprit eft rempli d'agrément , il eft vif & jufte en fa vi-
» vacité , amateur des chofes naturellement dites , touché
» des conceptions les plus naïves , & plus clairvoyant que
» qui que ce foit pour les découvrir ; elle écrit fpirituelle-
» ment & fans peine ; elle aime les vers ; elle en fait faire ;
» elle fait peindre en miniature , & deffiner , & tout cela
» bien plus par fon naturel que par étude ou application ;
» la beauté eft fi naturelle aux femmes de fa maifon , que
» la nommer , c'eft dire qu'elle eft belle : elle aime fes
» amies avec empreffement , les cultive avec foin , en
» parle avec chaleur ; fon humeur eft douce , gaie , égale ,
» & pour être naturellement libre , elle n'en a pas moins

duifantes & les plus fpirituelles. Il eſt inutile d'ajouter que la nobleſſe de ſon ame répondoit à ſa fi-
gure enchantereſſe ; on ne ſçauróit en effet être
auſſi belle, ſans avoir cette élévation , cette délicateſſe de ſentiment qui achève & fixe l'empire des
attraits. Il n'eſt donc pas étonnant que la ducheſſe
eût l'imagination portée à l'héroïſme : tout ce qui
tient à la généroſité , excite puiſſamment ces cœurs
pour qui la ſenſibilité eſt une des premières vertus ,
& ils n'éprouvent que des tranſports ſublimes.

    Charles ſe montra parmi nous , avec cette eſpèce
de charme qui lui étoit propre ; il poſſédoit au ſu-

  » la ſolidité , la décence & la conduite ». On n'a pas eu
deſſein de citer ce morceau comme un modèle de ſtyle ;
mais on a voulu faire voir ce qu'un cercle des plus polis
penſoit de la ducheſſe de Châtillon , car Segrais n'avoit
fait que prêter ſa plume à l'opinion publique.

    Avec cette eſpèce de charme. Ce n'eſt point une exagération :
Charles II réuniſſoit toutes ces graces qui ſont adorées de
la ſociété ; la populace de Londres l'aimoit avec idolâtrie,
parce que ce Prince étoit d'une affabilité ſans exemple ;
d'ailleurs il avoit un enjouement ſpirituel qui répandoit
de l'intérêt ſur les moindres expreſſions qui lui échappoient ;
ce monarque avoit quelques connaiſſances de phyſique

prême degré l'art de la séduction ; on ne pouvoit l'approcher, sans qu'il inspirât un intérêt qui bientôt devenoit une sorte d'enthousiasme ; ses serviteurs, ses maitresses, ses amis l'adoroient ; il portoit jus- qu'à l'excès, une qualité qui fait aimer les souverains avec idolâtrie : son affabilité ne connaissoit point de bornes : aussi fut-il de tout tems les délices du peu- ple ; il fuyoit sur-tout l'étiquette qu'il regardoit com- me la mort du plaisir, & l'affiche de la fausse gran- deur ; c'est cette même aversion de la gêne & du faste de la majesté, qui nous rend encore si chère la mémoire de Henri IV. Le monarque Anglais avoit un esprit naturel, qui, sans trop d'application, s'é- toit nourri de connaissances infinies dans les arts & dans les belles-lettres. Il racontoit sur-tout avec une grace inexprimable. Charles, en un mot, étoit le plus aimable des hommes, roi, & malheureux.

& de mécanique, étoit instruit dans la marine ; croiroit- on que ce fut Charles II qui inspira de l'émulation à Louis XIV : le souverain Français avoit entendu dire que le roi d'Angleterre gouvernoit par lui-même, & aussi-tôt il forma la résolution de n'avoir plus de premier ministre, & de régir ses états par ses propres lumières.

Voilà bien des enchantements rassemblés pour exercer
la sensibilité d'un sexe qui recherche avidemment les
occasions d'intéresser son cœur, & de s'attendrir. La
duchesse de Châtillon ne vit donc pas ce prince
impunément ; dominée par une impression qu'elle
n'avoit point encore éprouvée, elle devint, en peu
de jours, rêveuse, mélancolique ; elle quittoit les
cercles, avant l'heure accoutumée ; quelquefois même
elle avoit des accès d'humeur, & elle vouloit être
seule.

Julie, une des femmes de la duchesse, s'apperçut
de cette révolution subite dans le caractère de sa maitresse : impatiente d'en éclaircir la cause, elle crut enfin
l'avoir pénétrée, & s'occupa aussi-tôt des moyens de
s'en assurer. Les secrets du cœur n'échappent guères
à l'œil surveillant des femmes ; elles saisissent jusqu'aux moindres nuances ; il n'est point de rapports
éloignés qu'elles ne rapprochent ; elles vont
jusques dans l'ame, surprendre un sentiment que
souvent on voudroit se cacher à soi-même. Madame,
dit l'adroite Julie à madame de Châtillon, tout le
monde parle de ce roi d'Angleterre : je ne l'ai point
encore vu... on le dit charmant. — Oui... il est assez
aimable ; & un profond soupir accompagne cette

réponfe. — Mais, madame, on prétend qu'excepté notre maître, perfonne ne l'efface à la cour : — Il eft vrai qu'il feroit difficile de l'égaler... — Ce prince eft bien malheureux ! — Ah! Julie! c'eft le mortel le plus infortuné !.. Que fes difgraces me touchent ! que je hais Cromwell ! pourquoi ne puis-je relever Charles fur le trône ? fi j'étois reine de France, il feroit bientôt rétabli ! — Je n'en doute point, madame, vous êtes fi généreufe, fi compatiffante ! — La compaffion, Julie, la compaffion !.. je ne le déguiferai point : Charles excite l'intérêt le plus vif... Faut-il que notre déteftable politique combatte un fentiment qui eft univerfel !.. Julie... monfieur le cardinal n'a point mon cœur ! — Eh ! madame, quelle ame approche de la vôtre ? — Il eft vrai... jamais je n'ai reffenti cette émotion... Depuis que j'ai vu le roi d'Angleterre, Julie... je fuis attendrie jufqu'aux larmes. Qu'en-effet fon fort eft affreux ! je me fuis fait raconter fes aventures, jufqu'aux moindres circonftances. Comme il me faifoit peur, caché dans cet arbre ! Je voyois ce chêne ; je friffonnois au plus léger mouvement des feuillages ; je fuivois Charles aux bords de la mer ; je m'embarquois avec lui ; je n'ai refpiré, je l'avoue, que lorfqu'il s'eft trouvé en fûreté dans nos ports... oui, il eft bien malheureux ! & à ce mot, la duchefle laiffe couler quelques pleurs.

L'habile confidente ne pouffa pas plus loin fa curiofité ; mais, au fortir de cette converfation, elle fe retira, bien perfuadée que fa maitreffe fentoit plus que de la pitié pour le jeune monarque.

Charles avoit été bleffé du même trait ; fa gaité devenoit moins vive ; il éprouvoit des diftractions, au milieu des difcuffions importantes qui devoient uniquement l'attacher ; il commençoit même à redouter Clarendon, pour qui jufqu'alors il avoit

---

A redouter Clarendon. Édouard, comte de Clarendon, grand-chancelier d'Angleterre, & chancelier de l'univerfité d'Oxford. La première de ces dignités lui fut conférée par Charles II, dans le tems de fes difgraces ; l'autre place vacante par la mort du marquis de Hertford, duc de Sommerfet, il la tint du choix général de l'univerfité : elle crut devoir cette marque de confidération à un homme qui foutenoit, avec une égale chaleur, les droits de la religion, du roi, & de l'état. Un de ces intrigants qui cherchent à fe rendre néceffaires dans les cours, pour établir leur fortune, publioit hautement qu'il poffédoit le moyen de procurer au roi un fubfide de deux millions

montré une préférence marquée, & cet homme respectable la méritoit : il fut le Sulli de l'Angleterre ;
quelqu'attachement qu'il eût voué à son maître, il
ne lui sacrifia jamais ni la justice, ni l'état : son
activité pour remplir ses devoirs, alloit jusqu'à la
passion ; son unique objet étoit de faire partager à
tous les Anglais, le sentiment qui l'enflammoit en
faveur de son souverain ; il fut dans l'une & l'autre fortune son sujet fidèle, & son ami zèlé : mais en adorant,
si l'on peut le dire, son roi, il sçut combattre ses fai-

---

sterling, sans que le souverain eût besoin de son parlement.
Cet appât de finance fut saisi du monarque avec transport ;
il se hâta d'en parler à son chancelier : celui - ci eut
le courage de répondre à son maître : « Le meil-
» leur revenu que votre majesté puisse avoir, est l'affec-
» tion de ses sujets ; avec ce secours, sire, vous ne man-
» querez jamais d'argent ». Il fit éclater dans toutes ses
actions, le plus parfait désintéressement ; en voici un exemple : Fouquet lui offrit, de la part de sa cour, une pension
de dix mille écus : Clarendon n'hésita point à la refuser ;
cependant il ajouta qu'il consulteroit le roi son maître :
en effet il lui apprit la proposition ; Charles lui conseilla
de l'accepter : « Alors le chancelier (c'est Burnet qui parle)
» avertit sérieusement le monarque des dangers qu'il cour-
» roit, s'il souffroit que les personnes qui l'approchoient,

bleffes avec cette infléxibilité qui convient à la
haute vertu ; Clarendon ofoit lui offrir la vérité dans
tout fon jour , dût - elle lui bleffer les yeux. Sire,
difoit-il fouvent à ce prince, c'eft la flatterie qui a
caufé la perte du feu roi votre père , qui l'a entre-
tenu dans cette molleffe dont fa ruine a été le fruit.
Ayant toujours eu en horreur le perfonnage de courtifan , je me fens l'ame affez grande pour être l'ami
de mon maître ; Clarendon , s'il le faut , mourra
pour lui, mais il ne lui paffera rien dont puiffe
s'offenfer fa gloire. Vos intérêts font les miens ,
fire : je prendrai donc la liberté de vous parler tou-

» devinffent penfionnaires des autres princes: car on n'en-
» tretient de ces penfionnaires , (continue Clarendon)
» que pour altérer la pureté des confeils qu'on donne-
» roit à votre majefté ». Ce fut par l'exprès commandement de Charles Ier , que cet homme eftimable
entreprit *l'hiftoire de la rebellion & des guerres civiles d'An-*
gleterre , ce monarque defirant que *la poftérité fût inftruite*
de fes malheurs. On remarque à la tête du quatrième vo-
lume, ces mots tirés d'une *épitre dédicatoire au roi d'Angle-*
terre : « *Ces chofes font arrivées pour fervir d'exemple , & font*
» *écrites pour votre avertiffement* » : voilà dans quel efprit fe devroient écrire toutes les hiftoires.

jours

jours avec cette franchise qui vous est due ; vous annoncez de trop belles qualités, pour avoir besoin de ces ménagements, qui rarement ne sont pas des complaisances criminelles.

Un tel caractère promettoit des dispositions peu propres à favoriser & entretenir une intrigue d'a-mour : aussi Charles, dans cette partie, s'étoit bien gardé de choisir Clarendon pour son confident ; il lui falloit un courtisan souple, aimable, ingénieux ; & il le trouva dans le duc de Buckingham. C'est

---

Dans le duc de Buckingham. C'est ici un contraste frappant avec Clarendon : on pouvoit appeller Buckingham *le Génie de la corruption* ; ce fut lui qui dans la suite, aidé de Wilmot, Comte de Rochester, gâta l'heureux naturel de Charles II. Ce seigneur avoit beaucoup d'esprit, & sur-tout il possédoit le talent de la raillerie ; on doit bien s'attendre qu'un courtisan adroit & sans nul principe d'honnêteté, qui n'aspiroit qu'à amuser son maître, devoit être l'ennemi déclaré du chancelier ; il disoit souvent au roi, en parlant de Clarendon : *voilà votre maître d'école qui arrive.* Buckingham se jetta à corps-perdu dans tous les excès ; il n'y eut pas jusqu'au *grand œuvre* qui n'excitât ses recherches, & ses folles dépenses. « Il fit si « bien, dit Burnet, qu'il vint à bout de s'énerver le corps, « de s'abrutir l'esprit, de se perdre de réputation, & de

L

à ce feigneur que Charles fit voir toute l'étendue de la paffion que la ducheffe de Châtillon lui avoit infpirée : —— Buckingham , c'eft quelque chofe de bien fingulier que l'amour ! je ne fuis plus le même : mes vœux ne fe tournent plus vers l'Angleterre ; madame de Châtillon occupe feule toute mon ame . . . je rougis de ma faibleffe ; eft-ce à moi d'aimer , quand j'ai un royaume à conquérir , un père à venger ? . . —— Eh ! pourquoi , fire , vous reprocheriez-vous une efpèce de dédommagement que la fortune femble offrir à vos peines ? aimez en ce moment ; abandonnez-vous au plaifir d'effayer votre pouvoir fur le cœur d'une belle femme ; quand il en fera temps , vous fongerez à une couronne. Tout pour l'amour , fire : c'eft la paffion des héros , & de tout être raifonnable. Ma foi ! je donnerois tous les trônes du monde , pour obtenir les faveurs de la beauté.

» fe ruiner tout enfemble ; on vit en lui, autant qu'en
» homme du monde , quelle folie c'eft de livrer fon cœur
» au vice : car il finit par être méprifé , indigent , plein
» d'infirmités , hébêté, méconnaiffable en toutes manières ;
» de forte qu'on l'évitoit avec autant d'empreffement ,
» qu'on en avoit eu autrefois à lui faire la cour ».

Charles fourioit à ce propos qui flattoit fon amour
naiffant, & il étoit bien déterminé à l'écouter : Clarendon vient à paraître : le roi lui trouve un front
plus févère que de coutume: — Chancelier, que me
voulez-vous? — J'oferois, fire, vous fupplier de
m'accorder un moment d'entretien... — Vous pouvez
parler.... — Sire, je defirerois... Clarendon en refte à ce
mot : il tourne les yeux vers Buckingham qui jugea
aifément que fa préfence embarraffoit le chancelier ;
ils n'étoient point amis, & ne pouvoient l'être : le
duc prend donc le parti de fortir. Où allez-vous,
Buckingham, lui dit le roi? — Il ne faut pas, fire,
que la folie fe trouve avec la raifon ; monfieur le
chancelier me paraît avoir de grands fecrets à vous
communiquer, & je me fauve de fa gravité. Clarendon ne peut s'empêcher de répondre : monfieur
de Buckingham a peut-être fujet de me craindre ;
mais je ne prétends point perdre mon temps à repouffer fes agréables plaifanteries ; fire, il s'agit ici
de vos intéréts, & c'eft ce qui m'amène devant votre
majefté. (Charles a de la peine à ne pas fe décon-
certer) Ne cachez point votre embarras, fire ; vos
yeux, je le vois, fe détournent d'un de vos plus
fidèles fujets... hélas ! fire , faut-il que vous me

L 2

craigniez , moi , le plus zélé de vos ferviteurs̃
Me feroit-il permis d'interpréter cette efpèce de
trouble qui , depuis quelques jours , femble vous
pourfuivre ? votre majefté fréquente fouvent les
cercles où fe trouve madame de Châtillon ;
j'en conviendrai : c'eft une des plus belles femmes
de cette cour; & l'on m'a rapporté , fire , que vous
preniez plaifir à la voir, à l'entendre ... votre majefté doit prévenir fans doute mes humbles repréfentations ... — Chancelier , eh ! qui vous a dit
que la duchefse m'intérefsoit au point de m'infpirer
un penchant...que vous condamneriez , oh! j'en fuis
certain ? — Qui me l'a dit , fire ? votre agitation in-
volontaire. Oui , fire , n'en doutez point , j'oferois
combattre ce penchant , contre lequel vous vous
éleveriez vous-même , fi vous daigniez réfléchir fur
vos intérêts ; votre majefté a prévu avec raifon ce
que mon devoir & l'honneur m'ordonneroient
de tenter pour lui ouvrir les yeux fur une faiblefse
qui aujourd'hui ne lui feroit que trop préjudiciable. Quel temps , grand Dieu ! choifiriez-vous pour
vous abandonner à des fentiments qui détruiroient
peut-être notre ouvrage ? eft-ce à l'amour , fire , à
vous nommer une époufe ? c'eft la politique , la né-
cefsité qui doit faire une reine d'Angleterre, Les

mariages vulgaires peuvent être fondés sur l'inclination , sur le rapport mutuel des cœurs : d'autres caufes préfident aux hymenées des rois ; votre majefté
doit rechercher une alliance utile. Madame de Châtillon , quoique d'un fang illuftre , ne lui apporteroit
que fon nom & fes charmes , & la princeffe à laquelle
des nœuds folemnels vous lieront , doit vous procurer un appui. Le malheur qui eft le premier des
maîtres , veut que votre majefté en ait befoin. ——
Ah ! Clarendon , vous venez furprendre un fecret que
je voulois vous cacher... Buckingham eft plus complai-
fant que vous : —— Il eft vrai, fire... que je ne fçais point
déguifer la vérité ; mais j'aime & je fers mon maître.
Encore une fois , votre main ne doit être donnée qu'à
une fille de fouverain dont l'alliance pourra vous être
de quelque utilité. C'eft le facrifice des paffions qui diftingue les rois des autres hommes. —— Quoi ! Clarendon , il ne me fera point permis d'avoir un cœur
fenfible ! —— La fenfibilité , fire , eft la plus belle
vertu des monarques : mais quel en doit être l'objet ? les intérêts de la couronne , ceux du peuple ,
la confervation de votre grandeur , de votre gloire.
Le fils de Charles Ier n'a d'autre projet à mé-
diter que fon rétabliffement au trône , l'exécution

L 3

d'une vengeance légitime. Quand les trois royaumes, fire, feront rentrés fous votre obéiffance, que vous ferez le bonheur des Anglais, alors je détournerai les yeux de ces erreurs... qui toujours dégradent un monarque. Ne nous occupons à préfent, que du foin d'amener la cour de France à vous fournir des fecours ; tâchons de vaincre le cardinal qui nous traverfe dans nos négociations ; je crois avoir deviné ce que Louis doit être : il aime la gloire, & la gloire ne va point fans la générofité.

Clarendon laiffe Charles agité de divers mouvements ; ce prince ne pouvoit fe refufer à la folidité des confeils du chancelier : mais il aimoit déja, & la raifon eft bien faible fur un cœur amoureux ! Il y avoit des moments où il formoit la réfolution de fuir la ducheffe ; il faut l'avouer : il s'arrêtoit peu à ce deffein : cette ardeur qui le trahiffoit, revenoit toujours plus forte & plus fûre de triompher.

Madame de Châtillon n'étoit pas moins livrée que le roi, à ce tumulte d'idées, à ce bouleverfement continuel des fens, qui caractérifent les grandes paffions ; l'adroite Julie lui étoit devenue néceffaire : c'étoit elle qui recevoit l'épanchement d'une ame, où l'amour dominoit, malgré tous les efforts de la ducheffe pour le combattre. Eh ! quel peut être,

difoit-elle à fa confidente, l'objet d'un fentiment
qui m'emporte déja au-delà de ce que je me dois
à moi-même ? La veuve du duc de Châtillon, une
Montmorency joueroit   erfonnage indécent d'une
vile ma;treffe ! je trahirois mon rang , ma vertu ,
ma naiffance, pour écouter un penchant , dont, à coup
fûr , je rougirois ! je ne puis qu'être l'époufe du roi
d'Angleterre ; le trône eft une place qui convient
aux femmes de ma maifon : mais les intérêts de Charles lui permettent-ils de s'occuper ?.. je m'égare ,
Julie ! je penfe à un engagement !.. eh ! fçais-je fi
je fuis aimée ? —— N'en doutez point , madame ,
le prince n'aura pu vous voir , fans partager le fentiment qu'il vous a infpiré : ce n'eft point à madame de Châtillon à craindre de trouver un cœur
infenfible. —— Ah ! Julie, ne flatte pas un fentiment que je devrois plutôt chercher à détruire ; on
dit que l'amour ne conduit point au bonheur ; gardons , gardons mon indifférence ... que dis-je ? je
l'ai perdue , & elle m'eft ravie pour toujours !

On donne une fête brillante à la cour, accompagnée d'un divertiffement affez fingulier : il falloit

---

On donne une fête brillante à la cour. « Charles , dit Cla-
» rendon , aimoit fort les mafcarades » ; il entraîna même

L 4

nommer une reine parmi les dames ; c'étoit un des
acteurs de la fête qui devoit faire ce choix, & enfuite pofer une couronne de fleurs fur la tête de la
perfonne qu'il auroit élevée à ce rang. Le roi d'Angleterre fut chargé de cette galanterie ; il eut bientôt choifi fa fouveraine ; il court à madame de Châtillon, & mettant un genou en terre ; madame, lui
dit-il de cette voix, l'expreffion du cœur, foyez
reine... que ne puis-je vous offrir de même la
couronne d'Angleterre! Ces mots ont porté le trouble dans l'ame de la ducheffe. Quelques moments
après, le prince la trouve feule, plongée dans une
profonde rêverie ; il profite de cet inftant de liberté
pour exhaler des tranfports retenus depuis trop long-
temps : — Vous rêvez, belle ducheffe ! eh ! quel
objet peut vous occuper ? jouiffez-vous du plaifir
de faire des conquêtes? il en eft une... (il fe prof-

le chancelier à une de ces fêtes. La reine régente demanda au roi d'Angleterre, quel étoit ce gros homme
affis près du marquis d'Ormond ; le monarque, qui n'i-
gnoroit point que Clarendon étoit mal avec la reine fa
mère, répondit affez plaifamment : « C'eft ce méchant
» homme, qui eft caufe de tant de mal ».

terne devant elle) vous voyez à vos pieds l'homme le plus rempli de vos charmes , d'un amour ...— Sire , quel aveu vous est échappé ! songez-vous ...; — Je sçais.... que je vous adore , que je ne puis résister à cette ardeur ... que vous êtes... la maitresse de mon ame ... Il alloit poursuivre , quand plusieurs personnes de l'assemblée viennent retirer madame de Châtillon d'une situation si gênante.

A peine s'est-elle retrouvée avec Julie : — Il m'aime , Julie ! conçois - tu bien mon bonheur ? plaire à tout ce qui peut m'attacher ! ah ! cher prince... c'est moi qui t'adore ... mais tu ne connaîtras point ma faiblesse ; non , jamais tu ne sçauras ...je te cacherai ton empire ; je me contenterai de t'aimer en secret.

La duchesse ne tarda point à rompre son serment. Le hasard , qu'on peut appeller le dieu des amants, fit naître une nouvelle occasion qui ramena près d'elle le roi d'Angleterre ; elle lisoit dans un cabinet de verdure , & elle laissoit couler des larmes; Charles s'offre à ses yeux : — Vous pleurez, madame ! & ... quel est ce livre ?.. Elle le remet dans les mains du monarque , sans proférer une parole : — O ciel ! c'est l'histoire des malheurs de notre

maifon : & madame de Châtillon nous donne des
pleurs !.. adorable ducheffe , quel doux fpeᴄtaclᴇ
pour un prince infortuné … qui ceffe de l'être, puifqu'il vous voit , puifque vous daignez vous intéreffer
à fon fort ! —— M'intéreffer à votre fort, fire ! ah !
j'en fuis pénétrée ; ne puis-je , ô Dieu ! changer cette
deftinée cruelle , contribuer à votre bonheur …——
Vous le poüvez, madame : dites un mot , un feul
mot : dites que vous êtes fenfible à un malheureux
amour qui m'eft plus cher que mon exiftence … .——
Hélas ! prince … & quand je vous avouerois que vous
ne m'êtes point indifférent , que vos peines font les
miennes… Ah ! madame , s'écrie Charles , en lui
baifant la main , je fuis le plus heureux des hommes !
oui, j'ofe le croire , oui, mon fort va changer ; je
triompherai de mes ennemis , de Cromwell , de l'u-
nivers entier. J'ai pour moi la plus adorable des
femmes ! je n'aurai plus à craindre des rigueurs de
la fortune : plaint de la belle Châtillon , je dois attendre tous les fuccès, toutes les viᴄtoires ; oui , madame,
je remonterai au trône , & vous y régnerez avec votre
amant , avec votre époux ; toute l'Angleterre adòrera
comme moi vos charmes , vos vertus, & feraà vos pieds.
La ducheffe ne peut que répondre : fire … l'excès

du fentiment... oui, je vous aime, & c'eft-là ce qui déchire mon cœur.

Elle n'en dit pas davantage, & fe hâte de quitter le monarque, qui s'interroge envain fur les motifs d'une retraite fi précipitée. Je fuis aimé, s'écrie-t-il, je fuis aimé, & elle m'abandonne à une incertitude accablante! fon cœur, dit-elle, eft déchiré... qui peut lui avoir caufé ce trouble, cette agitation?... pourquoi ce prompt départ?

La ducheffe court dans le fein de Julie : —— J'ai fait un aveu qui me coûtera la vie. Le roi d'Angleterre n'ignore point mes fentiments, ou plutôt, ma honteufe faibleffe; il connaît tout l'empire qu'il a fur une femme qui jufqu'ici n'avoit rien à fe reprocher; mais... j'ai ouvert les yeux fur ma faute, je vais tâcher de la réparer. Auffi-tôt madame de Châtillon s'empreffe d'écrire à Charles cette lettre :

SIRE,

» Sans doute je fuis coupable à mes propres » yeux : mais je le ferois encore bien davantage, fi » j'avois recours à la diffimulation : j'ai ofé faire éclater » ter un penchant, que j'aurois dû renfermer dans » le fond de mon cœur; vos malheurs m'ont intéreffée » reffée au point que j'ai cru céder à la vertu, en

» laiffant échapper un aveu dont j'aurois à rougir,
» fi vous n'étiez que monarque ; vos brillantes qua-
» lités , vos célèbres infortunes vous prêtent un afcen-
» dant que n'a point le diadême; oui , fire , c'eft
» Charles infortuné , plein de mérite & d'agrément
» qui a pu m'attendrir , & non le prince que la
» juftice & un droit légitime releveront au trône de
» fes pères. Sans vos difgraces , vous n'auriez point
» excité en moi cette prévention touchante , qui
» m'a emportée trop loin. J'ai imaginé n'être que
» fenfible & généreufe , & je ne me fuis apperçue
» que vous m'étiez cher , que lorfqu'il ne m'étoit
» plus poffible d'éprouver une autre impreffion.
» Jouiffez donc de votre triomphe , fire ; que je fe-
» rois flattée , s'il pouvoit apporter quelqu'adoucif-
» fement à vos maux ! Je vous l'avouerai: j'aime-
» rois à répandre des larmes, fi elles vous rendoient
» votre fort plus fupportable : mais la franchife avec
» laquelle j'écris à votre majefté, doit auffi l'éclairer
» fur l'efpèce de loi que le devoir & l'honneur m'im-
» pofent; je ne vous ai ouvert mon ame qu'à cette
» condition : fire, il faut l'un & l'autre, nous fou-
» mettre à un facrifice abfolument néceffaire ; il faut
» qu'un filence éternel enchaîne jufqu'aux moin-

» dres expreſſions qui pourroient nous trahir. Je
» n'oſerois prétendre au rang de votre épouſe ,
» quoique le trône ne ſoit point une place étran-
» gère aux femmes de ma maiſon. En ce moment,
» d'autres projets doivent vous occuper : ſongez,
» ſire , à tout ce qui peut vous rendre à l'Angleterre;
» n'enviſagez qu'une couronne qui vous appartient.
» Si les vœux les plus ſincères, les plus ardents avoient
» quelque pouvoir, vous ſeriez bientôt le premier roi
» du monde; mais, oublions tous deux un ſentiment
» qui ne pourroit que nuire à vos intérêts ; prince,
» c'eſt un royaume qu'il vous faut,& non le cœur d'une
» malheureuſe femme dont vous cauſeriez la perte.
» J'attends de votre générofité que vous me donnerez
» l'exemple : vous ne céderez point à un penchant

Aux femmes de ma maiſon. Qu'on ouvre l'hiſtoire : on
verra pluſieurs dames de cette illuſtre maiſon , élevées au
rang de ſouveraine ; parmi les hommes , on n'a pas oublié que Mathieu de Montmorency épouſa la veuve d'un
de nos rois ; ce furent même les états du royaume qui pré-
ſidèrent à ce mariage , regardant le connétable comme
le ſeul grand ſeigneur qui pût contenir dans leur devoir
tant de vaſſaux indociles ,& affermir la puiſſance du monarque.

» que je dois rejetter : tout m'y engage, & fur-tout
» un intérêt bien au-deſſus du mien ; bornons-nous à
» cette eſtime, à cette amitié pure qui me fera partager
» juſqu'à vos moindres ſuccès, & fuyons avec ſoin
» tout ce qui exciteroit une paſſion dont nous fe-
» rions néceſſairement les victimes ».

Charles étoit avec Buckingham, quand il reçut
cette lettre ; il eſt bien éloigné d'écouter cette raifon qui ſembloit ſe faire entendre à la ducheſſe ; cet
écrit ne ſert qu'à l'enflammer : —— Eh bien, duc !
que direz-vous d'une femme qui m'aime à ce point?
Madame de Châtillon n'eſt-elle pas digne d'occuper
le premier trône de l'univers ? où trouver plus de
ſenſibilité, plus de délicateſſe, plus de nobleſſe d'ame?
Qui ? moi ! je la ſacrifierois à cette cruelle politique, qui
ne ſeroit qu'une baſſeſſe honteuſe ! non, point de couronne, s'il faut immoler mon amour. Buckingham ne
dément point ſon caractère : loin de les combattre, il
irrite encore ces tranſports auxquels Charles s'abandonnoit ſans réſerve.

Ce prince vole chez la ducheſſe : —— Quelle
loi vous m'impoſeriez, madame ! que je fuſſe un
parjure, moi, qui ai fait ſerment de vous adorer
juſqu'au dernier ſoupir, que cet amour, qui ſeul peut
me conſoler de mes diſgraçes, ſortît de mon cœur :

je ne vous obéirai point, belle ducheſſe ; je garderai, j'entretiendrai ce ſentiment dont mon ame eſt
remplie ; votre amant, votre amant brûle d'être
votre époux ; venez, je vous conduis à l'autel ...
—— Y penſez-vous, ſire ? je recevrois votre main,
lorſque vous avez repouſſé celle de mademoiſelle de
Montpenſier ? attendez que vous ſoyez ſur le trône...
—— Je le vois bien, madame, il me manque une
couronne, & vous craindriez de vous unir à un prince
malheureux .... que tout doit abandonner ! ——
Quoi ! ſire, vous prêteriez à mon refus un pareil
motif ! eſt-ce à vous de ſoupçonner ainſi un ſacrifice, qui ſans doute me coûte plus qu'à vous ? Ah !
ce n'eſt pas moi qu'il faut accuſer d'inſenſibilité ; ce

Lorſque vous avez repouſſé celle de mademoiſelle de Montpenſier.
Non, Charles n'a jamais refuſé d'épouſer cette princeſſe ;
il y eut des pour-parlers ſur ce mariage, qui peut-être
eût été fait, ſans l'eſpèce d'acte de rebellion de mademoiſelle : à la bataille du fauxbourg S. Antoine, elle fit charger le canon de la Baſtille contre les troupes du roi :
voilà ce qui rompit l'union projettée avec Charles II :
auſſi le cardinal de Mazarin diſoit plaiſamment : « ce
» canon-là vient de tuer ſon mari ». La reine régente
s'étoit encore oppoſée à ce mariage.

n'eſt pas moi qui aime en vous le monarque, qui recherche l'éclat de la couronne... Vous me parlez de vos malheurs, ſire ! & qui les reſſent plus que moi ? qui a plus verſé de larmes ſur ces revers que vous éprouvez ? croyez-vous, croyez-vous que ma faibleſſe l'eût emporté, ſi je vous euſſe vu ſur le trône d'Angleterre ? auriez-vous ſçu, ſans vos diſgraces, que je ſuis la plus ſenſible, la plus malheureuſe des femmes ? Hélas ! c'eſt cet intérêt ſi touchant que vous m'avez inſpiré, qui m'a trompée, qui ma fermé les yeux ſur un penchant... ingrat, ſans cette infortune que mon cœur partage ſi vivement, le mot d'amour fût-il jamais ſorti de ma bouche ?.. — Vous pleurez, adorable ducheſſe !.. Je meurs de repentir à vos genoux ; oui, je vous ai offenſée, oui, je vous avois mal connue ; pardonnez : voilà où conduit l'adverſité : elle rend injuſte, ſoupçonneux, barbare ! moi ! moi ! faire couler une larme de ces beaux yeux dont un regard peut dédommager de tous les diadêmes ! ah ! cachez-moi ces pleurs ! ils portent le déſeſpoir dans mon ame ! il eſt donc vrai que je ſuis aimé, que ma cruelle deſtinée... — Vous rend plus cher à mon cœur, ſire. Encore une fois, c'eſt le prince infortuné qui m'a arraché un aveu qui dans

toute

toute autre occasion, ne me seroit jamais échappé ;
je sçais trop ce que je dois à ma naissance, à mon
rang, à la fierté de mon ame... ah ! a-t-on de l'orgueil, lorsqu'on est entraîné par une passion... que
la vertu justifie ? Je goûte tant de plaisir à vous plaindre, à me pénétrer de vos peines ! hélas ! que ne puis-
je les terminer, du-moins les adoucir ! — Mon bonheur dépend de vous, madame... —Votre bonheur,
sire ! ah ! parlez, parlez : à quel prix... — Donnez-
moi votre main ; allons former ces nœuds où ma
vie même sera attachée. Si vous pensez que la nécessité exige que notre union soit ensevelie dans le
secret, jusqu'à des temps plus heureux, je me sou-
mettrai à cette loi si dure ; le monde ignorera ma
félicité ; il ignorera que je suis l'époux de la femme la
plus adorable ; il n'y aura que la reine ma mère, &
quelques-uns de mes plus zélés serviteurs qui seront
dans la confidence ; ô Dieu ! je hâterai l'instant où
je pourrai hautement proclamer ma souveraine...
—Mais, sire, me conviendroit-il de me lier, sans l'a-
veu de la cour ? avez-vous oublié que mademoiselle de
Montpensier prétendoit à l'honneur de vous épouser ?
— Tous ces obstacles s'applaniront, quand notre
mariage sera public, peut-être alors n'aurai-je plus d

M

ménagements à combattre : je ferai roi , madame ,
& on me reconnaîtra des droits qu'aujourdhui
l'on oferoit me difputer ; oui , le defir de vous plaire
enflamme mon courage ; l'époux de madame de Châtillon eft affuré de monter au trône.

La ducheffe balançoit encore , quand Buckingham
accourt auprès de Charles : —— Bonnes nouvelles,
fire ! on parle d'un foulèvement contre ce monftre
de Cromwell ; vous avez dans le nord des partifans tout prêts à fe déclarer. Ah ! s'écrie le roi , je
fuis au comble de mes vœux ! Duc, c'eft en ce moment que j'éprouve combien je fuis le plus heureux
des hommes ! oh ! je n'en doute point , je n'en doute
point, ma fortune va changer , & je pourrai élever
la beauté & la vertu fur le trône. Buckingham , je
vous laiffe avec madame de Châtillon ; déterminez-
la à faire mon bonheur ; elle héfite encore à recevoir ma main , quand je vais régner , avoir une couronne à lui offrir.... que ne puis-je mettre à fes
pieds l'empire de l'univers !

Charles vole à fon confeil, qui examinoit les dépêches favorables qu'on avoit reçu de Londres ;
ce prince s'abandonnoit à l'ivreffe de fa joie ; il eft
refté feul avec Clarendon : —— Chancelier, concevez

vous mes tranſports? je ſortirai donc de cet état
d'humiliation où ma cruelle deſtinée me retenoit depuis trop long-temps ! je pourrai... — Être le plus
grand & le plus fortuné des rois , ſire , en vous oc-
cupant du bonheur d'un peuple qui eſt fatigué du
joug de la tyrannie : mais vous ſçavez ſans doute
à quel prix vous avez des amis , des alliés : vous
ſçavez d'où naîtra cette heureuſe révolution : le roi
de Portugal vous propoſe la main de la princeſſe
ſa fille ; rappellez - vous que ce mariage avoit été
déja projetté par le roi votre père , que l'infante...

De cet état d'humiliation. Jamais ſouverain n'a plus expoſé
le ſpectacle aviliſſant de l'infortune , que Charles II ; peut-
être eſt-ce un reproche éternel qu'on feroit en droit de
faire aux princes qui auroient dû le ſecourir & le venger.
« Charles , dit Voltaire , fut rappellé dans ſes états par
» les Anglais , ſans qu'aucun potentat de l'Europe ſe fût
» jamais mis en devoir, ni d'empêcher le meurtre du père,
» ni de ſervir au rétabliſſement du fils ». Quelle terrible
leçon pour tous les hommes , & ſur-tout pour ceux qui
ſont aſſis dans les hautes places ! Le malheur eſt donc une
eſpèce de ſigne de réprobation ! & il n'eſt point d'être ſur
la terre qui puiſſe s'en préſerver !

Ce mariage avoit été déja projetté par le roi votre père. En
effet Charles Ier avoit penſé à cette alliance , qui n'eut
lieu qu'en 1662.   M 2

—— Clarendon... Clarendon , dans quel abyme vous me précipitez ! je n'époufèrois point la ducheffe ! —— Eh ! voilà , fire , ce que j'ai eu lieu de tant appré- hender ! ce n'eft ni Buckingham , ni votre propre cœur qu'il faut confulter : c'eft l'honneur , la nécef- fité , c'eft le marquis d'Ormond fi éclairé fur vos intérêts , & moi , fire , s'il m'eft permis de me nom- mer... nous embraffons vos genoux ; nous vous conju- rons , les larmes aux yeux , d'accepter une alliance devenue néceffaire dans ces conjonctures. Que di- ront les Anglais reftés fidèles à votre majefté , fi pour une folle paffion , pardonnez-moi ce mot , vous les facrifiez , vous vous facrifiez , vous perdez le

---

C'eft le marquis d'Ormond. Après le chancelier , c'étoit l'homme qui avoit le plus de part à la faveur , & il en étoit auffi digne que Clarendon : on peut dire qu'il fut le martyr de fon attachement pour fes maîtres ; Charles II fe hâta auffi de l'en récompenfer auffi-tôt qu'il fut remonté fur le trône ; d'Ormond réunit les emplois de grand-maître de la maifon du roi & de vice-roi d'Irlande ; il avoit tou- tes les graces du courtifan , fans que fon jugement & fa probité en fuffent altérés ; il demeura toujours l'ami intime du chancelier, & jamais la jaloufie n'excita entr'eux le moin- dre refroidiffement.

trône, oſerai-'je dire, l'honneur ? oui, l'honneur,
ſire, exige que vous tentiez tous les efforts pour
reprendre le ſceptre qu'un attentat inoui vous a enlevé ; vous devez compte de vos démarches à tous
les ſouverains de l'Europe, au monde entier, qui a
les yeux attachés ſur vos moindres actions ... — O
ciel ! quel coup de foudre ! au moment que je con-
duiſois la ducheſſe à l'autel, que j'épouſois.....
Clarendon, vous ne connaiſſez pas l'amour ! vous
ne connaiſſez pas l'amour ! ... — Je connais, ſire...
le ſoin de votre gloire, vos devoirs ; vous n'êtes
point à vous : c'eſt à votre peuple que vous appartenez ! Tournez vos regards vers cette ville qui a été
votre berceau ; voyez-y tous ces échafauds fumants
encore du ſang de vos plus zélés ſerviteurs ; entendez
les cris des Montroſes, des Hamiltons, des Derbys ;
contemplez leurs membres palpitants, déchirés... les
foulerez-vous aux pieds, pour écouter un ſentiment
dont vous ſerez la premiere victime ? ... & le roi
votre père ... — Ah ! chancelier, vous me percez
le cœur ! mon père ! mon père ! l'image de ſes
malheurs .... ſa cruelle fin remplit mon ame !
eh bien ! que faut-il que je faſſe ? — Que vous
ſoyez digne de lui, de vous-même, que vous

n'envifagiez qu'un trône qui vous eft dû , que
Cromwell foit puni defes forfaits; enfin... que Charles
foit un roi. — Eh ! à quel prix, Clarendon ! quand j'ai
promis , quand j'aime . . . que dirai-je à la ducheffe ?
— La vérité , fire. Si vous êtes aimé de madame de
Chatillon , comme je n'en doute point, elle s'oubliera
pour ne s'occuper que de vos intérêts. Vous demandez
fi je connais l'amour ? eh ! qu'eft-ce que l'amour , s'il
ne fçait pas s'immoler, fi l'objet auquel nous fommes
attachés , ne nous eft pas plus cher que nous-mêmes?
alors cette paffion devient une vertu héroïque ;
alors la ducheffe prouvera qu'elle vous aime. L'a-
mitié feroit ce facrifice : l'amour doit faire davantage. — Quoi ! chancelier , vous penfez que ce mariage avec l'infante de Portugal me fera fi utile ?
— Il ranimera le courage de vos amis , qui ne dou-
teront plus que vous avez des reffources , qui verront qu'il eft encore des fouverains fenfibles à vos
difgraces.—Et ce moment, ce moment de ma mort...
il ne peut donc fe différer ? — Vous parlez de mourir,
fire , parce que vous domptez une paffion ... Sire,
je m'emporte ... ce n'eft-là ni le langage , ni la
conduite de Cromwell : une femme ne lui feroit
pas abandonner un empire... J'augure mieux de

la vertu de madame de Châtillon... j'irai, j'irai
la pénétrer de votre fituation , lui montrer ce
qu'elle exige... —— Arrêtez , Clarendon : n'allez pas
enfoncer le poignard dans le fein d'une femme que
j'adore ; fans doute elle fe réfoudra à tous les facrifices ; elle fera tout pour moi : mais... je ferai fon
affaffin , fon bourreau ; oui , je le ferai : c'eft moi
qui lui annoncerai ce qu'elle eft bien éloignée
d'attendre ! hélas ! elle n'envifageoit que l'autel ,
& je la plongerai au tombeau ! ah ! cruel ! .. cruel ! ..
ne me parlez plus de régner ... non , je renonce à
l'Angleterre , au monde , à la vie ; tout m'eft odieux ,
en horreur ! retirez-vous , retirez-vous... & laiffez-
moi mourir.

Charles , en achevant ces mots , ne peut retenir
fes larmes. Clarendon va fe précipiter à fes genoux ,
les tient embraffés , les baigne de fes pleurs : ——
Ah ! mon roi , ah ! mon maître ! que vous m'offrez
un fpectacle douloureux ! qu'eft devenu ce courage
qui jufqu'ici vous a foutenu contre tant d'affauts ?
Excufez ma franchife , fire , je refterai dans les bornes du refpect ; je garderai le filence , & je fçaurai
rendre au ciel une vie qui m'importune & me laffe :
mais ce n'eft pas de la mienne qu'il s'agit : c'eft de

M 4

celle de plus d'un million de fidèles ferviteurs, qui mourront pour la bonne caufe, dans les fers, fur les échafauds; ah! fire, quels objets!... — Vous pleurez, Clarendon! — Hélas! plût au ciel que je fuffe le feul... fire... je vais expirer loin de votre vue... Le chancelier veut fortir; le roi court à lui: — Vous ferez tous fatisfaits; j'immolerai ce malheureux amour; j'époufcrai l'infante; je régnerai.

Clarendon eft tranfporté de ce retour de Charles; le marquis d'Ormond vient à paraître: il apporte au roi de nouveaux avis fur cette difpofition favorable des Anglais prêts à fe foulever; ce prince enfin paraît déterminé à l'alliance que lui offroit le Portugal.

La duchefle, feule avec Julie, s'abandonnoit à tout l'enchantement du fort qui l'attendoit: elle alloit devenir la femme de l'homme qui lui étoit le plus cher, & cet époux étoit roi. Il n'eft guères poffible, dans une telle fituation, de fe défendre d'un mouvement d'orgueil: il vient fe mêler au fentiment de l'amour, & peut-être lui prête-t-il encore plus de force; il y a fi peu d'ardeurs défintéreffées! & peut-être ne fauroit-il en exifter. Il eft donc vrai, Julie, difoit madame de Châtillon, que j'époufcrai... tout ce que j'aime, que je ferai reine! ah! fi le trône a des charmes

pour moi, c'eſt que je le partagerai avec mon amant ;
nous verſerons des bienfaits ſur tout ce qui nous
environnera ; les vertus de Charles ſeront les miennes ;
ſa gloire ſe répandra ſur moi. Quel bonheur d'être
aſſis au premier rang, pour rendre un peuple heureux,
pour ne ſe remplir que de la félicité publique, pour
entendre proclamer par-tout : nos ſouverains ſont
nos bienfaiteurs, nos amis ! nous ſommes leurs enfants ! Ah ! Julie, les rois ont bien plus de plaiſir
que les autres hommes ! ils peuvent faire beaucoup
de bien.

Deux jours s'écoulent, ſans que madame de Châtillon ait vu le roi d'Angleterre : elle ne ſçait à quel
motif attribuer ſon abſence : ce prince venoit tous
les jours chez elle. Lui ſeroit-il arrivé, s'écrie la
ducheſſe, quelque nouvelle diſgrace ? la fortune ſe
plaît tant à le perſécuter ! ſes partiſans auroient-ils
renoncé à leur projet ? hélas ! il n'y a que moi
qui l'adorerai toujours.

Madame de Châtillon traverſoit les appartements
de la reine régente : elle apperçoit, près d'une fenêtre, Charles plongé dans un profond accablement ; elle court à lui : —— Sire, il y a deux
jours qu'on eſt privé de votre préſence !... d'où

vient ? ... qu'avez - vous ? .. la trifteffe , la douleur
eft fur votre vifage ! .. ah ! cher prince , m'aimez-
vous affez peu , pour croire que je ne partagerai point
vos chagrins ? Charles veut lui parler , la regarde, &
des pleurs s'échappent de fes yeux : —— Des larmes ,
fire ! eh ! quelles font donc vos peines ? quoi ! vous ne
me les confieriez pas ! .. vous ne m'aimez donc point !
—— Si vous m'étiez moins chère ... madame ... je
fuis l'homme le plus malheureux , le plus à plaindre ...
frappé de tous les coups , & ces coups fi cruels... ils
vous perceront le cœur ! —— N'en doutez point ... n'en
doutez point ... votre deftinée ... votre ame eft la
mienne... ma vie eft attachée à la vôtre : mais , prince...
parlez, parlez, expliquez vous... eft-il encore quelques
nouveaux revers dont vous puiffiez être accablé ? ne
craignez pas de déchirer mon cœur... apprenez-moi...
vous détournez les yeux ! .. vous êtes faifi d'un trouble ... tout ce qu'on vous annonçoit de l'Angleterre,
s'eft-il évanoui ? faut-il que vous renonciez pour toujours à une couronne ? ... Sire , ce n'eft pas le diadême que j'ai vu fur votre front : c'eft la vertu , le
malheur, l'amour. Le ciel fe déclareroit-il contre vous?
feriez-vous abaiffé au dernier rang ? votre amante ,
votre époufe vous confoleroit, vous aimeroit, goûteroit

un plaisir pur à mêler ses larmes aux vôtres... c'est
Charles infortuné qui m'a attachée pour la vie....
Que me dites-vous, interrompt le monarque Anglais?
Hélas ! je perds plus qu'un trône, plus que l'univers
si j'en étois le maître ; oui , mon désastre est au
comble, & je n'ai pas la force de vous révéler...
adieu, madame, plaignez-moi... j'en mourrai.—Sire,
vous ne me quitterez point, sans vous être expliqué;
le hasard nous sert : personne ne nous entend... vous
me direz... — Qu'exigez-vous, madame? je vous
le répète ... je ne puis... — Prince, ne m'aimeriez-
vous plus ? — C'est parce que je vous aime , que je
vous adore... de grace, n'en demandez pas davantage; je vous écrirai... vous sçaurez... que mon ame
est déchirée; que je vous idolâtre plus que jamais,
que j'expire de mille coups... ce lieu est peu convenable... ô ciel ! ma douleur, mon désespoir ne
vous a-t-il pas tout appris? Et aussi-tôt le roi sort, &
laisse madame de Châtillon immobile, anéantie.

La duchesse se réveille, en quelque sorte, de cet accablement mortel ; elle jette les yeux de tout côté : —Il
m'a donc abandonnée à moi-même ! &... quel est ce secret qui pèse à son ame ?... s'il étoit devenu inconstant,
parjure ... hélas ! quand on n'aime point, on ne res-

fent pas cette douleur ; non, Charles ne me trahit
point, n'eſt pas capable de cette perfidie ... quel trait
de lumière !... notre mariage trouveroit des obſtacles !
la reine ſe feroit-elle encore élevée contre cet engagement?.. mais, pourquoi ne me l'auroit-il pas avoué? nous
cherchérions à vaincre les difficultés... ô ciel ! à quelle
crainte m'arrêter ! je veux ſçavoir ... s'il faut que je
ſuccombe à ce tourment de l'ame ; ſans doute la
mort, la mort me feroit moins inſupportable.

Charles à peine rentré dans ſon palais, fait appeller Clarendon : — Vous devez être content :
madame de Châtillon ... je l'ai laiſſé incertaine de
ſon ſort ; vingt fois un aveu cruel a volé ſur ma bouche, & autant de fois j'ai retenu ce ſecret, qui révélé
lui coûtera la vie... —— Quoi, ſire ! vous n'avez
pu vous réſoudre à lui apprendre la loi que la
néceſſité vous impoſe ! — Moi ! annoncer à la

A   *La reine ſe feroit-elle encor élevée.* Ce fut la reine régente,
ainſi que le cardinal de Mazarin, qui empêchèrent le mariage
de mademoiſelle de Montpenſier avec Charles II. Il y a
des hiſtoriens qui prétendent que le roi d'Angleterre fut
ſur le point d'épouſer Mancini la nièce du cardinal, la
même pour qui Louis XIV, dans ſes jeunes années, avoit
témoigné quelqu'inclination.

duchesse qu'il faut qu'elle ne pense plus à cette union que j'étois si impatient de former ! non, chancelier, non, je ne puis avoir cette barbarie ; tant de grandeur d'ame est au-dessus de moi.

Au même instant, Charles reçoit de la duchesse une lettre qui demandoit absolument une réponse : elle veut être instruite de tout ; elle exige que le roi ne lui cache rien, qu'elle sçache, en un mot, s'il persiste dans le dessein de l'épouser, s'il l'aime toujours : — Eh bien ! Clarendon, ai-je été assez inhumain ? applaudissez-vous de ma cruauté : elle est votre ouvrage. Quel parti prendre ? voir la duchesse, lui déclarer que j'élève une autre sur le trône... il n'est pas possible... lui répondre ! eh ! qu'écrire ? chaque mot lui percera le cœur ! Sire, dit Clarendon, voici un paquet qu'à l'instant je reçois de Londres, daignez y jetter les yeux : vous verrez qu'il se prépare, en votre faveur, une révolution éclatante : mais votre mariage avec l'infante en est la condition; ce n'est qu'à ce prix que les chemins de la Grande-Bretagne vous sont ouverts : — Oh ! le plus dur des hommes ! non, vous n'avez point aimé ! vous n'avez point aimé !

Le monarque aussi-tôt est saisi d'une agitation extrême ; il marchoit à grands pas, il se précipitoit sur un siége ; il se relevoit avec fureur : — A quoi

donc me réfoudre ? la ducheffe attend ma réponfe;
fon arrêt ! enfin Charles fe détermine à lui écrire;
il fait de vains efforts; la plume fe refufe à fes
mains tremblantes; il eft mécontent de fes lettres;
il les recommence plufieurs fois, & il les trouve toujours trop accablantes pour une femme qui lui étoit
fi chère : — Je n'aurai jamais la force de lui porter
ce coup mortel, non, jamais! Sire, reprend le chancelier, le trouble où eft votre majefté ne lui permet pas de préfenter des motifs dont madame de
Châtillon elle-même fentira la folidité; je fuis rempli de ces raifons fi puiffantes : daignez fouffrir que
je dicte : votre majefté n'aura que la peine de me
prêter fa plume. Le roi foufcrit à cette propofition, & fe met en devoir d'écrire; voici la lettre :

« Ne m'accufez point, madame, d'inconftance,
» ni de légèreté; l'embarras, l'accablement que j'ai
» éprouvés à votre vue, doivent affez me juftifier, &
» vous éclairer fur ce que je n'ai jamais eu la force
» de vous révéler. Mes fujets me rappellent en
» Angleterre; je remonte au trône : mais, que vais-
» je dire ? je ne puis le partager avec vous ce trône
» que vous auriez embelli! on me propofe l'alliance
» du Portugal : fon fouverain me donne fa fille ;
» l'infante régnera, madame, & je n'aurai que des

» regrets & des vœux à vous offrir ! Plaignez-moi :
» je suis soumis à des devoirs dont je ne sçaurois
» m'affranchir ; je suis roi, madame, & l'amant doit
» céder. Soyez-en persuadée , une pure amitié,
» une estime éternelle succéderont à cette tendresse
» qu'il faut que j'immole, sans m'arrêter à la rigueur
» du sacrifice »... Charles se lève, transporté de
colère, & déchirant l'écrit : — Je me garderois
bien d'envoyer une pareille lettre à la duchesse ;
ah ! l'on voit trop que ma situation , mon affreuse
situation vous est étrangère ; quelles expressions !
quelle froideur ! quelle inhumanité ! non , je ne régnerai point à ce prix ; qu'on ne me parle plus de
trône ; oublions la grandeur suprême, l'Angleterre,
tout. — Oui , sire , il faut tout oublier , tant de zélés
serviteurs dont le sang a ruisselé pour vous , un
empire entier qui vous tend les bras, votre gloire ,
votre honneur ; il faut demeurer en ces lieux , livré
à des humiliations dégradantes ; il n'importe ! vous

Humiliations dégradantes. On ne peut se figurer, nous le répétons, l'extrémité où se trouva réduit Charles II , & les di-
verses mortifications qu'il eut à essuyer ; sa mère, la fille de
Henri IV , la tante de Louis XIV, n'avoit pas seulement de
quoi se chauffer ; les sollicitations de cette princesse, ses prières

verrez madame de Châtillon, elle vous tiendra lieu
de fujets, de famille, de royaume; vous ne voulez

---

même auprès du cardinal de Mazarin ne purent lui obtenir
du barbare Cromwell le paiement de fon douaire; enfin, l'adverfité preffoit tellement fon fils, qu'il prêta l'oreille à des
confeils qu'on lui donna, de demander de l'argent au
pape: Innocent X, oubliant qu'il étoit prince, répondit
« qu'il ne pouvoit en bonne confcience appliquer
» le patrimoine de l'églife au fecours des hérétiques ».
Ce qu'il y a de plus fingulier, c'eft que Chigi, affis depuis fur la chaire de S. Pierre, fous le nom d'Alexandre VII,
fit la même réponfe, lui qui avoit dit tout haut, lorfqu'il
étoit cardinal, « que le parricide de Charles Ier, intéref-
» foit également l'honneur & la vie des rois » ! Le croiroit-
on enfin? on foumit la dignité du trône, les droits de l'humanité, à la politique, au point que dans des lettres adref-
fées à Cromwell, Louis XIV lui accorda le nom de frère.
Il eft vrai que ces furprenantes rigueurs de la fortune fer-
virent à faire briller la fermeté de Charles II: il leur op-
pofa une réfignation & un courage héroïques, tandis que
tous les princes de l'Europe fembloient fe difputer entr'eux
à qui l'oublieroit, ou le méprileroit le plus.

Quel vafte fujet de réflexions j'offre ici, à quiconque aime
à penfer! voilà de ces traits qui doivent fe graver dans la mémoire, ou plutôt dans l'ame: ils font connaître l'homme &
fa baffeffe, plus que toutes les diatribes de quelques-uns
de nos philofophes de mauvaife humeur.

pas

pas lui écrire ? eh bien ! que votre majefté ofe la voir, lui déclarer... que vous êtes le digne fils de Charles Ier ; que vous êtes roi... & en ce moment... pardonnez à ma franchife, l'êtes-vous, fire? dois-je à ces traits reconnaître un monarque?.. —Laiffez-moi, chancelier... c'eft vous qui êtes toujours tout prêt à m'enfoncer le poignard dans le cœur ! — Il eft vrai, fire, que le duc de Buckingham, que Wilmot auroient moins d'audace que moi ; fire... j'ai la force de vous montrer la vérité : c'eft-là le devoir de tout digne Anglais. Mes places, ma vie font à vous : mais mon ame indépendante eft toute entière à cette vérité qui vous offenfe... & que vous devez entendre. Si vous refufez l'alliance du Portugal, ne vous le cachez point, vous êtes perdu fans retour ; aucun prince n'embraffera votre caufe... — Aller annoncer à la ducheffe... encore une fois, je ne le puis... je ne fais, la folitude m'eft néceffaire... fortez ; je verrai quel parti j'ai à prendre. Hélas ! je vois bien que je n'ai plus d'amis ! tout cherche à m'accabler... cruels ! changez donc mon cœur, ou donnez-moi votre barbarie.

Clarendon aimoit fon maître : fa fituation le pénétroit : mais il ne pouvoit s'en impofer fur la néceff fité qui exigeoit le facrifice d'un penchant contraire abfolument aux intérêts du fouverain.

Buckingham & Wilmot trouvent Charles noyé dans les larmes. Le premier s'écrie : — Je gagerois, fire, que votre majefté fort d'avec fon pédant; jufqu'à quand le fceptre reftera-t-il foumis à la férule? — Duc, je vous défends ces plaifanteries déplacées; le chancelier remplit fon devoir, & le mien ... eft de céder à ma trifte deftinée. Buckingham & Wilmot, en adroits courtifans, s'efforcent de ramener le calme dans l'ame du monarque ; ils lui mettent devant les yeux des objets agréables ; comment un roi n'auroit-il pas la liberté de fuivre les mouvements de fon cœur, quand le dernier de fes fujets goûte cette fatisfaction ? il feroit bien étrange qu'un monarque ne fût qu'un efclave fubordonné aux circonftances! & le Portugal a-t-il un tel poids dans la balance de l'Europe, que Charles lui doive facrifier ce qu'il a de plus cher? D'ailleurs, madame de Châtillon eft d'une naiffance qui lui ouvre les barrières du trône, les Anglais attachés au roi, verront avec plaifir cette union ; une reine adorée du maître, l'eft prefque

---

D'avec fon pédant, &c. Soumis à la férule, &c. C'étoient les propres expreffions de Buckingham.

toujours du peuple. Que Charles s'abandonne donc à cet amour qui fera son bonheur, &, sans contredit, celui de l'Angleterre ; s'il se trouve des mécontents, tôt ou tard ils ouvriront les yeux sur leur conduite indiscrète & téméraire, ou ils seront punis ; on n'aura pas besoin des secours du Portugal pour rappeller les rebelles sous la domination légitime ; & les rois sur-tout ne doivent pas connaître de bornes dans leurs volontés ; leurs moindres desirs sont des loix sacrées.

C'est par de tels discours, que ces deux corrupteurs si dangereux essayoient de combattre les sages représentations d'un homme qui étoit le véritable ami de son souverain.

Clarendon médite plusieurs moyens de déterminer Charles à sacrifier sa passion ; le tems pressoit ; on attendoit à Lisbonne la réponse du roi ; enfin, le chancelier se décide à tenter une démarche qui devoit entierement le perdre, ou lui procurer auprès du monarque, une victoire éclatante.

La duchesse se livroit à la douleur la plus vive : elle ne voyoit point le roi d'Angleterre ; elle n'en recevoit aucunes nouvelles ; sa dernière entrevue l'avoit laissée dans une perplexité plus cruelle

N 2

que la mort même ; quel étoit ce fecret qu'il n'a-
voit pu lui confier ? pourquoi ce trouble affreux ?
madame de Châtillon relifoit les lettres de ce prince,
les arrofoit de fes larmes ; elle s'arrêtoit aux plus
faibles expreffions ; elle fe rempliffoit de ces promeffes,
de ces ferments, que l'amour aime tant à prodiguer :
—— Julie ! Julie ! feroit-on infidèle, après de femblables témoignages de tendreffe ? eft-ce-là le langage
d'un amant... qui ceffera bientôt de l'être, qui devien-
dra parjure ? Charles m'oublier ! ah, Julie ! n'a-t-il
pas lu dans mon cœur ? ne fçait-il pas que je l'adore ?
eh ! qui l'aime plus que moi ?

C'eft dans cette fituation, qu'on annonce à la
ducheffe, la vifite du grand-chancelier d'Angleterre...
—— Monfieur de Clarendon !.. ah ! qu'il vienne, qu'il
vienne !.. Monfieur, me donnerez - vous des nouvelles du roi ? je ne le vois point ! il ne daigne pas
feulement m'informer s'il en faut croire un bruit
qui s'élève de tout côté : on dit que l'Angleterre le
rappelle, que les partifans du fcélérat Cromwell
ont le deffous... —— Oui, madame, nous pouvons
nous livrer à des efpérances flatteufes ; il paraît que
les jours de la tyrannie vont expirer, que l'on reverra
mon maître au trône de fes aïeux.... —— Eft-il vrai,

monfieur de Clarendon ? La nouvelle fe confirme :
quelle joie ! ce prince fi digne d'être aimé, verroit
enfin terminer fes infortunes ! — Que ces tranfports, madame, charment un zélé ferviteur ! . . .
vous partagez donc mon ivreffe pour le rétabliffement du roi ! — Ah ! perfonne, perfonne . . .
je mourrois de plaifir, fi je voyois votre monarque
vainqueur de fes ennemis, le diadême fur le front . . .
—Ce font-là vos fentiments, madame !—Et en pouvez-
vous douter? en pouvez-vous douter? vous n'ignorez pas
à quel point votre maître m'eft cher . . . — Il vous eft
cher, madame ? — Au-deffus de tout ce que vous
pouvez imaginer. — Eh bien ! madame . . . fouffrez
que je vous parle; quelques moments, fans témoins.

La ducheffe allarmée fait retirer Julie, & le chancelier
continue ainfi la converfation : — Je puis donc être
affuré que madame de Châtillon eft attachée aux intérêts de mon prince ? — Ah ! monfieur, bien plus,
mille fois plus qu'à mes intérêts propres. — Quoi !
madame, vous immoleriez . . . —Tout, monfieur,
tout. Eh ! quel eft le facrifice qui ne foit au-deffous
d'un amour extrême ? — Vous fçauriez, madame,
rejetter jufqu'à une couronne . . . — Je fçaurois mourir,
monfieur, fi ma mort importoit en quelque chofe à la

N 3

deftinée du roi d'Angleterre... mais... que voulez-vous dire?... —Eh bien! madame... vous êtes digne de m'entendre; ayez la bonté de m'écouter, & fouvenez-vous que le fort de mon maître eft dans vos mains. Je ne me diffimule point qu'il faut une vertu extraordinaire pour tenter cet effort: mais je crois... je dois tout attendre de madame de Châtillon... (le trouble de la ducheffe augmente; elle laiffe voir fon impatience d'être éclairée fur l'objet de cet entretien) Ce que j'ai à vous communiquer, madame, m'oblige de m'affurer de la fermeté de votre ame. Je vous le répète: je viens vous demander le témoignage d'une force d'efprit furnaturelle. C'eft contre vous-même que je prétends vous armer, & ce triomphe vous étoit réfervé. Je n'ignore point, madame, l'excès de l'amour que vous avez fçu infpirer à un prince fait pour fentir le pouvoir de vos charmes, de vos talents, de vos vertus; je fçais qu'il vous a offert fa main, que vous l'avez acceptée, qu'en un mot, vous touchez au moment d'être reine d'Angleterre. Affurément mademoifelle de Montmorency peut lever les yeux jufqu'au trône: mais, madame, apprenez ce que perfonne, ce que le roi lui-même n'ofe vous révéler. Oui, madame, Londres eft prêt à recevoir fon fouverain légitime; tous les cœurs s'émeuvent en fa faveur ; le génie de l'ufurpateur va fuccomber ; enfin il fe prépare une révolution qui décidera du fort de la maifon de Stuard. On attache à cet heureux changement ... une condition, qui, je l'avoue, eft cruelle pour le roi, pour tous ceux qui l'aiment ; nous n'avons qu'un feul monarque qui daigne embraffer notre querelle ; fon appui, cet appui fi néceffaire, nous l'acheterions au prix de nos fortunes, de notre exiftence; ce monarque, madame, eft le roi de Portugal, & il exige... — Il exige ... Achevez, monfieur... — Que fa fille époufe .... —Qui!... le roi? —Voilà, madame, le coup terrible... La duchefle s'écrie, en tombant fur fon fiége : je me meurs ! Quelques moments après, reprenant la parole : — ah ! fans doute, il eft affreux !.. Je ne ferai point la femme de tout ce que j'aime au monde! il y faut renoncer! il y faut renoncer ! & c'eft-là ce qu'il craignoit de m'apprendre ! .. Monfieur de Clarendon, monfieur de Clarendon, prenez pitié de ma faibleffe; j'ai le cœur déchiré de mille poignards ... Charles en époufera une autre ! une autre ! je fuccombe à cette image horrible ! — Ne rougiffez point, madame, de me montrer cet excès de fenfibilité; je partage toute l'horreur de votre fituation ; laiffez couler vos larmes ; accordez à l'humanité ces premiers moments. Je conviendrai, madame, que ce que j'ose espérer de votre fermeté, est au-dessus de la nature, mais... vous aimez le roi? —Si je l'aime, ô ciel! si je l'aime!.. après ce que vous voyez, hésiteriez-vous à me regarder... comme la femme la plus sensible, la plus malheureuse, la plus agitée ..., mon esprit ... mon cœur s'égare! ah! monsieur! monsieur! concevez-vous mon supplice?—Je le sçais, madame: rien de plus accablant, de plus douloureux que d'être obligé de briser son cœur! mais je prendrai la liberté de vous le répéter: le roi vous est cher, &, si l'on manque ce mariage de l'infante, ce prince est perdu, perdu sans ressource; point d'alliés; point d'espoir; un reproche éternel que fera en droit de lui faire la nation, l'abandon, j'aurai le courage de dire, le mépris entier de l'Europe, d'inutiles regrets, une ruine décidée, une honte ineffaçable: tel est, madame, le sort dont Charles est menacé, si vous ne venez à notre secours! — Que voulez-vous dire, monsieur? Clarendon se jettant aux genoux de madame de Châtillon: — Qu'il n'est que vous, madame, que vous seule qui puissiez soutenir le roi sur le penchant du précipice, & il y est plongé pour jamais, si vous ne l'arrachez à sa passion, à vous-même. — Vous exigeriez.., — La preuve de grandeur d'ame la plus éclatante, ce qui vous élevera au-dessus

des héros les plus célèbres. Confidérez, madame,
le fruit de ce facrifice fublime : c'eft vous, c'eft
une amante généreufe qui pofera la couronne fur le
front de notre monarque ; c'eft vous qui le rétabli-
rez fur le trône. Envifagez, madame, la poftérité
tranfportée d'admiration au récit d'une action fi courageufe ! voyez les Anglais vous bénir ; entendez-les
s'écrier : c'eft à madame de Châtillon que nous devons notre fouverain, notre gloire, notre bonheur !
—Ah ! à quel prix ! à quel prix cette félicité de l'Angleterre ! arrachez-moi, déchirez-moi donc le cœur, fi vous
voulez que je mette le roi dans les bras de l'infante...
Monfieur, cet effort-là eft-il en mon pouvoir ? non,
il n'eft pas poffible, il n'eft pas poffible ... tout
ce qu'il me fera permis de tenter, ce fera... de
ne plus m'offrir aux yeux du roi, de mourir ;
de mourir loin de fa vue, loin de tous les humains. ... mon cœur ne peut fuffire à mes larmes !
oh ! combien je m'avilis à vos regards ! —Vous
avilir, madame ! je vois une ame fenfible, qui m'eftime affez pour m'expofer tous fes combats. Eh !
que feroit la vertu, fi elle n'avoit point à lutter
contre les paffions ? fon triomphe feroit-il fi beau,
fi elle ne l'achetoit aux dépens d'une guerre opi-

niâtre ? c'eſt parce que nous ſommes faibles, que nous attachons les yeux du monde entier, que nous méritons ſon eſtime, ſes reſpects, lorſque nous nous élevons au-deſſus de notre nature. Vous parlez de l'amour, madame! quelle plus grande preuve en pouvez-vous donner, que d'immoler ſans eſpérance?...

— Mais,.. n'eſt-ce point aſſez de fuir la préſence de Charles? — Non, madame, ce n'eſt point aſſez; votre victoire ſeroit incomplète : il faut que ce ſoit vous qui lui traciez ſon devoir, qui l'armiez contre lui, contre vous-même, qui l'engagiez, qui le preſſiez d'épouſer l'infante, d'être roi, en un mot, que vous le menaciez de votre indifférence, de votre haine...

— De ma haine, monſieur! y penſez-vous? pourrois-je... — Songez, madame, que vous êtes du ſang des Montmorencys, de ces héros dont la France a conſacré les noms. La ducheſſe de Châtillon verra tout à ſes pieds, ſi elle peut ſe réſoudre à nous conſerver notre maître. Eh ! madame, quel diadême pourroit ceindre votre front ? ne ſerez-vous pas au-deſſus des reines? n'approcherez-vous pas de la divinité même, en vous domptant à ce point?.. Les inſtants nous ſont chers; on attend la réponſe du roi; je ne vous diſſimulerai pas que vous régnez ſur ſon ame avec

plus d'empire que jamais. Je vous fais voir tout
l'éclat du triomphe : il eſt digne de vous , & je n'aurois
pas haſardé cette démarche, ſi j'euſſe douté un moment
de votre ſupériorité ſur tout ce qui vous environne :
—O Dieu ! Dieu !., Monſieur de Clarendon ... cruel !..
pardonnez , pardonnez , monſieur , que me demandez - vous ? — Je me retire , madame , convaincu
que vous remplirez mes eſpérances, que vous nous ren-
drez notre monarque ; je ſuis même aſſuré que vous lui
cacherez notre entrevue ; je n'ai rien à craindre de
votre généroſité ; il croira que le bruit public a
ſuffi ſeul pour vous éclairer ſur le moyen qui lui
r'ouvre le trône , & vous ne ſçauriez vous offenſer
de la démarche d'un ſerviteur zélé , qui attend tout
de vos vertus.

Le chancelier laiſſe la ducheſſe accablée de ſa
ſituation. A peine elle s'eſt trouvée ſeule , que ſes
yeux ſe fixent ſur l'abyme ouvert ſous ſes pas , en
meſurent toute la profondeur. Il y avoit un inſtant
qu'elle n'enviſageoit qu'un trône partagé avec l'a-
mant le plus aimable , l'époux le plus chéri , & toutes ces illuſions brillantes, tous ces fantômes enchanteurs ſe ſont évanouis. Ah ! quel jour frappoit ſes
regards! encore ſi Charles régnoit , ſans mettre ſa couronne ſur la tête d'une autre femme! mais une rivale qui

époufera le roi d'Angleterre , qui fera au comble du bonheur! & il faut que ce foit moi qui ferve cette rivale , qui la place fur le trône , dans les bras . . . non , cet horrible tableau . . . il ne fçauroit fe foutenir ! & ce barbare qui vient de me quitter , fe repofe fur mes vertus ! mes vertus ! . . je n'en ai plus , dès qu'il faut leur facrifier mon amour ! On flatte mon orgueil ; on croit triompher de mon ardeur , de cette ardeur fans laquelle je ne puis vivre ! eh ! ne fait-elle pas le charme, le foutien de mon exiftence ? c'eft à cet amour, maître de mon ame , que je dois tout , tout immoler ! . . Que m'importe à moi l'Angleterre , la France , l'univers entier ? quelle gloire chimérique me récompenferoit de ce que je perdrois ? Charles m'aime ; je l'adore ; je ne puis être heureufe qu'en partageant fon trône , fon cœur , qu'en me liant à lui par des nœuds vainqueurs de toutes les épreuves. Pourquoi auroit-il befoin des fecours d'un prince étranger ? ne trouvera-t-il point des reffources affurées dans l'affection de fes propres fujets ? recevroit-il des loix du Portugal ? . . Malheureufe ! c'eft ainfi que je m'efforce de m'aveugler ! c'eft ainfi que j'aime ! eft-ce-là cette tendreffe fi défintéreffée , fi pure ? J'imagine n'être attachée qu'à l'homme le plus digne de mes fentiments : ne fuis-je pas éblouie par une couronne ? ah ! ne nous jugeons point avec trop de complaifance ; portons la lumière au fond de mon cœur : je ne fçais pas mieux aimer que les autres femmes ; ce font mes intérêts que je confulte, & non ceux du roi d'Angleterre ; s'il m'étoit auffi cher que je veux quelquefois me le perfuader à moi-même, héfiterois-je un inftant à fuivre les tranfports magnanimes que le chancelier a voulu m'infpirer ?... Femme trop coupable ! tu ne fçaurois brifer ta chaîne, & tu n'es qu'une amante vulgaire ! combien l'amitié l'emporte fur l'amour ! l'amitié ne balanceroit pas un feul moment : elle courroit chercher le monarque Anglais, le folliciter de ne s'occuper que des moyens de reprendre un fceptre qui lui appartient; elle goûteroit l'excès du plaifir à s'oublier, pour ne fe remplir que de l'objet aimé. Voilà comme on aime... comme j'aimerai. Qu'eft-ce que l'amour fans la vertu ? & la vertu n'eft grande que par des facrifices; en puis-je faire un qui me coûte davantage?... Que réfoudre ? prendrai-je le parti d'écrire au roi? lui demanderai-je une entrevue?

Julie fe montre aux yeux de la duchesse : —— Julie!.. tu n'imaginerois pas à quel degré je fuis malheureufe ! écoute, & vois à quelle multitude de tour-

ments je fuis livrée ! Madame de Châtillon lui raconte, jufqu'aux moindres détails, la converfation
qu'elle vient d'avoir avec le chancelier. L'habile
confidente joue fon rôle : elle étoit bien éloignée
d'engager fa maitreffe à cet acte d'héroïfme que le
chancelier fembloit lui avoir impofé ; loin d'effayer
de la combattre, elle flatte la paffion de la ducheffe, lui
fait voir que le trône prêteroit un nouvel éclat à fes
charmes, & quelle eft la femme, fi elle a la force de
s'interroger, qui fe trouve exempte de coquet-
terie ? d'ailleurs, la ducheffe aimoit violemment, &
un femblable amour n'eft guères fufceptible d'écouter
la raifon. Cependant madame de Châtillon ne pouvoit rejetter abfolument les nobles confeils dont
Clarendon avoit voulu la pénétrer ; fa vertu difpu-
toit contre un penchant trop impérieux ; il lui étoit
impoffible de fe faire illufion fur la néceffité où le
chancelier lui avoit montré fon amant affujetti.

C'eft dans ces divers orages qui bouleverfoient
fon cœur, que Charles furprend fon amante : —
Ne me demandez point, madame, la caufe d'une
abfence qui m'a été infupportable ; vous croyez bien
que je vous adore plus que jamais, & je viens vous
en donner une preuve : il s'agit de fe fouftraire à des
obftacles qui ne manqueroient pas de s'élever ; daignez

donc marcher avec moi à l'autel ; hâtons-nous de
former des liens que rien ne puiſſe rompre ; votre
amant brûle d'être votre époux. — Et vos intérêts,
ſire... ne ſouffriront point de ce témoignage éclatant
d'une tendreſſe que la mienne ſeule peut égaler ?.. —
Buckingham & Wilmot nous ſerviront de témoins.
— Sire ... & ... Clarendon n'en ſera point ? —
Clarendon ... ſa préſence n'eſt point néceſſaire.
— Il eſt cependant un de vos ſerviteurs le plus attaché à ſon maître ... —Je ne doute point de ſon attachement : mais, madame, j'ai mes raiſons ... il ſera inſ-
truit avec tout le monde, de notre mariage... —Sire...
vous ne me parlez point de l'infante de Portugal ? A ce
mot, la ducheſſe éclate en ſanglots. —Qui vous a dit,
madame? ... —Prince, je ſçais tout : je ſçais que vous
m'aimez, que je vous adore, qu'il faut nous ſéparer,
renoncer à nous aimer, à nous voir pour jamais,
que les Anglais vous rappellent, qu'on vous impoſe une condition, que vous ne montez au trône qu'en
donnant votre main à l'infante ... recevez la ſienne,
ſire, régnez, & oubliez-moi, oubliez-moi... Madame
de Châtillon n'en peut dire davantage : une abondance
de larmes lui coupe la parole. — Que je vous oublie !
que je m'aſſeye ſur le trône ſans vous ! qu'une autre
ait ma main, mon cœur ! qu'une autre ſoit reine !

non, madame, tant d'injuftice, d'inhumanité ne peut fe concilier avec mon amour, avec ce que je vous dois ; le fceptre de l'Angleterre vous eft promis ; il n'y a que vos mains qui puiffent le porter ; qu'on ne me parle plus d'une odieufe politique. Que le Portugal, le monde entier s'arme contre moi : je ne trahirai point l'adorable Châtillon ; je la conduirai à l'autel, & c'eft-là qu'elle recevra, en préfence du Ciel, mes vœux, mes ferments de l'aimer, de l'ido-lâtrer toujours ... venez, madame. — Ah ! fire, connaiffez mieux mon amour ; oui, vous m'êtes plus cher ... de tels fentiments ne fauroient s'exprimer ; je donnerois cent fois ma vie pour vous ; j'immo-lerois mille fois plus, mon amour ... & je le facrifie. Vous avez befoin de l'alliance du Portugal : épou-fez la princeffe.... Quel mot, fire !... Allez, ne voyez point ma douleur, mon défefpoir : ne voyez que mon devoir, fire .... & le vôtre. La vertu, l'amour lui-même dégagé de tout intérêt perfonnel m'impofe ce facrifice : je m'y foumets ; partez ... & ne nous voyons plus ... — Je ne vous obéirai point, cruelle, je ne vous obéirai point ; qui ? moi ! être affez barbare pour régner à ce prix ! eh ! quels charmes le diadême auroit-il à mes yeux ? affure-

rai-je

rai-je le bonheur de mes sujets, aux dépens d'une
perfidie, d'une horrible perfidie ? je ne parle pas
du mien : serois-je, un instant, heureux, privé du
plaisir de couronner la beauté, la vertu ? Eh bien !
j'abandonne les Anglais à leur tyran ; qu'ils lui
prescrivent des loix ; je foule aux pieds le sceptre...
Ah, sire ! s'écrie la duchesse, en pleurant avec amertume, voilà donc où vous aura conduit mon amour !
à vous dégrader, à vous déshonorer à vos yeux, aux
yeux de votre nation, aux regards de la postérité !
votre honte... sera la mienne, sire... connaissez-moi :
j'expire de mille morts, en me voyant obligée de
rejetter une trop flatteuse espérance : oui, le don de
votre main étoit la félicité suprême pour une amante,
qui, dans le roi, ne chérissoit que vous, que
vous seul, soyez-en persuadé. Sans-doute, j'en
pourrai mourir.... mais, si vous persistez à vous
fermer le trône, pour écouter une tendresse qui
nous perd tous deux; si, de ce pas, vous n'allez
consentir à recevoir la main de l'infante......
tremblez : je sçaurai me punir de votre égarement
& du mien, en pressant une fin qui termineroit mes
malheurs; vous me verrez m'arracher la vie, tomber, expirer à vos pieds... Allez, prince, allez

promettre tout, pourvu que vous contentiez les Anglais, pourvu que vous régniez. Venez enfuite... on ne m'enviera point vos adieux. Charles veut répondre : la ducheffe le quitte, pour fe rendre chez la reine régente, & en fe féparant du roi, elle ne lui dit que ces mots : c'étoit de vous que j'attendois du courage, & il faut que je vous donne l'exemple !

Le monarque fe hâte d'appeller fes deux favoris, Buckingham & Wilmot : —Par quelle fatalité madame de Châtillon a-t-elle appris qu'on me propofoit d'époufer l'infante de Portugal ? hélas ! la ducheffe en mourra ! je ferai fon affaffin... mes amis, je n'accepte point cette alliance à de fi dures conditions ; n'êtes-vous pas de mon avis ? Je fuis las des remontrances de l'auftère Clarendon ; fa prétendue fageffe me pèfe ; cet homme ne s'attachera-t-il qu'à me contrarier, à me rendre malheureux ? quoi ! je ne ferai qu'un efclave couronné ! Sire, interrompt Buckingham, renvoyez Clarendon aux foins de fa chancellerie, & ne vous en rapportez qu'à vous-même fur ce qui regarde un engagement d'où dépend votre félicité, & la nôtre fans-doute ; pourquoi le confulter fur un pareil choix ? a-t-il la moindre idée de ce qu'exige le plus doux des penchants ?

l'art d'aimer ne s'apprend point dans les univerſités:
Quel ſera votre ſupplice, quand vous nous donnerez
une reine qui n'aura point votre tendreſſe ? Il ne
vous ſeroit point permis de goûter le moindre des
plaiſirs, qui ſont le partage de vos ſujets ? & pour
qui donc eſt le bonheur, ſi ce n'eſt pour ceux qui
ſont à notre tête ? la condition d'un roi ſeroit le
plus malheureux des états. Nous vous l'avons dit,
ſire : le nombre de vos ſerviteurs eſt ſuffiſant pour
opérer une révolution qui ne doit être l'ouvrage
d'aucun allié ; n'admettons point les étrangers dans
cette importante entrepriſe ; tôt ou tard, ils ſe ſont
payer chèrement leurs ſervices ; les Eſpagnols, en
venant au ſecours de la France, dans le tems de la
Ligue ; n'ont-ils pas été prêts à l'envahir ? Sire, vous

Dans les univerſités. Plaiſanterie qui tombe ſur Clarendon :
on doit ſe reſſouvenir qu'il joignoit la dignité de chancelier
de l'univerſité d'Oxford à celle de grand-chancelier d'Angleterre.

De la Ligue. Le Duc de Parme, un des plus grands gé-
néraux qui ayent exiſté, s'eſt vu ſur le point de nous
rendre dépendants de l'Eſpagne. Sans le courage de
Henri IV, & l'eſpece de Génie protecteur qui combattoit
pour la France, nous euſſions paſſé ſous une domination

n'ignorez pas que la reine votre mère ne peut fupporter Clarendon ; voulez-vous vous réconcilier avec
elle : ayez moins de bonté pour le chancelier ; fur-
tout ne vous piquez pas de fuivre fes confeils.

Wilmot ne manqua point d'applaudir aux obfervations de Buckingham, fur le compte de Clarendon,

---

étrangère. Les princes doivent avoir toujours devant les
yeux cette excellente fable : *Le cheval qui appelle l'homme
à fon fecours contre le cerf.*

Ne peut fupporter Clarendon, &c. En-effet le chancelier
s'étoit rendu défagréable à cette princeffe ; il ne cédoit
point à fes idées qui l'afferviffoient au cardinal miniftre.
D'ailleurs Clarendon ne favorifoit point fes créatures ;
il s'étoit oppofé à l'arrivée du duc de Glocefter, frère
du roi, en France, dans la crainte qu'on ne l'élevât dans
des principes contraires à ceux où il avoit été nourri jufqu'alors. Le véritable crime du chancelier aux yeux de
la reine d'Angleterre, étoit la confidération & le crédit
dont il jouiffoit auprès du roi fon fils.

Wilmot, &c. Nous avons oublié de dire que ce fut ce
même comte de Rochefter auquel fes poéfies ont acquis
parmi les Anglais quelque réputation ; fon efprit ne fervit
qu'à corrompre fon cœur, & il verfa le fiel de la fatyre
fur les objets les plus refpectables, jufques fur fon maître,

& il rempliſſoit bien en cela le perſonnage de courtiſans; il ajouta : ſire, il ne s'agit pas ici de légiſla-
tion : vous aimez, on vous aime ; vous pouvez aſſu-
rément vous marier ſans l'aveu de votre grave chancelier. Hâtez donc cette union, & enſuite, pour
vous amuſer, vous prêterez l'oreille à ſes ſublimes
repréſentations ; oh! il vous dira de bien belles choſes,
que vous vous dépêcherez d'oublier, quand elles
vous auront paſſablement ennuyé.

Charles, d'après cette converſation, paraiſſoit très-
diſpoſé à épouſer, ſous peu de jours, madame de Châtillon ; il s'entretenoit dans cette idée riante, lorſque Clarendon vient, avec des papiers à la main, le
tirer de ſa douce rêverie : le monarque lui témoigne
de la froideur : — Ma vue., ſire, je m'en apperçois
avec chagrin, a le malheur de vous importuner?
— Elle ne m'eſt pas quelquefois auſſi agréable que
je le deſirerois ; vous aimez, monſieur, à me contredire
juſques dans mes moindres volontés.... mais, que

---

qui l'avoit comblé de biens & d'honneurs. Voilà les ennemis qu'avoit le vertueux Clarendon, & à la honte de
l'humanité & des cours, leurs intrigues prévalurent, &
dans la ſuite il fut ſacrifié, le vice triompha.

O 3

fignifient ces papiers ? —— Sire , ce font des lettres
d'un de vos gentilshommes de la chambre , de Henri
Seymour : il m'écrit qu'il arrive , que nos amis vous
attendent à Londres , qu'il faut abfolument conclure
votre mariage avec l'infante ... —— Monfieur le chancelier , ne me parlez plus de cette alliance : vous
avez dû juger que me propofer un femblable
mariage , c'étoit me déplaire. —— Je n'ignore pas ,
fire , que fouvent la vérité bleffe les fouverains ;
mais , qui fera auprès de vous l'organe de cette vérité , fi ce n'eft un vieux ferviteur qui préférera toujours le bonheur de vous être utile , à celui de vous
amufer ? Sire , dès le moment que votre majefté n'aura
plus befoin de mes fervices , je lui épargnerai la
peine de m'annoncer ma retraite ; aujourd'hui , j'ofe
le dire , je crois lui être néceffaire. —— Je fuis las ,
monfieur , d'être foumis à des cenfeurs qui me ty-
rannifent. —— Cette dureté , fire ... en ferois-je l'objet ? —— Vous - même , vous qui vous plaifez à me
déchirer le cœur , à vous élever contre un engage-

Seymour. Henri Seymour, gentilhomme de la chambre
de Charles II , lui fut envoyé par fes amis de Londres : il
étoit adreffé au duc d'Ormond , & à Clarendon.

ment auquel ma vie eſt attachée, oui, ma vie :
ſi madame de Châtillon n'eſt pas ma femme, je ne
réponds point de mes jours. — Sire, je n'imagine
pas que votre majeſté doute, je puis le dire, de ma
tendreſſe pour elle : elle eſt bien perſuadée que je mourrois cent fois, plutôt que de lui cauſer le moindre dé-
plaiſir ; mais, encore une fois, à qui m'adreſſé-je ? eſt-
ce à un homme dans la claſſe ordinaire, qui peut
céder à ſes penchants, ſatisfaire ſes paſſions, ſuivre
ſes goûts, ſans que la ſociété en ſouffre ? A qui, en un
mot, veux-je ouvrir les yeux ? à un roi, à un roi
qui fait néceſſairement le bonheur ou le malheur
éternel d'un empire, à un roi qui a ſon père & ſoi-
même à venger, à un roi... Sire, ſire, mes larmes
coulent, j'embraſſe vos genoux ; eſt-ce pour vous
que vous vivez, que vous aimez ? J'en ſuis certain,
madame de Châtillon elle-même s'uniroit à mes
efforts pour vous preſſer de la quitter, de la fuir,
d'épouſer l'infante... la ducheſſe a trop de vertu.
Oui, interrompt Charles, elle a une ame aſſez élevée pour être la première à me demander qu'une
autre monte ſur le trône de l'Angleterre ; & ... je la
punirois d'un amour ſi héroïque ? ma lâcheté ſeroit
le prix d'un ſi noble ſacrifice ? plus la ducheſſe s'im-

O 4

molera, plus je lui dois de reconnaiſſance, de tenˉ
dreſſe ; elle ſera reine , ou... — Eh bien , ſire !
je prends la liberté de vous demander une grace :
permettez que j'aſſiſte à la première entrevue que
vous aurez avec madame de Châtillon : — Je l'ai
vue, hélas !.. pour être le plus malheureux des amants !
on lui a tout dit : elle n'ignore pas juſqu'aux moinˉ
dres détails relatifs à cette alliance du Portugal ; eh !
qui a pu ſi bien l'inſtruire , lui donner des armes
contre moi , contre elle-même ? — Moi , ſire. —
Comment ! vous auriez eu la témérité ?... — Oui ,
ſire, j'ai eu le courage de faire mon devoir, de
vouloir vous arracher à votre faibleſſe , dé m'efforˉ
cer de vous porter, malgré vous , ſur le trône , ſur
ce trône arroſé du ſang de vos fidèles ſujets , ſur
ce trône où l'Europe entière vous attend ; oui ,
j'ai imploré le ſecours de madame de Châtillon
contre un amour qui vous perdroit tous deux.
Si ce ſont-là des crimes , ſire , je ſuis coupable , je
mets ma tête à vos pieds : auſſi-bien je vous déclare
que je ne changerai jamais de façon de penſer ; ſi je
pouvois céder contre ma conſcience, la trahir, c'eſt alors
que je me regarderois comme le plus criminel des
hommes , & je le ſerois ſans-doute. — Sortez, Claˉ

rendon ! fortez ! — Sire, ce fera donc-là la réponfe
que je donnerai à Seymour ? — Vous lui écrirez...
La fureur coupe la parole au roi d'Angleterre ; il fe
promenoit à grands pas ; il lançoit des regards vers
le ciel ; il s'affeyoit ; il fe relevoit avec impétuofité ;
des larmes même lui échappoient ; il murmuroit
des menaces ; le chancelier retombe à fes pieds, &
au milieu des fanglots : — Que votre majefté daigne
m'écouter !.. un moment, fire... — Moi vous entendre ! mon ennemi, mon affaffin... retirez-vous, vous dis-
je, retirez-vous... je l'ordonne. — Sire, je mourrai à
vos genoux. Quand vous aurez triomphé de Cromwell,
quand le fceptre fera dans vos mains, alors vous vous occuperez de ma punition, vous chatierez l'audace d'un
vieux ferviteur... qui n'a vécu jufqu'ici, que pour vous
témoigner fon zèle, que pour vous offrir la vérité...
ah ! fire, eft-ce à moi de defcendre jufqu'à l'affront
de me juftifier ? Clarendon verfoit des pleurs ; ce
fpectacle touche le monarque : — Je fçais... je fçais
que vous m'êtes attaché... non, je n'en doute point ;
mais cet attachement vous-donne-t-il le droit de
condamner mes penchants, de traverfer une union ?..
je vous l'ai dit : mon bonheur, mon exiftence en
dépendent. — Je n'aurai toujours, fire, qu'un mot

à vous oppofer : vous êtes roi... — Eh ! c'eft donc
pour être le mortel le plus infortuné ? — Non, fire,
c'eft pour être le plus glorieux des monarques...
Ame féroce ! s'écrie Charles avec emportement,
qu'exigez vous ? que voulez-vous ? dictez-moi donc le
parti que je dois prendre?.. — Ce que vous devez, fire,
ce qu'il faut que vous faffiez, fi votre deffein eft de
remettre le diadême fur votre front ? vous hâter de
quitter ces lieux, de gagner un des ports de l'Angleterre, de vous rendre au defir des vrais Anglais qui
vous appellent... — Et la ducheffe... — Ne point
la voir, fire, partir... — Abandonner ainfi madame
de Châtillon ! — Si vous la revoyez, fire, tout
eft perdu ; un regard, un feul regard... c'en eft fait
de votre deftinée, de celle de la Grande-Bretagne...
— Non, barbare, non je ne ferai point cruel, ingrat
à cet excès : du-moins, du-moins je la verrai ; je porterai mes larmes à fes pieds. — Sire, renoncez
donc à l'empire.

Quelle étoit la fituation de ce prince ! il paffoit
au même inftant d'un projet à un autre ; il accabloit
le chancelier de reproches, & bientôt après, il lui
rendoit juftice ; il tomboit dans une profonde rêverie ;
il s'en relevoit pour accufer la bizarrerie des événemens,

la fatalité. Mylord d'Ormond vient à paraître : il fe réunit au chancelier pour engager le monarque à quitter, au moment même, la France. Charles gémiſſoit profondément, exhaloit des plaintes : vous me déchirez le cœur, s'écrioit-il ſans ceſſe ! Enfin on l'a déterminé à ſe laiſſer entraîner où la fortune l'appelloit. On s'occupe des préparatifs du départ, & le roi d'Angleterre alloit, accompagné de quelques amis, ſortir de Paris, ſans voir même madame de Châtillon.

La ducheſſe, rentrée dans la ſolitude, n'étoit plus la même qui avoit montré tant de grandeur d'ame aux regards de ſon amant : il eſt peu de héros à leurs propres yeux ! Madame de Châtillon enviſage

---

Il eſt peu de héros à leurs propres yeux. Il n'eſt point d'homme qui ne puiſſe être le juge impartial de ſoi-même ; la voix de la vérité ſe fait entendre à travers le tumulte des paſſions : ſi ce jugement pouvoit éclater au grand jour, que de fameux perſonnages élevés par l'hiſtoire au plus haut degré, ſeroient réduits à leur juſte valeur ! Conféquemment, que de nains à la place de ces prétendus géans qui nous en impoſent, graces à l'ignorance & au peu de philoſophie de ces écrivains, dont l'unique déſir eſt de barbouiller du papier ! A chaque inſtant, on eſt frappé de la juſteſſe

l'horreur de fa fituation, tout ce qu'elle perdoit : elle alloit à l'autel époufer l'amant le plus chéri ; elle touchoit au trône ; fon amour, fon orgueil étoient également fatisfaits ; & tous ces objets enchanteurs fe détruifoient, pour ne lui laiffer voir que fa vanité à jamais humiliée, fa tendreffe fans nulle efpérance, ou plutôt livrée à d'éternels regrets, une mort continuelle; elle ne contemploit enfin d'autre terme de fes tourmens que le tombeau. Julie, Julie, dit au milieu des fanglots cette illuftre infortunée, qu'eft-ce donc que la vertu ? j'en attendois plus de fecours, plus de confolation ; j'imaginois que le triomphe que j'effaye envain de remporter fur moi-même, me feroit goûter quelque plaifir, & je ne trouve dans mon ame qu'un vuide affreux, horrible, épouvantable, qu'une défolation que rien ne pourra diffiper, pas

---

de cette penfée de la Rochefoucault : *Qu'il n'y a point de grand homme pour fon valet-de-chambre.* Voilà de ces traits fublimes de raifon, qui nous éclairent plus fur notre nature, que toutes ces déclamations pédantefques, dont nous fommes inondés depuis quelques années ; c'eft ainfi que la métaphyfique peut fe rendre utile. Un fouverain me difoit : *Le mot de l'énigme de l'homme eft petiteffe plus ou moins cachée,* &c.

même adoucir ! je m'efforce inutilement d'impofer des loix à mon cœur : il n'eft rempli que de Charles ! Julie, j'allois lui donner la main, régner avec lui, & il faut que je renonce jufqu'à la douceur d'efpérer ! il faut que les mers nous féparent, qu'une autre foit fa femme, foit reine, tandis que j'exciterai ici la pitié infultante, moi, moi qui aurois irrité l'envie ! On me plaindra, Julie ! quelle honte ! quelle douleur !.. Mais, où vais-je m'égarer ? pourquoi me cacher que je m'élève au-deffus de la nature humaine ? c'eft bien à cet effort que mon orgueil doit éclater ! Quel amour plus grand, plus magnanime qu'un amour qui s'immole ! Tranfportons-nous dans la poftérité ; voilà la récompenfe de la vertu : l'avenir aura pour moi une forte de vénération ; & que penferoit-il d'une folle amante, qui n'auroit écouté que fes aveugles tranfports, pour perdre l'objet de fa tendreffe, pour le déshonorer, lui fermer le trône, le jetter dans la foule obfcure des amans vulgaires ? que diroit l'Angleterre, la France, l'Europe ?.. ô toi feule à qui j'ouvre mon cœur, viens donc m'appuyer ! parle-moi de cette victoire éclatante qui me couvrira de gloire à mes propres regards. Dis-moi que Charles pourroit changer ; le trépas peut-être ja-

loux de mon bonheur, viendroit frapper l'un ou
l'autre; & que j'expire en ce moment.: une mémoire flatteufe m'eft affurée ; mon nom brillera
d'un éclat durable, au-deffus de la fplendeur du
rang, de la naiffance, au-deffus du beau nom de
Montmorency... Tu pleures, Julie... ah! tu ne fens
pas l'excès de mon fupplice, les déchiremens de ce
cœur à qui toutes ces illufions de courage, de
vertu, d'héroïfme, ne fauroient en impofer ! Je perds
tout, tout ce que j'adore : voilà ce que je vois, ce
qui me frappe, ce qui me fera mourir dans la douleur, dans le défefpoir. Ah ! j'éprouve déja l'horreur
de la deftruction !

Madame de Châtillon avoit entouré le roi d'Angleterre de furveillans, qui lui étoient attachés : on
demande à parler à la fidèle confidente de la ducheffe : elle rentre toute allarmée : — madame....
madame.... le roi d'Angleterre.... — Eh bien !
Julie! dis.... parle.... — Il eft prêt à quitter
ces lieux pour jamais; on vient de m'annoncer....
— Charles me quitteroit!..... courons; volons,
que je le voye ! que j'expire ! il m'abandon-
neroit !... C'eft Clarendon qui a cette barbarie....
Julie, je veux écrire au roi ; tu lui porteras

ce billet ; mes larmes ..... non, demeure , demeure , le moment eft arrivé où il faut que le facrifice fe confomme. .... Va me chercher ce portrait, qui me repréfente une image gravée trop profondément dans ce cœur malheureux ! (Julie obéit à fa maitreffe , & vient , le portrait de Charles à la main :) Madame de Châtillon le faifit , le preffe de fes lèvres mourantes , l'inonde de fes pleurs :
—C'eft donc-là ce qu'il faut immoler, oublier !.. Julie, je touche bientôt à ma fin ; tu auras foin que ce portrait me fuive dans le cercueil , tu le placeras fur mon cœur... il ne m'eft plus poffible de vivre... inexorable vertu , m'en demanderois-tu davantage ?

L'état où étoit plongé Charles ne différoit guères de celui de la ducheffe : on eût dit qu'il alloit expirer. Un de fes valets-de-chambre vient lui annoncer qu'un inconnu defireroit l'entretenir fecrètement : le roi paffe dans un cabinet ; il voit un jeune-homme éploré : quelle eft fa furprife ! — C'eft vous , Julie, ainfi déguifée !.. & ... vous pleurez! —Sire, je n'ai voulu confier à perfonne le fujet de ma vifite ; c'eft ce qui m'a fait recourir à ce traveftiffement ; madame la ducheffe eft informée de votre départ, &... fire , je l'ai laiffé mourante... peut-être en cet inf-

tant... — Madame de Châtillon ! je la perdrois ! .
Julie! je marche fur tes pas , je cours.... Auffi-tôt
ce prince , fans avertir fes domeftiques , fort de
ce cabinet par un efcalier dérobé , & arrive avec
Julie chez la ducheffe.

Clarendon, quelques minutes après, fe rend, accompagné du comte d'Ormond, chez le roi : étonné de ne
point le trouver , il interroge fa maifon ; on ne peut
lui donner aucune réponfe fatisfaifante : on a entrevu
un jeune-homme qui paraiffoit troublé; il a demandé à
voir le monarque en particulier, & l'un & l'autre
ont difparu. Le chancelier s'abandonne à toutes les
craintes. — Le cardinal miniftre fe feroit-il oppofé au

─────────────────────────

Je la perdrois ! Ce monarque montra en - effet dans
toutes fes paffions , l'emportement qu'on lui fuppofe ici :
il auroit peut-être aimé fes amis comme fes maitreffes ,
fans les leçons multipliées de l'expérience, cette ennemie
cruelle de nos plaifirs , de nos heureufes erreurs, qui ne nous
éclaire qu'en détruifant toutes nos jouiffances : elle avoit
prodigieufement inftruit ce prince ; on l'accufe de s'être
» nourri de cette maxime fi défavorable à l'humanité ,
» *que l'intérêt étoit l'unique mobile de nos actions* » : d'avoir , en
un mot, mal penfé des hommes : Charles avoit été
malheureux.

départ

départ de Charles ? un émiffaire de Cromwell , avec
une efcorte , auroit-il eu l'audace d'enlever le roi?
Le chancelier a bientôt communiqué fes allarmes
aux ferviteurs les plus attachés au monarque.

La ducheffe dans les larmes, n'avoit pas vu s'é-
loigner Julie : elle la demande envain à fes autres
domeftiques. Quel étonnement la faifit, quand elle
voit entrer dans fon appartement , un jeune-homme
qui n'eft point annoncé ! combien fa furprife augmente , lorfqu'elle reconnaît , dans ce jeune-homme ,
Julie, fuivie du roi d'Angleterre! Madame de Châtillon jette un cri : ——C'eft vous, fire ! ——Oui, c'eft
moi, c'eft moi qui viens ... qui veux mourir... mon
portrait dans vos mains!... vos beaux yeux couverts
de larmes!... —— On m'avoit dit... on m'avoit
dit...que vous partiez, que vous me quittiez, que
je ne vous verrois plus....Sire ... du-moins affiftez à
mes derniers moments.... Ah, cher prince! il eft
donc vrai que je vous perds, & que vous m'êtes
ravi.....pour jamais! —— Non, madame, je ne
vous quitterai point. On m'entraînoit ; on me rendoit inhumain , barbare, dénaturé ; j'étois... j'allois exhaler ma miférable vie, loin de vos yeux ,
loin de tous les perfides...je refte.—Sire, n'envifagez

Tome II. P

point une malheureufe amante, trop faible, en cet inftant, pour un fi grand facrifice!.. Sire, ne voyez point
couler mes larmes, ces larmes qui s'échappent du
fond de mon cœur; fuppofez-moi plus de fermeté; n'arrêtons nos regards que fur ce que nous
devons faire l'un & l'autre..... Prince, éloignez-
vous; partez, partez, allez règner ... & moi, je for-
merai des vœux, des vœux ardents pour votre confervation, pour votre gloire, pour le bonheur de
l'Angleterre.... l'infante.... elle ne pourra être
jaloufe de l'eftime que vous voudrez bien m'accorder; l'eftime, fire! quel dédommagement d'un
amour..... ah! faut-il que j'aye affez peu de
courage pour vous montrer tout ce que je fouffre?
— Femme adorée! & vous penfez que je ne vous
facrifierois pas tous les fceptres du monde?.. Je l'ai
réfolu, oui, je l'ai réfolu: je ne pars point; je
demeure en ces lieux, & le roi... ne veut être que
votre amant: il l'eft, il le fera toujours; il fera
votre époux: c'eft un titre qui vous eft dû; je vous
ai donné ma parole. — Sire, ces témoignages de

_____

Je vous ai donné ma parole, &c. Charles avoit des idées
de vertu & d'équité, au point que ce fut lui qui or-

tendreffe me retirent du fein de la mort même.
Avec quel raviffement j'éprouve que je vous fuis
chère encore ! mais, eft-ce à moi, à la plus fenfible des amantes , d'abufer d'un amour qui feroit
votre honte , votre perte ?.... Encore une fois, fire,
ne voyez point mes pleurs , n'entendez point mes gémiffements, repouffez, rejettez une femme expirante ,
& rempliffez ce que la néceffité vous ordonne. Plus
de pitié , plus d'amour ; c'eft au trône , c'eft à la

---

donna le mariage de fon frère avec la fille de Clarendon ; elle avoit cédé à la paffion du duc d'Yorck : elle fe
trouvoit enceinte ; le roi facrifia les conventions du rang
à ce qu'exigeoit la juftice , perfuadé que perfonne fur la
terre n'a le droit d'ôter impunément l'honneur à qui que ce
puiffe être. Qui gâta donc l'excellent naturel de Charles II?
Ses deux infâmes courtifans , qu'on ne fauroit trop dévouer
à l'éternel mépris , Buckingham , & ce même comte Wilmot Rochefter , dont nous venons de parler ; c'eft bien
de ces deux hommes qu'on peut répéter après Racine :

 » Préfent le plus funefte
 » Que puiffe faire aux rois la colère célefte !

S'il n'y avoit point de flatteur , il n'y auroit prefque
jamais de mauvais prince.

gloire qu'il faut marcher ; votre amante doit être
votre amie, & . . . je la ferai, je la ferai.

On vient annoncer à la duchesse que le grand
chancelier d'Angleterre demandoit à la voir. Clarendon, s'écrie Charles ! il me pourfuivra par-tout !
ah ! qu'il n'entre point ! qu'il ne paraisse point ! Que
dites-vous, fire, interrompt madame de Châtillon ? il
ne fauroit trop tôt paraître ; nous avons befoin, l'un &
l'autre, de fa fermeté : faites entrer, dit-elle à fes domesti-
ques. — Quoi, madame, reprend le roi ! Obéissez,
continue la duchesse, feignant de ne pas entendre le
monarque. Le chancelier précipitoit fes pas vers
madame de Châtillon ; il apperçoit fon maître :
— Ah, fire ! je vous retrouve ! nous craignions
tous quelqu'événement malheureux ; je venois. . . .
— Vous épierez donc toujours mes démarches,
monsieur ?.. je vous déclare qu'il est décidé que
je ne fuivrai aucune de vos volontés. — Mes volontés, fire ! je n'en ai d'autres que celles de votre
majesté. — Eh bien ! s'il m'est permis de céder aux
miennes, je renonce à ce départ projetté fans mon
aveu : on ne me fera point commettre l'acte de barbarie
la plus atroce ; non, je ne fors point des lieux qu'habite
madame de Châtillon ; j'attendrai des tems plus favo-

rables, où j'impoferai la loi, au-lieu de la recevoir ; peut-
être pourrai-je reprendre le fceptre , fans l'alliance
du Portugal. En un mot, jamais d'autre reine que
madame de Châtillon ; voilà la maîtreffe que je def-
tine à vous, à l'Angleterre ; que me feroit fans elle
le trône, tous les diadêmes de l'univers ? Sire , interrompt le chancelier, ce n'eft plus à moi de vous
préfenter la vérité : c'eft à madame de Châtillon
de nous rendre notre fouverain , & je l'attends de
la nobleffe de fon ame : elle vous aime, fire ; elle
fera votre bonheur, le nôtre, le fien, le fien, fi
elle écoute cette vertu fublime qui l'emportera
fur l'amour. Madame , tout eft prêt pour rétablir
notre monarque fur le trône de fes pères ; l'Angle-

Tout eft prêt pour rétablir notre monarque , &c. On ne s'eft
point piqué de remplir les fonctions de fidèle hiftorien :
on s'eft contenté de ne pas bleffer la vérité des faits.
Ce ne fut qu'en juin 1660, que Charles rentra dans fa capitale. Cette heureufe révolution fut en partie l'ouvrage
du général Monk, qui effaça par cette action fi oppo-
fée à fes premiers principes, la tache de fujet rebelle. Ce
changement dans le gouvernement d'Angleterre , avoit
duré près de vingt ans ; le fanatifme fut peut-être un des
premiers aliments de cet incendie qui fe ralluma fous le
malheureux fucceffeur de Charles II ; l'ambition de quel-

terre le demande à genoux ; qu'il se montre , & la tyrannie est confondue. Il est vrai qu'on met une condition à ce grand événement : le mariage de l'infante de Portugal ; & ce n'est pas vous, madame, que nous aurons la satisfaction d'avoir pour souveraine : mais madame de Châtillon sera bien au-dessus d'une reine , si elle détermine notre maître à faire son devoir... — Mon devoir ! — Oui , sire, & les rois en ont plus à remplir que les autres hommes.

---

ques particuliers avoit sçu mettre en œuvre ce ressort si puissant sur l'esprit du peuple qui est toujours un instrument aveugle en d'habiles mains. Cromwell a prouvé jusqu'où pouvoit aller le génie soutenu de l'audace, & séparé de la vertu. Il est vrai qu'aux yeux du philosophe , Richard , son fils paraîtra plus grand : mais la modération & la sagesse n'arrêteront jamais les regards de la multitude ; de - là tous ces excès condamnables, auxquels l'homme se livre, quand il n'a point des idées justes du bien & du mal. Qui peut donc l'éclairer sur ses devoirs , après les ministres de la religion? les gens de lettres , les gens de lettres : il leur appartient d'employer l'autorité de l'esprit & des talents, pourvu que l'enthousiasme des poëtes ne les pousse point à la flatterie , & que les historiens sur-tout, qui devroient être les précepteurs du genre-humain , ayent la noble fermeté de flétrir le crime heureux , & de répandre de l'éclat sur la vertu obscure & souffrante.

La duchesse se lève, comme emportée par un mouvement surnaturel , & se plaçant entre Charles & Clarendon : —— Écoutez, chancelier. Sire, daignez m'entendre ; tous deux , vous allez me connaître. Prince , vous savez combien je vous aime ! jamais cet amour ne s'éteindra ; il m'enflammera jusqu'au dernier soupir ; oui, jusqu'au dernier soupir , vous serez le maître absolu de mon ame. Vous me promettiez votre main , votre trône, une tendresse éternelle; vous m'en avez assurée par des sermens : je vous les rends tous ces sermens ; je fais plus : j'exige de votre amour ce sacrifice inoui ; comme votre amante, je le veux , & comme madame de Châtillon, je vous en conjure. Sire, ne me forcez point à rougir de moi-même , partez , saisissez le moment ... où je m'étonne de mon courage ; & vous ,Clarendon ,digne ami de votre maître... êtes-vous content de mes efforts ? accuseriez-vous encore un amour ... je n'aurai jamais d'égale; allez, hâtez-vous d'éloigner le roi de ma vue ; qu'il parte, qu'il parte ! & qu'il m'oublie , s'il ne peut régner, & être heureux qu'à ce prix ! C'en est assez, prince , déchirons nos deux cœurs ; remplissez votre brillante destinée ... la mienne sera... La duchesse n'achève point ; un torrent de larmes lui

fait perdre l'ufage de la parole : elle reprend, au bout
de quelques inftants : ces larmes, ces larmes ... j'aurai
la force de les repouffer, du-moins en votre préfence ; féparons-nous, féparons-nous ; adieu ... adieu,
cher prince, unique objet... Quittons-nous donc...
Voudriez-vous, ô ciel, être témoin de ma faibleffe ?

Madame de Châtillon, à ce mot, retombe dans
les pleurs ; Charles étoit à fes pieds, preffoit une
de fes mains contre fa bouche, la couvroit de
baifers, de larmes : Clarendon, en pleurant lui-
même, exhortoit ces deux amants à cette féparation
héroïque.

On voit paraître un étranger, impatient de fe
préfenter au roi : c'eft vous, Séymour, lui dit
Charles ! Oui, fire, j'accours vous apprendre qu'il
n'y a plus que votre préfence qui nous foit néceffaire pour mettre le dernier fceau au glorieux événement qui fe prépare ; mes lettres m'avoient prévenu.
Sire, s'écrie madame de Châtillon, il faut nous quitter,
& pour toujours. Les deux amants fe regardent long-
tems ; la ducheffe ne s'exprimoit que par des fanglots ;
Charles ne pouvoit s'en féparer ; il gémiffoit ; il pleuroit ;
il avoit déja fait quelques pas pour fortir de l'appartement ; il détourne fans ceffe les yeux ; enfin
il n'appercevoit plus la ducheffe : Julie toute éplorée

accourt vers lui : — Sire… fire, madame fe meurt.
Aussi-tôt le monarque fe débarraffant avec vivacité du
chancelier , qui s'efforçoit de le retenir , vole à
madame de Châtillon. En-effet elle étoit expirante;
Charles la prend dans fes bras, lui prodigue fes foins,
les expreffions les plus tendres , les plus paffionnées ;
il mouroit avec elle : la ducheffe r'ouvre les yeux :
— C'eft vous, fire ! ah ! pourquoi me rappeller à la
vie ? nous ne pouvons vivre l'un pour l'autre ! Elle
fe ranime , en quelque forte , & regardant Clarendon : — Chancelier , vous n'aurez pas plus de force
que nous deux ? Je triompherai .... du - moins

Je triompherai. Il eft bon de m'appuyer ici de l'hiftoire,
pour me réconcilier avec quelques perfonnes qui craignent
de s'attendrir, dès qu'elles ne font pas affurées de la vérité
des faits : c'eft ainfi que Clarendon nous parle de l'aventure
qui fert de bafe à cette *nouvelle*. Qu'on obferve que je me
fers d'une traduction médiocre, n'ayant point le texte Anglais dans mes mains.

« Il y avoit alors à la cour de France une dame à la
beauté, & à l'efprit de laquelle perfonne ne réfiftoit. Sa
naiffance étoit très-noble, & fon alliance la plus avantageufe qu'il y eût au-deffous de la couronne. Ses biens
étoient plutôt médiocres que grands, par rapport à fon rang :
mais ils ne laiffoient pas d'être confidérables : elle étoit
veuve d'un duc, dont le nom étoit illuftre, qui avoit

je faurai mourir. Adieu, fire..... adieu pour la

été tué en combattant pour le roi, dans les derniers
troubles, & qui avoit laiffé fa femme fans enfants, & dans
fon entière beauté. Le roi avoit fouvent vu cette dame,
avec une eftime & une inclination, dont peu de perfonnes
pouvoient fe garantir, fa beauté &,fon efprit méritant
l'hommage qu'on lui rendoit. Le comte de Briftol, alors
lieutenant-général dans l'armée de France, d'un tempérament fort amoureux, & dont la paffion augmentoit
par les difficultés, devint éperduement amoureux de cette
dame ; & afin d'avoir plus d'accès auprès d'elle, lui com-
muniquoit les fecrets de l'état, qui concernoient fa fûreté,
& encore plus celle du prince de Condé, dont elle étoit
coufine-germaine, & cette confidence étoit utile à l'une
& à l'autre. Néanmoins, quelques fcènes de roman qu'il
jouât pour fe mettre dans fes bonnes graces, il ne put
y réuffir. Dans ce tems-là, le lord Crofts étoit agité de
la même paffion ; & quoique fes qualités fuffent bien
différentes de celles de l'autre, il ne manquoit pas de
préfomption & d'adreffe pour s'encourager dans cette
entreprife, & il fupportoit un refus avec plus de patience &
de foumiffion. Lorfque ces deux feigneurs eurent enfemble
déploré leur commune difgrace, ils convinrent, par un
excès de générofité, d'obtenir les bonnes graces de leur
maitreffe, en lui rendant un fervice qui les méritât, & lui
proposèrent hardiment de lui faire époufer le roi, qu'ils
favoient bien avoir de l'inclination pour elle. Ils fe fer-

dernière fois ! que le bruit de vos glorieux fuccès

virent de toute leur adreffe pour y engager fa majefté,
joignant à la beauté de la perfonne, la réputation de fa
fageffe & de fa vertu, & lui perfuadant « qu'elle pourroit
» lui procurer plus d'amis pour fon rétabliffement, que
» tous les autres moyens que l'on avoit en vue » ; &
enfin ils agirent fi efficacement fur l'efprit du roi, qu'il
propofa lui-même ce mariage à la dame, ce qu'elle reçut
avec beaucoup de modeftie & d'adreffe, reconnaiffant
« qu'elle étoit indigne de cette grace » ; le fuppliant &
lui confeillant en même-tems, « de conferver cette in-
» clination pour un objet qui eût plus de proportion
» avec lui, & fût plus capable de contribuer à fon fer-
» vice ». Se fervant, pour le refufer, de toutes les raifons qui pouvoient encore augmenter la paffion du roi.

Quoique cette avance fit croire aux deux feigneurs
qu'ils viendroient à bout de leur deffein, ils envifageoient
néanmoins plufieurs difficultés : ils favoient que la reine
n'y confentiroit jamais, & que la cour de France s'y
oppoferoit, comme elle avoit fait à celui de mademoifelle ;
& ils ne pouvoient engager la dame à rien faire qui fût
capable de hâter la conclufion, contre les règles de la
bienféance. Le comte de Briftol, qui ne vouloit pas que
le chancelier de l'échiquier apprît cette nouvelle par d'autres,
lui en parla le premier, mais feulement comme une violente
paffion de fa majefté, & loua fort la dame, « comme

parvienne jufqu'à une infortunée qui ne ceffera de
vous aimer!

» une perfonne qui cultiveroit extrêmement les inclina-
» tions du roi, & le rendroit plus capable d'avancer fa
» fortune : déclarant qu'il ne diffuaderoit point le roi
» de fatisfaire une fi noble affection ». Il fit ce qu'il put
pour engager auffi le chancelier à approuver ce choix;
mais quand il vit qu'au-lieu de tomber dans fon fentiment,
il lui reprocha fa témérité de s'entremettre dans une
affaire fi délicate, & qui cauferoit la ruine de fa majefté,
il réfolut de ne s'en mêler plus, mais de laiffer agir feule
l'inclination du roi, qui, après de férieufes réflexions fur
fon état, & en avoir conféré avec ceux auxquels il avoit
plus de confiance, conclut auffi-tôt que ce mariage n'étoit
pas propre pour avancer fes affaires, & prit la réfolution
d'éviter tout ce qui pourroit l'y engager. Cependant quelques-uns lui perfuadèrent qu'il étoit de fa générofité d'aller
dire un dernier adieu à cette dame: de-forte qu'après avoir
pris congé de la reine fa mère, il s'écarta de fa route pour
aller rendre vifite à la dame chez elle, où les deux feigneurs
firent leur dernier effort; & fa majefté rejoignit fa fuite
le lendemain, tout rempli d'eftime pour la vertu & pour
la fageffe de la dame, & continua fon voyage vers la
Flandres. Ce peu de tems qu'il s'écarta de fon chemin,
fit courir le bruit à Paris, qu'il étoit marié avec elle ».

Parvienne jufqu'à une infortunée, &c. Tout promettoit à
Charles l'avenir le plus brillant; la façon dont il fut reçu

Puis tout-à-coup madame de Châtillon s'armant d'un courage supérieur, s'éloigne du roi, comme si elle s'en arrachoit; & sans vouloir rien entendre davantage, court s'enfermer dans un appartement voisin, tandis que Charles aussi mourant que la duchesse, se laisse conduire par Clarendon & par Séymour, & va s'apprêter à quitter la France.

La duchesse conserva toujours un tendre souvenir de ce prince; elle prenoit d'autant plus de plai-

---

de ses sujets, est un de ces tableaux qui doivent être remis sans cesse sous les yeux des souverains. Il arriva à Londres, le jour de sa naissance; toute l'Angleterre s'étoit, en quelque sorte, transportée dans la capitale; il y avoit autant de monde sur les toits que dans les rues. A peine eut-on aperçu le roi, que ce peuple immense, comme s'il s'étoit concerté, se précipita à genoux, en bénissant, au milieu des acclamations interrompues par les larmes & les sanglots, le retour de leur monarque. C'étoit une famille abandonnée à l'ivresse de la joie, qui revoyoit un père adoré, qu'elle pleuroit depuis long-tems. « Les chambres » du parlement, dit Clarendon, vinrent se jetter à ses pieds; » en un mot, l'allégresse étoit inexprimable ». Spectacle délicieux, comment pouvez-vous vous effacer du cœur des princes qui en font l'objet!

fir à nourrir ce fentiment, que la vertu n'avoit rien
à lui reprocher; & ce font-là ces paffions qui triom-
phent de l'abfence & du tems, & qui ne finiffent
qu'avec la vie.

ANECDOTE,

*Contenant les détails du passage de Charles II
en France, après la bataille de Worcestre;
tirée des Mémoires de Clarendon.*

AVERTISSEMENT.

ON avoit d'abord inféré dans une note, à l'article malheureuse journée de Worceftre, tous les détails qui fuivirent la déroute de Charles II, empruntés des Mémoires du Grand Chancelier d'Angleterre : on s'eft apperçu que la longueur de l'acceffoire nuifoit au texte : on a donc cru devoir le tranfporter ici, perfuadé que, fi on le fupprimoit, on priveroit le public d'un morceau extrêmement curieux & intéreffant. Il eft, en quelque forte, dans notre nature de goûter une efpèce de plaifir à contempler le fpectacle d'illuftres infortunés, & il n'en peut être un qui attache plus que Charles II luttant pendant plufieurs mois, pour ainfi dire, contre un Génie malfaifant, occupé fans relâche à le combattre.

Nous avons déja obfervé que nous faifions ufage de la traduction, quoiqu'elle foit mal écrite : mais il s'agit ici de s'arrêter aux faits, & non aux mots : la fenfibilité eft plus indulgente que l'efprit.

ANECDOTE,

ANECDOTE,

Contenant les détails du passage de Charles II en France, après la bataille de Worcestre:

Tirée des Mémoires de Clarendon.

« ... Quand l'obscurité de la nuit fut passée, après que le roi se fut jetté dans le bois, il apperçut un autre homme, monté sur un chêne du même bois où le monarque s'étoit reposé, & avoit dormi profondément. Cet homme, du haut de son arbre, connut d'abord le roi, descendit & vint à lui; le roi le reconnut aussi pour un gentilhomme de la comté de *Stafford*, qui avoit servi le feu roi durant la guerre, & étoit du petit nombre de ceux qui avoient été se joindre aux troupes du roi à *Worcester*; son nom étoit *Careles*, capitaine d'infanterie sous le lord *Lougboroug*. Il fit comprendre au roi, qu'il ne pouvoit sortir du bois avec sûreté, & qu'aussi-tôt qu'il seroit plein jour, le bois seroit apparemment visité par les habitans du pays, pour y chercher ceux qui s'y seroient sauvés, & en faire des prisonniers: c'est pourquoi il lui conseilla de monter sur cet arbre, d'où lui-même venoit de descendre, & que les branches & les feuilles tendoient si épais, qu'un homme n'y pouvoit être découvert, sans une recherche plus exacte que l'on n'a coutume de faire dans un lieu non suspect. Le roi crut ce conseil salutaire

Tome II.   Q

Careles lui aida à monter dans cet arbre, & enfuite il aida à *Careles* à monter après lui. Ils furent affis-là tout le jour, virent fans péril plufieurs perfonnes qui venoient exprès dans le bois pour les chercher, & entendirent leurs dif-cours, & entr'autres de quelle manière ils en uferoient avec le roi, s'ils pouvoient le prendre. Ce bois étoit dans, ou fur les frontières de la comté de *Stafford*, & quoi-que d'un côté il y eût un grand chemin tout proche, par où le roi étoit entré : néanmoins il étoit grand, & par tous les autres côtés on y entroit dans des clofages : *Careles* connaiffoit les villages voifins ; & ce fut une partie de la bonne fortune du roi, que ce gentilhomme catho-lique - romain avoit habitude avec ceux de fa commu-nion, de toutes qualités, & qui avoient plus de commo-dités pour le cacher : car on ne peut pas défavouer que quelques-uns de cette religion ont eu une très-grande part à la confervation de fa majefté.

Le jour s'étant paffé dans l'arbre, il ne fut pas au pou-voir du roi d'oublier qu'il avoit été deux jours & deux nuits fans manger, ni dormir que très-peu : de forte que, quand la nuit vint, il eut envie de l'un & de l'autre. Il ré-folut donc, par l'avis & le fecours de fon camarade, de quitter ce bienheureux arbre, & à la faveur de l'obfcu-rité, ils traverfèrent le bois, & entrèrent dans les clofa-ges les plus éloignés des grands chemins, & après avoir traverfé les haies & les foffés, & marché du-moins huit ou neuf milles, (le roi ayant eu beaucoup de peine à faire ce chemin à caufe de la pefanteur de fes bottes,

dont il n'avoit pas pu se débarrasser, quand il se fit couper les cheveux, parce qu'il n'avoit pas de souliers. Enfin
ils arrivèrent dans une pauvre chaumière, dont *Careles*
connaissoit le propriétaire, aussi catholique-romain. Ce
paysan, qu'ils appellèrent, en reconnaissant un des deux,
comprit aussi-tôt leur état, & ce qu'ils vouloient : il les
mena sur l'heure dans une grange pleine de foin, qui étoit
le meilleur appartement qu'il eût : mais quand ils y furent, & eurent conféré avec leur hôte, touchant l'humeur
& la disposition où étoient les habitans de cette contrée,
il fut conclu que le péril étant plus grand, s'ils demeu-
roient-là tous deux ensemble, *Careles* s'en iroit aussi-tôt, que
dans deux jours, il enverroit un homme de confiance au
roi, pour le conduire en quelqu'autre lieu de sûreté, &
qu'en même tems sa majesté se coucheroit sur le tas de
foin. Le pauvre homme n'avoit rien à lui donner pour
manger : mais il lui promit de bon lait de beurre. Ainsi
il fut laissé seul, son camarade, quelque fatigué qu'il fût,
l'ayant quitté avant le jour, & ce pauvre paysan ne con-
naissant point autrement le roi, que comme un ami du
capitaine, & comme un de ceux qui s'étoient échappés
de *Worcester*. Le roi dormit fort bien dans ce lieu, jusqu'à ce que l'hôte lui apportât un morceau de pain, &
un grand pot de lait de beurre, ce qu'il trouva meilleur
que tout ce qu'il avoit jamais mangé. Le paysan l'entre-
tint fort intelligiblement de la disposition de ce pays-là,
de ceux qui étoient bien ou mal affectionnés pour le roi,
& de la grande frayeur où étoient les *bien intentionnés*;

Q 2

il lui dit qu'il vivoit de fon travail, que ce qu'il lui
avoit apporté, étoit la provifion préparée pour lui &
pour fa femme, & qu'il craignoit, s'il tâchoit de lui
procurer de meilleures chofes, qu'il ne fe rendît fufpect,
& qu'on ne crût qu'il avoit quelqu'un avec lui qui n'é-
toit pas de fa famille : cependant, que s'il vouloit avoir
de la viande, il lui en donneroit, mais que s'il pouvoit fupporter cette diète, toute rude qu'elle étoit, il
auroit affez de petit-lait, & du beurre qui en prove-
noit. Le roi fut content de fon excufe, & ne voulut
pas courir le hafard du changement de nourriture : il
pria feulement cet homme d'être avec lui le plus fouvent & le plus long-tems qu'il pourroit : mais la
même raifon qui ne permettoit pas le changement de
nourriture, ne permettoit pas que ce pauvre homme dif-
continuât fon travail.

Quand il fe fut repofé fur ce tas de foin, & eut vécu
de fa nourriture ordinaire pendant deux jours & deux
nuits, le foir, avant la troifième nuit, il vint un autre
homme, un peu au-deffus de la condition de fon hôte,
que *Careles* lui avoit envoyé, pour le conduire dans une
autre maifon plus éloignée des grands chemins, & apparemment hors de la marche d'aucune partie de l'armée.
Il avoit à faire un chemin de douze milles, & il falloit
qu'il ufât de la même précaution dont il avoit ufé la première nuit, de n'aller dans aucun chemin ordinaire, que
fon guide favoit bien éviter. Pour mieux fe déguifer, il
changea fes habits avec ceux de fon hôte : il auroit bien

voulu garder fa chemife, mais il fit réflexion qu'on n'est
jamais mieux reconnu dans le déguifement, que quand
on porte du linge fin, avec de méchants habits : De
forte qu'il quitta fa chemife, & prit celle que ce pauvre
payfan avoit alors fur lui. Quoiqu'il eût bien compris
qu'il falloit qu'il quittât fes bottes, & que fon hôte eût
pris foin de lui chercher une vieille paire de fouliers, il
eut pourtant d'abord beaucoup de peine à les chauffer,
& peu de tems après, ils lui furent extrêmement incom-
modes. En cet équipage, il fortit de fon premier loge-
ment, au commencement de la nuit, fous la conduite de
fon guide, qui lui fit traverfer les haies, & les foffés,
pour éviter le péril de rencontrer des paffants. Cette marche lui étoit fi pénible, & il étoit fi fatigué qu'il fut
prêt à fe défefpérer, & à préférer d'être pris, & à tout
fouffrir, plutôt que d'acheter fa fûreté à ce prix-là. Ses
fouliers l'avoient fi fort bleffé, qu'avant que d'avoir fait
la moitié du chemin, il les jetta, & fit le refte du chemin avec fes bas, qui furent auffi-tôt ufés : les épines, en
paffant les foffés, & les cailloux en d'autres endroits lui
bleffèrent tellement les pieds, qu'il fe coucha plufieurs
fois contre terre, dans une ferme réfolution d'y refter jufqu'au matin, pour fe retirer avec moins de tourment,
quelque péril qu'il y eût : mais fon guide réfolu l'exhorta,
& lui perfuada fi bien de faire de nouveaux efforts, tantôt lui promettant qu'ils trouvetoient un chemin beaucoup plus facile, tantôt l'affurant qu'ils n'en avoient plus
guères à faire, qu'enfin, avant qu'il fût jour, ils arrivèren

Q 3

en la maifon qui lui étoit deftinée. Quoique cette maifon
fût meilleure que celle qu'il avoit quittée, fon appartement fut encore dans la grange, fur de la paille au-lieu
de foin; il trouva là du potage & d'autres mets ordi-
naires à ces fortes de gens, dont il fe trouva fort bien ré-
galé, mais fur-tout du beurre & du fromage; il eut foin
de fe pourvoir de fouliers & de bas un peu meilleurs; &
quand fes pieds furent affez bien rétablis pour pouvoir
marcher, il fut conduit de-là dans une autre pauvre maifon, qui n'étoit pas affez éloignée, pour que le chemin lui
fît beaucoup de peine ; car, n'ayant pas encore penfé par
quel chemin & par quels moyens il fe fauveroit, on
n'avoit point d'autre deffein alors, que de le mener
de maifon en maifon, de peur qu'il ne fût découvert.
Comme il étoit dans un canton plus habité par des ca-
tholiques-romains , qu'aucune autre partie de l'Angleterre,
il fut conduit d'une maifon à l'autre, de la même religion, & caché avec une très-grande fidélité : mais il remarqua qu'on ne le menoit jamais en aucunes maifons de
gentilshommes, quoique cette contrée en fût toute pleine,
mais feulement dans des chaumières de pauvres gens, qui
ne lui procuroient, avec le repos, qu'une fubfiftance fort
défagréable, foit qu'il y eût plus de péril dans les bonnes
maifons, à caufe des domeftiques & de ceux qui y viennent,
foit que ceux qui avoient de plus grands biens, euffent
auffi plus d'appréhenfion.

Peu de jours après, un religieux bénédictin de ce
canton, nommé monfieur *Hudlefton*, homme d'honneur

& d'une grande diſcrétion, lui fut envoyé par *Careles*,
& lui fut d'un grand ſecours. Quand les endroits où il
le menoit, étoient trop éloignés, il lui fourniſſoit un cheval,
& lui donna des habits plus propres que les haillons dont il
étoit revêtu. Cet homme lui dit que le lord *Wilmot* étoit auſſi
caché dans la maiſon d'un de ſes amis, dont ſa majeſté fut fort
aiſe, & ſouhaita de trouver quelque moyen de s'enttetenir
avec lui : ce que l'autre fit ſans peine, & les fit rencontrer
une nuit ou deux, en un certain endroit. *Wilmot* dit au roi,
que par un très-grand bonheur, il s'étoit retiré dans la
maiſon d'un bon gentilhomme, nommé monſieur *Lane*,
qui avoit toujours été fort fidèle au roi, mais qui
avoit acquis une ſi grande & ſi bonne réputation,
qu'encore qu'il eût un fils qui avoit été colonel dans
le ſervice du roi, pendant la guerre précédente, & qui
étoit en chemin avec des ſoldats pour *Worceſter*, le même
jour de la défaite, tout le monde dans quelque parti,
& dans quelque religion que ce fût, avoit un très-grand
reſpect pour lui, qu'il y avoit été reçu fort civilement,
& que ce vieux gentilhomme avoit fait quelques démarches pour tâcher de découvrir où étoit le roi, afin
de le retirer chez lui, où il ſe pourroit cacher ſûrement,
juſqu'à une entière délivrance ; il ajouta qu'il s'étoit
retiré de cette maiſon-là dans l'eſpérance qu'en un autre endroit, il pourroit découvrir où étoit ſa majeſté :
mais que l'ayant enfin trouvé, il lui conſeilloit de s'y
retirer, cette maiſon étant éloignée de toute habitation.

Le roi s'informa du moine, de la réputation de ce gen-

tilhomme, & le moine lui répondit, qu'il avoit un bien
confidérable, qu'il étoit extrêmement aimé, que c'étoit
le plus ancien juge de paix de la comté de *Stafford*;
& qu'encore qu'il fût zélé proteſtant, il vivoit avec
autant d'honnêteté & de droiture avec les catholiques qui
avoient plus de confiance en lui, qu'en aucun de leur pro-
feſſion : qu'enfin il ne ſavoit aucun endroit où ſa majeſté pût ſe retirer avec autant de ſûreté. Le roi ap-
prouva la propoſition : cependant il ne jugea pas à propos
de ſurprendre ce gentilhomme : mais y renvoya *Wilmot*,
pour s'aſſurer qu'il y ſeroit bien reçu, & il vouloit qu'il
ſçût, avant toutes choſes, quel hôte il logeroit, ayant été
ſi caché juſqu'alors qu'on ne le connaiſſoit point dans
aucune des maiſons où il avoit été, & qu'on n'en avoit
point eu d'autre ſoupçon, ſinon que c'étoit quelqu'un
du parti du roi, qui fuyoit de *Worceſter*. Le moine le con-
duiſit en une maiſon peu éloignée, pour y attendre la
réponſe du lord *Wilmot*, qui revint avec autant d'aſſurance d'être bien reçu, que le roi le pouvoit ſouhaiter.
Ils allèrent tous deux chez monſieur *Lane*, où il fut bien
venu, & aſſez bien accommodé, dans une grande maiſon
où il y avoit pluſieurs places préparées, pour cacher ceux
qu'on appelloit *mal-intentionnés*, ou pour garantir leurs
meubles du pillage. Il logea-là, où il mangea tout à ſon
aiſe, & commença d'eſpérer qu'il étoit en ſûreté ; *Wilmot*
retourna ſous la conduite du moine, & attendit le tems
où il faudroit agir.

Le roi demeura quelque tems dans cette heureuse tranquillité, étant informé, chaque jour, de la consternation générale où étoit le royaume, par la crainte que le roi ne tombât au pouvoir de ses ennemis, & des soins que l'on prenoit de s'informer de lui. Il vit la proclamation imprimée, par laquelle on promettoit 1000 livres sterling à celui qui livreroit & découvriroit la personne de *Charles Stuart*, & ceux-là déclarés coupables de haute trahison, qui seroient assez hardis pour le retirer, & le cacher. Il comprit par-là l'obligation qu'il avoit à ceux qui lui étoient fidèles. Il étoit tems alors de voir comment il pourroit parvenir jusqu'au bord de la mer, pour y trouver le moyen de se transporter hors du royaume. Il en étoit presqu'au milieu, mais un peu plus vers le Nord, où les ports & la côte lui étoient tout-à-fait inconnus. Il étoit mieux informé de l'Ouest, & cette côte étoit beaucoup plus propre pour le transporter en France, pour laquelle il avoit plus de penchant. Il conféra sur ce sujet avec ceux de cette famille, qui le connaissoient, c'est-à-dire, avec le vieux monsieur *Lane*, qui étoit un homme vénérable, avec le colonel, son fils aîné, qui étoit un homme franc dans ses discours & dans sa conduite, d'un courage intrépide, & d'une probité à l'épreuve de toute tentation, & avec une fille de la maison, spirituelle, discrète, & fort propre pour entrer dans cette confidence. C'étoit un inconvénient, mais c'étoit aussi un avantage, dans ces malheureux tems, qu'on connaissoit les affections d'un

chacun , auffi-bien que leur vifage , s'étant découverts
eux-mêmes, par les différentes perfécutions, & les diverfes
épreuves qu'ils avoient fouffertes : de forte que, non-feu-
lement on connaiffoit les affections des voifins , & de
ceux qui habitoient proche de leurs maifons , mais par
le moyen des conférences avec les amis, on pouvoit choifir des maifons , de diftance en diftance , pour fe repofer
en fûreté, fans fe rifquer dans des hôtelleries publiques;
cette confiance étoit rarement déçue en pareilles occafions,
& ceux chez qui l'on avoit été quelque tems, pouvoient
conduire en une autre maifon de fûreté.

Monfieur *Lane* avoit une nièce , ou très-proche parente, mariée à un gentilhomme, nommé monfieur *Norton* ,
riche de 8 à 900 livres fterling de revenu , & qui demeuroit à 4 ou 5 milles de *Briftol*, & à 4 ou 5 journées du
lieu où étoit le roi, & ce lieu l'accommodoit extrêmement, parce qu'il connaiffoit très-bien le pays , & des perfonnes auxquelles, dans une occafion extraordinaire , il
pourroit fe faire connaître. Il fut réfolu fur cela que ma-
démoifelle *Lane* iroit rendre vifite à cette parente, que
l'on favoit être *bien intentionnée* , & qu'elle iroit en croupe
derrière le roi, à qui on donneroit un habit & des bottes
convenables à fon déguifement, & qu'un domeftique de
fon père, avec fes livrées, l'accompagneroit. On choifit
une bonne maifon pour y loger la première nuit , où *Wilmot*
avoit été averti de fe trouver; le roi partit en cet équipage , le colonel le fuivant à quelque diftance, avec un
faucon fur le poing, & deux ou trois épagneuls; & quand

Il se rencontroit une campagne, il s'écartoit du chemin, sans perdre de vue sa compagnie, & feignant de n'en être pas. De cette manière, ils arrivèrent au lieu où ils devoient coucher la première nuit ; & ils n'avoient pas besoin de prendre aucunes précautions, pour ne pas arriver plutôt que le soir, parce que le chemin de chaque journée étoit long, & qu'il étoit alors la fin d'Octobre. Le lord *Wilmot* les y trouva ; & comme leurs journées étoient réglées, il savoit où ils arriveroient tous les soirs, de sorte qu'on les vit rarement ensemble dans le voyage, & qu'ils logeoient aussi rarement dans la même maison, pendant la nuit. Ainsi, le colonel chassa deux ou trois jours, jusqu'à ce qu'il les eût conduits à moins d'une demi-journée de la maison de monsieur *Norton* : alors il donna son faucon au lord *Wilmot*, qui continua le voyage dans le même exercice.

A chaque maison où ils logeoient, ils prenoient un grand soin qu'on menât aussi-tôt le roi dans une chambre, mademoiselle *Lane* disant, que c'étoit le fils d'un voisin, que le père lui avoit prêté pour la mener en croupe, dans l'espérance qu'il seroit plutôt guéri d'une fièvre-quarte, qui l'avoit extrêmement incommodé, & dont il n'étoit pas encore délivré. Par cet artifice, elle lui faisoit toujours donner un bon lit, & les meilleurs mets, qu'elle lui portoit souvent elle-même, pour empêcher les autres de le faire. Ils ne séjournèrent nulle part, jusqu'à ce qu'ils fussent arrivés chez monsieur *Norton*; & il ne se paſſa rien d'extraordinaire dans le voyage, ſinon qu'ils rencontrèrent pluſieurs perſonnes que le roi connaiſſoit. Le jour qu'ils arrivèrent chez monſieur *Norton*, ils furent obligés de paſſer par *Briſtol*, dont la place & les habitans étoient ſi bien connus du roi, qu'il ne pût s'abſtenir de jetter les yeux ſur tous les changemens, qui y avoient été faits depuis qu'il en étoit parti, & quand il vint à l'endroit où le grand fort avoit été, ſa curioſité le contraignit de quitter le chemin, & de faire le tour de cet endroit, ſa demoiſelle derrière lui.

Ils arrivèrent en la maiſon de monſieur *Norton*, plutôt qu'à l'ordinaire; & comme c'étoit un jour de fête, ils virent beaucoup de monde à l'entour d'un jeu de boule, qui étoit devant la porte, & le premier que le roi remarqua, fut un de ſes chapelains, allié de monſieur *Notton*, aſſis pour regarder jouer. *Guillaume*, qui étoit le nom qu'on avoit donné au roi, alla droit à l'écurie, mener ſon cheval, en attendant que ſa demoiſelle lui eût fait préparer ſa cham‑bre pour ſe retirer. Mademoiſelle *Lane* fut très-bien reçue par ſon parent, & fut auſſi-tôt conduite dans ſa cham‑bre, où dès qu'elle fut entrée, elle déplora le triſte état » d'un jeune homme, qui étoit venu avec elle, qu'elle » avoit emprunté de ſon père, pour la mener en croupe, » & qui étoit très-incommodé, étant guéri depuis peu » d'une fièvre-quarte. Elle pria ſon parent de lui faire » donner une chambre, avec du feu, afin qu'il s'allât cou‑ » cher de bonne heure, n'étant pas en état de ſe tenir » en bas ». Auſſi-tôt on lui prépara une petite chambre, où l'on fit du feu , & l'on envoya un laquais appeller *Guillaume* à l'écurie, pour lui montrer fa chambre , où il fut fort aife de fe trouver dégagé de la compagnie qui étoit en bas. Il fallut que mademoifelle *Lane* trouvât quelque prétexte pour fa vifite , dans une telle faifon , & à plufieurs journées de la maifon de fon père , n'y étant jamais venue auparavant , quoique la maitreffe de la maifon , & elle , euffent été élevées enfemble , & fuffent amies dès leur enfance. Elle fuppofa « qu'elle avoit deffein , après » s'être un peu repofée , d'aller chez un autre ami dans » la comté de *Dorfet*. A l'heure du fouper, on fervit du potage ; mademoifelle *Lane* en mit dans un petit plat, & pria le fommelier « de porter ce plat de potage à *Guillaume*, » & de lui dire , qu'on luienverroit auffi-tôt de la viande ». Le fommelier porta le potage dans la chambre avec une ferviette , une cuiller, & du pain : ce qui fut une nouvelle agréable au jeune homme , qui avoit envie de manger.

Le fommelier le regardant attentivement , fe jetta à genoux , & lui dit, les larmes aux yeux, « qu'il étoit » ravi de voir fa majefté ». Le roi fut extrêmement furpris, néanmoins il fe poffeda affez pour rire, & pour lui demander ce qu'il vouloit dire ? Cet homme avoit été fauconnier du chevalier *Thomas-Germain*, & fit voir qu'il favoit bien ce qu'il difoit, en répétant quelques particularités, que le roi n'avoit pas oubliées. Le roi le conjura « de ne pas parler de ce qu'il favoit , même à fon maitre, » quoiqu'il le crût un très-honnête homme. Le fommelier le lui promit, & lui tint fa parole, & le roi en fut mieux fervi tout le tems qu'il fut en haut.

Le docteur *Georges*, chapelain du roi, étant un gentil-homme de bonne famille dans le voifinage, & allié de monfieur *Norton*, foupoit avec eux ; & comme il étoit d'une agréable converfation , il fit plufieurs queftions à made-moifelle *Lane*, touchant *Guillaume*, auquel elle avoit tant de foin d'envoyer à manger, lui demandant « combien il » y avoit que la fièvre l'avoit quitté , fi il avoit été purgé » depuis qu'il ne l'avoit plus » ? & autres femblables, aux-quelles elle répondoit le mieux qu'elle pouvoit. Depuis que le parlement s'étoit rendu le maître , le docteur, comme bien d'autres de fa profeffion, l'avoit quitté pour étudier en médecine ; dès qu'on eut foupé, il alla voir *Guillaume* par bonté , & fans en rien dire à perfonne : le roi le voyant entrer dans la chambre , fe retira à un coin du lit , pour être plus éloigné de la chandelle ; le doc-teur s'affit auprès de lui , tâta fon pouls , & lui demanda plufieurs chofes, auxquelles il répondoit en auffi peu de mots qu'il lui étoit poffible, marquant une grande impa-tience de fe coucher. Le docteur le quitta, & retourna dire à mademoifelle *Lane* , « qu'il avoit été voir *Guillaume*, » qu'il efpéroit qu'il fe porteroit bien » ; & lui confeilla ce qu'elle devoit faire, fi fa fièvre revenoit. Le lendemain dès le matin , le docteur s'en alla , & le roi ne le vit plus. Le jour fuivant , le lord *Wilmot* y vint pour voir made-moifelle *Lane* : ils conférèrent avec *Guillaume*, fur ce qu'ils devoient faire : ils jugèrent à propos de demeurer-là quel-

que tems, jufqu'à ce qu'ils fuffent informés quel port feroit le plus convenable pour eux, & quelles perfonnes en
étoient les plus proches, fur la fidélité defquelles on pourroit fe repofer. Le roi lui donna des ordres de s'informer de quelques perfonnes, & de quelques particularités
defquelles s'étant parfaitement inftruit, il reviendroit à lui.
Wilmot alla loger dans une maifon qui n'étoit pas éloignée de celle de monfieur *Norton*, & à laquelle il avoit été
recommandé.

Quand le roi eut été là quelques jours, & communiqué par lettres, avec le lord *Wilmot*, il apprit que le colonel *François Windham* demeuroit à un peu plus d'une
journée du lieu où il étoit, dont il fut fort aife ; car ou-
tre l'inclination qu'il avoit pour fon frere ainé, dont la
femme avoit été fa nourrice, ce gentilhomme s'étoit très-
bien conduit pendant la derniere guerre, & avoit été
gouverneur du château de *Dunftar*, où le roi avoit logé,
lorfqu'il étoit dans l'oueft d'*Angleterre*. Quand la guerre fut
finie, & lorfque toutes les autres places de cette comté-là
fe rendirent, il rendit auffi le château de *Dunftar*, à de
bonnes conditions, fit fa paix, & enfuite époufa une
femme affez riche : de forte qu'il vivoit tranquillement,
fans aucun foupçon d'avoir moins d'affection pour le roi.

Le roi lui envoya *Wilmot*, pour lui dire le lieu où il
étoit, & « qu'il feroit bien aife de parler à lui ». Il ne lui
fût pas difficile de choifir un lieu propre pour fe voir, &
le jour fut marqué. Le roi ayant pris congé de mademoifelle *Lane*, qui demeura chez monfieur *Norton*, fon

parent, fa majefté & *Wilmot* rencontrèrent le colonel *Windham*, & en paffant dans une ville, fur la route, ils trouvèrent monfieur *Kirton*, ferviteur du roi, qui reconnut le lord *Wilmot*, qui n'avoit pas d'autre déguifement qu'un fauçon : mais il fit femblant de ne le connaître pas, & ne foupçonna pas que le roi fût avec lui. Depuis ce jour-là, la préfence de *Wilmot* faifoit de la peine au roi, & lui faifoit craindre d'être en fa compagnie. Ils reftèrent une nuit, au lieu du rendez-vous, & le roi fe rendit en la maifon du colonel, où il féjourna plufieurs jours, pendant que *Windham* projettoit en quel lieu le roi s'embarqueroit, & comment ils trouveroient un vaiffeau tout prêt : ce qui n'étoit pas facile ; la frayeur qui s'étoit emparée de tous les gens *bien intentionnés*, étant fi grande, qu'on ne pouvoit pas, fans beaucoup de peine, trouver un vaiffeau freté pour les pays étrangers, qui voulût prendre aucuns paffagers.

Il y avoit un gentilhomme qui demeuroit près de *Lyme*, dans la comté de *Dorfet*, nommé monfieur *Ellifon*, que le colonel *Windham* connaiffoit particulièrement, ayant été capitaine dans l'armée du roi, & que l'on confidétoit toujours comme un très-honnête homme : il confulta avec lui, fur les moyens d'avoir un vaiffeau prêt pour prendre deux gentilhommes de fes amis, qui étoient en danger d'être arrêtés, pour les tranfporter en *France*. Quoique perfonne ne demandât qui c'étoit, on ne laiffoit pas de le foupçonner, ou du-moins de conclure que c'étoient quelques-uns échappés de *Worcefter*. *Lyme* étoit une ville auffi

auſſi *mal-intentionnée* pour le roi, qu'il y en eût en Angleterre : néanmoins, il y avoit-là un maître de barque, de la probité duquel le capitaine étoit très-aſſuré. Cet homme étoit revenu depuis peu de France, & avoit déchargé ſon vaiſſeau, lorſqu'*Elliſon* lui demanda, « quand » il feroit un autre voyage : à quoi il répondit, que ce » ſeroit auſſi-tôt qu'il auroit trouvé de la charge pour ſon » navire. L'autre lui demanda s'il voudroit bien paſſer deux » gentilshommes, & les mettre à terre en France, ſi on le » payoit auſſi bien pour ſon voyage, qu'il avoit accoutumé » de l'être, quand il étoit freté par les marchands. La con- » cluſion fut, qu'il auroit 50 livres ſterling pour ſon droit » de paſſage ». L'ample récompenſe produiſit ſon effet : le maître de la barque promit de les paſſer, quoiqu'il dit « qu'il falloit faire ſa proviſion très-ſecrètement, parce » qu'il pourroit bien être ſoupçonné, en ſe remettant en » mer, ſans être freté, & étant ſi nouvellement revenu ».
Le colonel *Windham*, étant averti de ce marché, vint avec *Wilmot* trouver le capitaine, d'où le lord & le capitaine allèrent enſemble en une maiſon proche de *Lyme*, où le maître de la barque les rencontra. Le lord *Wilmot* étant fort content des diſcours de cet homme, & de ſa prudence à prévoir les ſoupçons qui pouvoient naître, il fut convenu qu'une telle nuit, qui fut choiſie à cauſe de la marée, il feroit ſortir ſon vaiſſeau du mole, & étant en mer, viendroit à une telle hauteur, à un mille de la ville, où ſon navire demeureroit ſur la pointe, quand la mer ſeroit retirée, & ſe relèveroit le lendemain, dès que le

jour paraîtroit. Il y avoit proche, & à la vue de cette pointe, une petite hôtellerie, tenue par un hôte qui paffoit pour honnête-homme ; les cavaliers du pays y alloient fort fouvent, & comme le grand chemin de *Londres* paffoit par-là, elle étoit rarement fans compagnie. Les deux gen-tilshommes devoient fe rendre dans cette hôtellerie, au commencement de la nuit, pour fe mettre à bord. Les chofes ainfi difpofées, le lord *Wilmot* & le colonel, après avoir donné des arrhes au maître du navire, retournèrent chez le colonel, à plus d'une journée de cette place : le capitaine fe chargeant de prendre garde que le maître pourvût à tout, & s'il arrivoit quelque contre-tems, auquel on ne s'attendoit pas, d'en donner avis au colonel, en un en-droit où le roi devoit être le jour, avant fon embarquement.

Le roi content de ces préparatifs, vint au tems mar-qué, en une maifon où il devoit apprendre fi tout feroit en l'état où il devoit être, comme le capitaine l'en avoit affuré, voyant que le maître avoit mis fuffifamment des provifions dans fon navire, & que les hommes de fon équipage, au nombre de quatre feulement, étoient prêts, & ne doutant pas que le vaiffeau ne fortît cette nuit-là : de forte qu'il étoit tems que les deux gentilshommes vinffent dans la fufdite hôtellerie, jufqu'auprès de laquelle le capitaine les conduifit, & s'en retourna chez lui, à mille de-là, le colonel demeurant toujours en la maifon où ils avoient logé la nuit précédente, jufqu'à ce qu'il apprît la nouvelle de leur embarquement.

Ils trouvèrent plufieurs paffagers dans le cabaret, & fe contentèrent d'une chambre ordinaire, où ils n'avoient

pas deſſein de dormir long-tems. Auſſi-tôt que le jour parut, *Wilmot* ſortit pour découvrir la barque, mais il n'en vit
point ; le ſoleil levé, point de barque ; ils envoyèrent au
capitaine, qui fut fort étonné. Le capitaine, de ſon côté,
envoya un domeſtique à la ville, qui ne put trouver le
maître de la barque. Ils ſoupçonnèrent le capitaine, & le
capitaine ſoupçonna le maître. Cependant, dix heures
étant déja ſonnées, ils ne trouvèrent pas à propos d'être
là plus long-tems : il remontèrent à cheval, & allèrent
retrouver le colonel en la maiſon où ils ſavoient qu'il devoit
demeurer, juſqu'à ce qu'il eût appris qu'ils étoient partis.

Voici la véritable raiſon de ce contre-tems : le maître
agiſſoit de bonne-foi, & préparoit tout pour ſon départ :
la nuit qu'il devoit ſortir avec ſon vaiſſeau, il ſe tint en
ſa maiſon, & dormit deux ou trois heures ; quand le temps
de la marée fut venu, & qu'il falloit qu'il allât à bord,
il prit, dans une armoire, du linge & les autres choſes
qu'il avoit accoutumé de porter ſur mer ; ſa femme lui
avoit remarqué plus de penſées & d'inquiétudes qu'à l'ordinaire, qu'il avoit parlé à des matelots qui avoient accoutumé d'aller avec lui, & que quelques-uns d'eux avoient
porté des proviſions à bord, dont elle avoit demandé la
raiſon à ſon mari, qui lui avoit dit « qu'on lui avoit pro-
» mis un fret fort promptement, & qu'il falloit qu'il pré-
» parât toutes choſes pour ſon voyage ». Elle étoit aſſurée
qu'il n'y avoit aucune charge dans la barque : de ſorte
que, quand elle vit ſon mari prendre ce qui lui étoit nécéſ-
ſaire pour aller en mer, elle ferma la porte, & jura qu'il
ne ſortiroit point de la maiſon. Il répondit, « qu'il falloit

» qu'il partît , qu'il étoit engagé pour se mettre en mer
» cette nuit-là , & qu'il étoit bien payé pour cela. Elle répli-
» qua qu'assurément il alloit faire une chose qui le perdroit,
» qu'elle étoit résolue de ne le pas laisser sortir de sa mai-
» son , que s'il persistoit , elle appelleroit les voisius , & le
» meneroit devant le maire pour être examiné , & que
» la vérité se découvriroit ». Le pauvre homme ainsi maî-
trisé par la violence & l'emportement de sa femme , fut
contraint de lui céder , afin qu'elle ne fît pas plus de bruit,
& retourna se coucher.

Ce fut un très-grand bonheur pour le roi , qu'il sortît
si-tôt de l'hôtellerie : c'étoit un jour de fête solemnelle ,
que l'on observoit alors , principalement pour irriter le
peuple contre le roi , & contre tous ceux qui lui étoient
fidèles. Il y avoit une chapelle dans ce village-là , tout
contre l'hôtellerie , où un tisseran , qui avoit été soldat ,
avoit accoutumé de prêcher , & de vomir toutes les vile-
nies imaginables contre l'ancien ordre du gouvernement :
& il étoit alors dans sa chapelle , prêchant à son audi-
toire , lorsque le roi partit de là , & disoit au peuple ,
« que *Charles Stuart* étoit caché quelque part en ce pays-
» là , & que celui qui le trouveroit , rendroit un grand
» service à Dieu ». Les passagers qui avoient logé dans
l'hôtellerie cette nuit-là , dès qu'ils furent levés , avoient
envoyé quérir un maréchal pour visiter leurs chevaux ,
parce qu'il avoit extrêmement gelé ; le maréchal ayant
achevé le travail pour lequel on l'avoit fait venir , exa-
mina les pieds des deux autres chevaux , selon la coutume
de ces sortes d'ouvriers , pour avoir plus d'ouvrage : alors

il dit au maître de la maison , ce qu'il avoit observé ,
« qu'un de ces chevaux avoit fait un long voyage , étant
» assuré que ses quatre fers avoient été faits en quatre
» comtés différentes » : ce qui étoit très - vrai , soit que
son art fût capable de le découvrir ou non. Le maréchal
allant au sermon , raconta cette histoire à quelques-uns
de ses voisins : de sorte que cela vint aux oreilles du pré-
dicateur , quand il eut fait son sermon ; aussi-tôt il envoya
quérir un officier , alla dans l'hôtellerie pour s'informer
de ces deux cavaliers , & sachant qu'ils étoient partis , il
fit partir des hommes à cheval pour les suivre , & déclara
positivement « que l'un d'eux étoit Charles Stuart ».

Quand ils eurent rejoint le colonel , ils conclurent aussi-
tôt qu'ils ne devoient pas faire un plus long séjour en
ces quartiers-là , ni aucune tentative pour trouver un vaisseau sur cette côte : & sans perdre aucun tems , ils retournèrent en la maison du colonel , où ils arrivèrent de
nuit. Ils résolurent de faire la première tentative dans les
comtés de *Hant* & de *Sussex* , où le colonel *Vindham* n'a-
voit aucun crédit. Avant que d'y arriver , il leur falloit
traverser toute la comté de *Wilt* , ce qu'ils ne pouvoient
faire qu'en plusieurs jours ; & il falloit premièrement sçavoir , si dans ou autour de cette route , ils trouveroient
quelques maisons , où ils pussent se reposer en sûreté. Ils
crurent qu'il étoit fort dangereux pour le roi , de passer
au travers de quelques villes considérables , comme *Salisbury* , & *Winchester* , qui probablement se rencontreroient sur
leur chemin. Il y avoit entre ce lieu-là , & *Salisbury* , la

maison du colonel *Robert Philippes*, homme d'honneur, cadet d'une très-bonne famille, qui avoit toujours été fidèle, & qui avoit servi le roi pendant la guerre ; le roi voulut bien se fier à lui, & envoya le lord *Wilmot* en un lieu d'où il pourroit envoyer querir monsieur *Philippes* ; & quand il lui auroit parlé, monsieur *Philippes* devoit venir trouver le roi, pendant que *Wilmot* demeureroit en un endroit dont ils conviendroient tous deux. Monsieur *Philippes* vint donc en la maison du colonel, ce qu'il pouvoit faire sans qu'on le soupçonnât, parce qu'il étoit son proche parent. Les chemins étoient pleins de soldats envoyés de l'armée dans leurs quartiers, & plusieurs régimens de cavalerie & d'infanterie, étoient destinés pour l'ouest, duquel département *Desboroug* étoit commandant en chef. Ces marches devoient durer plusieurs jours, & il n'étoit pas à propos que le roi fût si long-tems en ce lieu-là, sur quoi il eut recours à son premier artifice pour sa sûreté, qui étoit de prendre une femme derrière lui ; il prit une parente du colonel *Vindham*, & fut conduit en un lieu proche de *Salisbury*, par le colonel *Philippes*. Dans ce voyage, il passa dans le milieu d'un régiment de cavalerie, & aussi-tôt après, il rencontra *Desboroug* descendant une hauteur, suivi de trois ou quatre hommes, qui avoient logé dans *Salisbury* la nuit précédente ; toute cette route étant pleine de soldats.

Le jour suivant, le docteur *Hinckman*, chanoine de *Salisbury*, rencontra le roi dans la plaine. Alors *Wilmot* & *Philippes* le quittèrent pour aller chercher un vaisseau sur

la côte ; & le docteur conduisit le roi dans un lieu nommé *Heale*, à trois milles de *Salisbury*, appartenant au fer-
gent *Hyde*, qui fut enfuite chef de juftice du banc du roi,
mais dont jouiffoit alors la veuve de fon frere ainé ; c'é-
toit une maifon fans voifins, & éloignée des chemins fré-
quentés, où le roi arrivant tard fur le foir, il foupa avec
quelques gentilshommes qui s'y étoient rencontrés for-
tuitement, ce qu'il ne pouvoit pas éviter : mais le lendemain de grand matin, il en fortit, feignant de continuer
fon voyage : & la veuve, à qui l'on avoit confié le fecret,
ayant envoyé fes domeftiques dehors, elle reçut encore
une fois le roi, & l'accommoda dans une petite chambre
qui avoit été faite dès le commencement des troubles,
pour cacher ceux qu'on appelloit *délinquants*, la maifon
ayant toujours appartenu à une famille de *mal-intentionnés* :
c'eft ainfi qu'on appelloit ceux qui étoient fidèles au roi.

Il fut caché-là, à l'infu de quelques gentilshommes qui
logeoient dans la maifon, & de ceux qui y abordoient
tous les jours. Il n'y avoit que la veuve feule qui lui portoit ce qui lui étoit néceffaire, & qui lui rendoit les lettres
que le docteur recevoit du lord *Wilmot*, & du colonel
Philippes. Enfin un vaiffeau étant tenu prêt fur la côte de
Suffex, & le docteur en ayant reçu l'avis, il envoya dire
au roi, de fe trouver à *Stone-henge*, fur la plaine, à trois milles
de *Heale*, où la veuve eut foin de le conduire ; il y trouva
le docteur, qui l'accompagna jufqu'au lieu où le colonel
Philippes le reçut. Le lendemain il le mit entre les mains
du lord *Wilmot*, qui alla avec lui en une maifon dans *Suffex*,

recommandée par le colonel *Gunter*, gentilhomme de ce pays-là, qui avoit servi le roi dans la guerre, qui se trouva là, & qui avoit retenu une petite barque à *Brigt-hemsted*, petite ville de pêcheurs, où le roi s'embarqua de grand matin, & par la bénédiction de Dieu, arriva au mois de novembre, sain & sauf en Normandie. Il mit pied à terre dans une petite anse, d'où il se rendit à Rouen, & de-là il donna avis de son arrivée à la reine sa mere... »

LE COMTE
DE STRAFFORD.

LE COMTE DE STRAFFORD.

LE COMTE
DE STRAFFORD.

Les devoirs du sujet envers le souverain, ce qu'à son tour le souverain doit au sujet; l'injustice la plus atroce, revêtue de la forme sacrée des loix; les excès du fanatisme le plus absurde & le plus monstrueux; la soif sanguinaire d'un troupeau de bêtes féroces, qui font retentir le mot de liberté, sans trop sçavoir en quoi consiste cette liberté, & qui

S 2

ne demandent qu'à se jetter indiſtinctement ſur une
proie; la faibleſſe du monarque qui confond le relâche-
ment, le ſacrifice de ſes droits avec l'indulgence
& l'amour pour ſon peuple ; toutes ces grandes
images ſi attachantes , ſi inſtructives pour les diverſes
claſſes de la ſociété , forment le tableau que j'eſſaye
d'eſquiſſer ici. Je ne crains pas que ma nation ait
la dureté de me reprocher cet attendriſſement dont
une infinité d'Anglais , à la honte de l'humanité , ont
oſé faire un crime à l'écrivain de mérite, qui nous
a donné *l'hiſtoire de la maiſon de Stuart :* Hume
ſe plaint « d'avoir déplu à beaucoup de gens , pour
» avoir répandu une larme ſur le ſort de Charles Ier,
» & ſur celui du comte de Strafford ». Les bar-
bares! leur rage extravagante n'eſt-elle pas aſſouvie ?
& quelle eſt l'ame aſſez dénaturée pour refuſer des
pleurs à la deſtinée d'un bon roi, traîné par ſes
ſujets ſur un échafaud ? Comment ne pas être ému
en faveur de ſon miniſtre , qui n'avoit
commis d'autre faute capitale que d'être honoré de
la confiance & de l'amitié de ſon maître ? Ah ! Charles!
ah : Strafford ! l'homme que le déteſtable eſprit de
parti n'aura point endurci , ne pourra tracer vos
malheurs qu'en détrempant ſa plume dans ſes larmes ;

les miennes coulent en ce moment, & fans doute mes concitoyens, bien différents des cruels qui ont accufé la fenfibilité de Hume, en verferont avec moi.

Charles commençoit à fentir la pefanteur de fa couronne ; trop imbu peut-être des maximes de fon père, il s'étoit laiffé prévenir par une fauffe idée fur le gouvernement Anglais. Ce prince, en jettant

---

Trop imbu peut-être, &c. Jacques connut très-bien juf-qu'où s'étendoit la *prérogative royale* ; mais il n'eut jamais la force de foutenir fes droits, & le faible en a peu qu'il puiffe faire valoir ; il n'avoit envifagé que le trône d'Éli-fabeth, fans réfléchir qu'il falloit avoir les grands talents de cette fouveraine pour s'y affeoir. Ce qui avoit été, en quel-que forte, permis à Elifabeth, étoit interdit à Jacques. La nation Angláife, depuis la mort de cette princeffe, avoit changé, pour ainfi dire, de façon d'être ; le fanatifme d'une prétendue liberté ; s'étoit emparé de tous les efprits ; une indocilité républicaine avoit remplacé cette foumiffion éclairée, que les fujets doivent à leurs maîtres ; les chaînes néceffaires à porter étoient rompues, & les vils efclaves de Henri VIII & d'Elifabeth étoient devenus d'orgueilleux ré-voltés, qui ne fixoient plus de bornes à leur audace & à leur; prétentions : tel étoit le peuple fur lequel Jacques. vouloit appéfantir un fceptre qui lui échappoit fans ceffe des mains,

S 3.

fes regards autour de foi , les avoit fixés fur les divers monarques de l'Europe ; rempli de ces principes invariables qui conftituent en-effet la monarchie , abufé enfin par le nom de roi , car c'eft-là la fource de fes erreurs & de fes infortunes , il s'étoit imaginé que le fceptre, en Angleterre , devoit jouir des prérogatives , de la même extenfion de pouvoir

---

il ne marcha que de faute en faute , & c'eft fur ce prince qu'on doit rejetter les malheurs qui ont accablé fa maifon. S'il eût été bien confeillé , en venant faifir l'hé - ritage d'Elifabeth , il auroit dû , dès le premier moment , fe pénétrer du fyftême de la conftitution Anglaife , fe convaincre que ce gouvernement, qui n'eft monarchique que de nom , étoit un mélange incohérent de l'ariftocratie & de la démocratie ; qu'il étoit impoffible que les balances confervaffent cet équilibre , fans lequel cette légiflation eft la pire de toutes. Je fçais bien que l'illuftre Montef- quieu en a fait l'éloge : mais tout homme qui prend la liberté de juger par lui-même , ofe abjurer cette maxime fuperftitieufe, *jurare in verbâ magiftri*. Perfonne affurément n'a plus d'eftime , & je puis ajouter de refpect , que moi pour la nation Anglaife : je rends hommage à leur patriotifme , qui eft chez eux la fource des vertus les plus éclatantes & des plus belles actions ; j'ai , tous les jours, dans les mains leurs poètes , leurs philofophes ; ils font mes délices, ainfi que nos propres écrivains; qui mettrai-je au-deffus des deux nations ? la vérité.

dont il jouit dans les autres pays : il n'avoit pas
voulu voir que fa fouveraineté *prétendue* n'étoit
qu'un compofé monftrueux de parties ennemies les
unes des autres ; qu'une légiflation , où il exifte néceffairement une guerre éternelle entre le chef & les
membres , eft une légiflation vicieufe & prefque toujours voifine de fa diffolution ; de-là , nous le répétons,
les malheurs de Charles,& ceux de fes trois royaumes.
» Si le ciel (felon le même hiftorien que nous venons
» de citer) l'eût fait naître prince abfolu , fon humanité
» & fon bon fens auroient rendu fon gouvernement
» heureux , & fa mémoire précieufe ». Il étoit donc
comme un vaiffeau battu par l'orage , expofé à tous
les affauts d'un nombre de factions, aux prétentions ex-
ceffives des grands divifés par des haines & des
intrigues continuelles , aux bourafques d'une populace
effrénée,ferviles inftruments que faifoit agir une troupe

Aux bourafques d'une populace effrénée, &c. Ce n'eft point moi
qui vais parler : c'eft l'eftimable auteur de l'*hiftoire de la rebellion & des guerres civiles d'Angleterre* ; en un mot , c'eft un Anglais qui nous fait le portrait de fes concitoyens. (On voudra
bien ne pas oublier que je me fers d'une miférable traduction)
« Il femble , à la vérité , qu'un jufte jugement de Dieu aveu-

de fcélérats adroits , aux tranfports frénétiques de
fectes intolérantes , auffi ftupides que barbares.

» gloit cette nation, & l'abandonnoit à toutes fortes de fo-
» lies & d'extravagances ; les meilleurs fujets fe laiffoient
» opprimer pour accroître l'autorité des plus mal-inten-
» tionnés , & languiffoient dans une pareffe & dans un
» affoupiffement profond, au plus fort du péril ; les plus
» oppofés de fentiments formoient entr'eux une ligue
» pour leur propre malheur , & les plus unis d'intérêts
» fe partageoient en factions différentes , plus funeftes à
» l'état qu'une trahifon ouverte. Le pauvre peuple, trompé
» par les apparences d'un zèle pour la religion , pour
» les loix , pour la liberté , pour les parlements, fe por-
» toit avec fureur à des actions qui tendoient à renverfer
» les principes de la religion chrétienne , à rompre tous
» engagements , détruire les loix & la liberté , & à rendre
» impraticables les priviléges & l'ufage des parlements.
» Cependant, fi l'on fait attention fur les conjonctures
» du tems, fur l'ambition & fur l'accroiffement fubit &
» imprévu de ceux qui font les auteurs de ces révolu-
» tions, on ne trouvera rien en cela qui ne puiffe arriver
» naturellement à ces royaumes enflés par une longue
» profpérité, & par un orgueil exceffif, qui attire fur
» eux la colère du Ciel, &c. » Nos voifins devroient avoir
fans ceffe devant les yeux ce paffage de Clarendon.

*Aux tranfports frénétiques , &c. Il faut lire dans les hiftoires

Les Ecoffais obftinés à ne point recevoir la *Liturgie Anglaife* , s'étoient abandonnés à tous les excès de la rebellion ; ils avoient ofé lever l'étendart contre

---

du tems , tous les excès où fe portèrent les différentes fectes qui déchiroient le fein de l'Angleterre ; entr'autres , les Puritains fe diftinguèrent autant par leurs abfurdités , que par leurs barbaries. Hume lui-même nous dit : « qu'une » rage extrême contre la religion catholique , étoit le » caractère certain du Puritanifme ». L'objet de fa fureur après le catholicifme , étoit l'églife Anglicane ; les évêques furent fes premières victimes ; fes mélancoliques extravagances s'élevèrent jufqu'au trône. Il y eut un certain Bernard qui , dans une des prières qui précèdent le fermon , fe livra à ce ftupide & fanatique emportement : « Seigneur , » s'écria-t-il , ouvrez les yeux de fa majefté la reine , afin » qu'elle puiffe voir J. C. qu'elle a percé d'un nouveau » coup de lance par fon infidélité , fa fuperftition & fon » idolatrie ». Et cela s'appellera des priviléges de la liberté Anglaife ?

La Liturgie Anglaife , &c. C'eft-là , fans contredit , l'origine de l'affreux événement qui fouilla la nation d'un régicide. Charles Ier , comme autorifé par la *prérogative royale* à s'attribuer la fuprématie , vouloit que le rite Anglican ou épifcopal , fût adopté des Ecoffais , qu'ils obfervaffent les principales fêtes du calendrier Anglais , qu'on reçût la communion à

leur roi ; on en étoit même venu aux mains ; les deux partis comptoient également & des fuccès & des dé- faites. Charles nourriffoit un chagrin profond ; il

---

genoux , qu'on la portât aux mourants , que les enfants fuf- fent confirmés , & qu'enfin on fe fervît du figne de la croix dans le baptême. Ces nouveaux Pharifiens , felon Hume, conçurent d'abord de la répugnance , & même de l'effroi, à l'afpect du furplis dont le roi prétendoit qu'ils fe revêtiffent ; il défiroit que l'autorité épifcopale fût la même en Écoffe qu'en Angleterre : le clergé presbytérien , qui refufoit de reconnaître dans les évêques , des fupérieurs, fe hâta de crier à l'innovation , à l'impiété , au *papifme* ; car il y a près de deux cens-cinquante ans que c'eft le cri général de toutes ces miférables fectes, dont l'Angle- terre s'eft vu infectée. La populace enfin , c'eft-à-dire, la boue d'une nation , perdoit de fon crédit à la nouvelle hiérarchie que Charles avoit réfolu d'introduire. Son père avoit pofé la première pierre de cet édifice , & le fils croyoit fa confcience même intéreffée à l'achever ; la Liturgie excita donc une fédition qui ne s'eft appaifée dans la fuite, que par le meurtre du roi. A peine le doyen d'Edimbourg eût- il commencé le fervice , qu'une troupe de forcenés , com- pofée fur-tout de femmes , de vieillards , d'enfants , fe mit à crier , en vomiffant des imprécations , & en battant des mains : *un pape ! un pape ! l'ante-Chrift ! qu'on nous en délivre ! qu'on l'affomme ! qu'on l'extermine !* L'évêque veut prendre

ne s'épanchoit que dans le sein d'un seul homme
qui méritoit assurément cette marque de faveur : nous
allons tâcher de le faire connaître, & de dégager

---

la parole : on lui lance un banc à la tête ; les portes, les
fenêtres de l'église sont brisées ; en un mot ; cette vile
populace se laissa aller à tous ces excès que nous venons
de voir se renouveller à Londres, au grand scandale des
gens sensés & des Auglais eux-mêmes ; les prêtres, qui dirigeoient à leur gré ces imbéciles fanatiques, leur faisoient
l'honneur de les comparer à l'âne de Balaam, que le Seigneur avoit fait parler pour manifester sa puissance, &
les hébétés s'enorgueillissoient de la comparaison. Charles
ne punit point rigoureusement ce ramas d'hommes méprisables : c'est-là la faute essentielle qu'on peut lui reprocher,
& ils en devinrent plus stupides & plus furieux. Bientôt la
contagion gagna toutes les classes de citoyens : on se
servit du grand mot de religion, pour allumer un incendie
qui ne tarda point à s'étendre jusqu'en Angleterre. Le
malheureux Charles, comme nous venons de l'observer,
au-lieu d'écraser ces insectes, se vit, par sa faiblesse,
obligé de leur céder ; il consentoit à l'entière abolition
de cette Liturgie, qui devoit lui être si funeste ; il promettoit
même de borner le pouvoir épiscopal : mais il ne recueillit
que la honte d'avoir reculé. Le feu dévoroit toutes les parties de l'Ecosse ; la rebellion n'avoit plus qu'un pas à
faire pour consacrer son emportement, & elle le franchit.

la vérité d'une multitude de menſonges, fruits de
la prévention & de la calomnie.

Le chevalier Thomas Wentworth ſortoit d'une
famille diſtinguée, dont il avoit recueilli une fortune
qui répondoit à ſa naiſſance; il étoit entré dans la
carrière où ſe jettent ordinairement tous les jeunes gentilshommes Anglais, jaloux d'attacher les regards du
public, & d'obtenir de la réputation : c'eſt-à-dire, qu'il
avoit embraſſé le parti contraire à la cour; les Puritains le regardoient comme un de leurs plus zélés

---

Elle prit les armes, vint inſulter juſqu'en Angleterre,
à ſon ſouverain; & ce qui mit le comble à ſa douleur,
& à ſes peines, la chambre des communes parut embraſſer la cauſe des Écoſſais : elle les traita de *frères*, & ſous
main, travailla de toutes ſes forces à exciter cette révolte,
dont l'échafaud où périt Charles, fut le terme.

Les Puritains. Nous revenons encore à ces furieux imbéciles : ils s'étoient acquis une ſingulière conſidération dans le
peuple, par cet extérieur d'auſtérité & de mortification qu'ils
affectoient, par un extrême attachement à une infinité de
petites pratiques minutieuſes, qui leur concilioient la vénération des ignorants & des *bonnes-femmes* ; Burner nous
les repréſente « affichant un air fort grave, des dehors im-
» poſants de régularité, & ſur-tout invectivant, dans leur
» pieuſe audace, la cour qu'ils ne manquoient pas de

défenfeurs ; la chambre des communes retentiffoit
de fes harangues. Mais, foit que Wentworth ouvrît
les yeux fur cet efprit d'animofité , qui s'élevoit
déja avec tant d'acharnement & d'injuftice contre
le meilleur des rois , foit que peut-être il ne fût pas

» comparer à *Babylone la proftituée* ». Il n'y eut pas de refforts qu'ils ne fiffent jouer pour attaquer l'autorité royale ;
ils échauffèrent la tête d'un ftupide avocat , qui fervit admirablement bien leur fanatifme : il compofa un très-gros
livre , rempli de dégoûtantes déclamations contre les
fpectacles, la mufique, la danfe , &c. Le Cicéron Puritain répandit même fa mauvaife humeur fur les fêtes de Noël,
qu'il vouloit abfolument qu'on fupprimât ; il ne fit pas
plus de grace aux feux de joie & aux mays ; fon grand
argument , fur-tout contre les comédiens , fe bornoit à
cette obfervation , « que la plûpart étoient *Papiftes* » ; auffi
affuroit-il , enflammé d'un faint zèle, que les falles de fpectacles étoient les *repaires de Satan* , ceux qui les fréquen-
toient, des *diables incarnés* , & que chaque pas de menuet
conduifoit droit en enfer. On fit l'honneur à ce poliffon de
lui donner un air de *martyr de la bonne caufe* , en le puniffant,
au lieu qu'on auroit dû l'abandonner au ridicule, qui eft
l'arme la meilleure & la plus fûre pour combattre les fots,
& s'en débarraffer.

Contre le meilleur des rois , &c. C'eft ainfi qu'un Anglais,

infenfible aux féductions de la grandeur, il changea
de fentiment & de conduite; en un mot, il devint
ce qu'on appelle, en Angleterre, *Royalifte*; & de
ce moment, Charles n'eût point de ferviteur qui
lui fût plus attaché. Wentworth ne tarda pas à
recevoir des récompenfes : le roi le créa baron,
enfuite vicomte & comte de Strafford, le nomma
préfident du confeil d'Yorck, vice-roi d'Irlande; il
fut enfin le principal miniftre, le confeiller & l'ami
de fon maître; Strafford, car nous n'en parlerons
plus que fous ce nom, réuniffoit toutes les qualités qui forcent à l'eftime, fi elles n'excitent pas
l'affection; il étoit impofant dans fon maintien; fes

---

l'auteur de l'*hiftoire de la maifon de Stuart*, nous peint ce
prince infortuné : « Il eft difficile de s'imaginer un carac-
» tère plus digne à la fois de refpect & d'amour, un
» mari tendre, un père indulgent, un maître facile, un
» ami conftant... fon air & fes manières, quoique tirant
» peut-être un peu vers l'affectation & la parade, répon-
» doient en général à l'élévation de fon rang, & don-
» noient de la grace à cette réferve & à cette gravité qui
» lui étoient naturelles. La modération & l'égalité qui
» éclatoient dans fes actions, fembloient devoir l'éloigner

ennemis appelloient hauteur cette gravité, qui souvent
annonce une ame fière & indépendante des circonftances; il s'exprimoit avec une facilité dont il se trouve
peu d'exemples. « Il y avoit (observe Clarendon)
» très-peu de personnes avec lui qui eussent au-
» tant d'expérience & de capacité, ce qui fut une
» des causes de son malheur ; car, comme il re-
» marquoit les défauts des autres, il faisoit trop
» peu de cas de ce qu'ils disoient, & de ce qu'ils
» faisoient, & ne se reposoit que sur lui-seul ».
Le chancelier ajoute : « en un mot, l'épitaphe que
» Sylla fit pour lui-même, au rapport de Plutarque,

» de toute entreprise dangereuse ou téméraire ; le bon
» sens qui se faisoit remarquer dans sa conversation &
» ses discours, paraissoit garantir le succès de toutes les
» démarches dans lesquelles il s'engageoit avec réflexion.
» A ces qualités, Charles en joignoit d'autres, qui auroient
» fait beaucoup d'honneur à un particulier, & qui, dans
» un grand monarque, pouvoient être extrêmement avan-
» tageuses à son peuple. . . . Dans un autre siècle & dans
» toute autre nation, ce monarque auroit été sûr d'un
» règne heureux & tranquile ». Et voilà le roi qu'une
groupe de scélérats a osé assassiner juridiquement!

» lui convient bien : *perfonne ne le furpaffoit à*
» *faire du bien à fes amis, & à faire du mal à fes*
» *ennemis* » ; ce qui annonce , à coup fûr , un
caractère décidé , & des traits marqués , fi ce ne
font pas des vertus. Strafford avoit époufé la fœur
du lord Hollis , un des membres les plus ardents
de la chambre des communes ; il fe voyoit père
de deux enfants qui lui étoient extrêment chèrs :
mais il les auroit facrifiés , fi la néceffité l'eût exigé ,
à fon roi & à fa patrie ; il aimoit l'un & l'autre
jufqu'à l'enthoufiafme. Comme il avoit étudié à fond
le mécanifme de l'adminiftration Anglaife , il en
fentoit vivement les défauts, ainfi que les avantages ;
on l'a accufé d'avoir peu eftimé le peuple : il fe
connaiffoit. En-effet , quel cas un homme auffi
éclairé que le comte , auroit-il pu faire d'une mé-

D'avoir peu eftimé le peuple. Quel eft le grand homme
qui , s'élevant au-deffus du vulgaire, n'ait le droit de le
méprifer ? Comment eftimer un troupeau aveugle , qui
n'eft jamais mû que par des impreffions étrangères, n'ayant
pas un fentiment qui lui appartienne , détruifant le foir
ce qu'il aura élevé le matin , fe baignant dans des flots
de fang , avec le même emportement, qu'il embraffera votre
défenfe , & vous fauvera la vie , ne s'attachant qu'à la forme ,

prifable

prifable populace, qui, pendant plus de vingt ans s'eft montré agitée des convulfions les plus violentes, qui le lendemain détruifoit la révolution de la veille, par une autre révolution ? L'ombre du malheureux Charles 1ᵉʳ s'élevera toujours au milieu de fes bourreaux, & ils ne pourront fermer l'oreille à fes gémiffements. Les regards pénétrants de Strafford perçoient jufques dans l'avenir : il fembloit prévoir l'horrible régicide, qui a mis le comble à un amas de crimes. Votre bonté, difoit-il au roi, caufera votre perte, & celle de l'Angleterre ; point de grace

---

& incapable de juger du fonds, fuperftitieux fans religion, quelquefois bon par faibleffe, mais d'un naturel toujours barbare, parce que rarement la barbarie eft féparée de l'ignorance, goûtant une maligne joie à l'afpect du malheur d'autrui, comme il eft affligé de fon bonheur : ce font-là les individus qu'on a accufé le comte de Strafford d'avoir méprifés ; & où le fpectacle de la dégradation de la nature humaine dans la vile populace, eft-il plus frappant qu'en Angleterre ?

Votre bonté, difoit-il au roi, &c. Sans contredit c'eft l'indulgence, c'eft la bonté qui ont perdu le malheureux Charles Ier : s'il eût fuivi les confeils de fon miniftre, qu'il eût couvert de mépris de vils fectaires, envoyé au fup-

pour des fujets qui ont tiré l'épée hors du fourreau.
Il eft des occafions où la politique doit faire taire
la clémence ; les Ecoffais ont pris les armes : c'eft par
les armes qu'il faut s'affurer de leur docilité : fi vous
ne les chaffez de l'Angleterre , ils donneront des loix à
Londres ; ils vous en impoferont à vous-même , &
il n'eft point de légères atteintes pour la majefté.

Le comte étoit fi rempli de ce qu'il difoit à
Charles , qu'il donna ordre, au fortir du cabinet ,
qu'un détachement de cavalerie allât fondre fur un
quartier des Ecoffais ; ils s'étoient avancés jufques
fur les terres du comté d'Yorck ; il eft vrai qu'il
y avoit des pour-parlers , & qu'il fe préparoit un
traité : mais on n'étoit pas encore convenu d'une
ceffation d'armes ; les raifons de Strafford , dans un
gouvernement vraiment monarchique , auroient été

---

plice les premiers qui fe révoltèrent , ce monarque fût mort
tranquile fur le trône ; & fur tout il devoit bien fe garder
de revenir fur fes pas à l'égard des Ecoffais. Un prince
qu'on croit avoir intimidé, reprend rarement fon pouvoir &
fes droits. Que tous ceux qui font à la tête des gouvernements , fe pénètrent de ces paroles , qui échappèrent
à Charles 1er dans fes infortunes : *rien de plus abject qu'un
roi méprifé !*

convainquantes. Le détachement eut l'avantage ; deux
ou trois compagnies des rebelles furent battues,
& leurs officiers faits prisonniers ; fi on les avoit
pourfuivis, tout rentroit dans le calme, & Charles
n'eût pas porté fa tête fur un échafaud. Lefly, le
général des révoltés, fe plaignit : le confeil Anglais
fut d'autant plus porté à l'entendre, qu'ils haïffoient
le miniftre, & que l'officier, qui avoit commandé
en cette occafion, étoit catholique - romain ; on
n'auroit point voulu d'une victoire à ce prix. Le fcru-
pule paraîtra affez fingulier, de la part de nos voifins.
Le roi fe vit donc obligé de s'arrêter dans fes fuccès ;
il défendit tout acte d'hoftilité contre les rebelles,
laiffant avec affez de mal-adreffe à fon parlement,
le foin d'une vengeance, dont il n'auroit dû fe repofer que fur fon armée.

C'eft alors qu'éclatèrent le zèle & les reproches
de Strafford : —— Sire, on a obéi à votre majefté.
C'eft par des traités qu'il faut combattre vos ennemis, vos perfécuteurs, & votre parlement fera l'office
de vos guerriers : le croyez-vous, fire ?.. Vous favez
jufqu'à quel point votre majefté m'eft chère : je vous
parle avec cette franchife que vous avez daigné me
permettre ; vous ne doutez pas que je ne fois éclairé

T 2

sur vos intérêts , autant que sur les miens propres, & je ne sépare point vos intérêts de ceux
de la nation : je la sers , je la servirai malgré elle ; vous
devez vous rappeller que mes premiers efforts ont été
pour combattre la prérogative royale ; à peine hors
du berceau , mes oreilles furent frappées du cri
de liberté ; je ne le cache point : je m'étois élevé
& nourri dans la haine du pouvoir monarchique ;
j'approfondis dans la suite ces matières si intéressantes pour tout Anglais attaché à son pays.
Je reconnus qu'un gouvernement mixte , moitié
monarchique , moitié républicain , soumis à une balance égale , étoit un de ces rêves politiques qui
se peuvent se réaliser ; il n'est pas possible que l'une

J'approfondis ces matières si intéressantes , &c. Hume lui-
même avoue que *la nature de la constitution Anglaise est am-
bigue* ; il dit encore que les *Communes tourmentèrent
Charles à propos des subsides* , *tout le tems qu'il vécut.*
En-effet on mettoit ce prince dans la nécessité de faire
ce qu'on appelle vulgairement *des affaires.* A chaque instant, la *prérogative royale* se trouvoit en défaut avec les
droits du parlement. J'aurois désiré que Charles , au-lieu
de toutes ces harangues débitées sans fruit aux deux
chambres , se fût contenté de leur demander simplement

des deux puiffances ne tende à combattre & à affaiblir
l'autre, & tous ces combats, tous ces orages produifent des crifes qui, tôt ou tard, bouleverferont
cet empire. Le peuple Anglais eft un tigre qui rugit
continuellement : il le faut enchaîner, fi l'on veut
qu'il ne fe déchire pas lui-même. Je fuis frappé d'une
vérité évidente : la tyrannie de plufieurs eft encore plus
defpotique que la tyrannie d'un feul. Qui a con-

---

te qu'elles entendoient par le mot de ROI ? La réponfe eût été
embarraffante, fi l'on n'eût pas voulu dire qu'on avoit
abufé de l'expreffion, & qu'à la dénomination de fouverain d'Angleterre, étoit attachée toute autre fignification que
celle de roi. Qu'eft-ce effectivement, qu'un monarque qui,
à chaque inftant, eft forcé de folliciter la générofité de fon
peuple, de plier aux caprices d'un membre des communes ?
Le nom de premier fénateur ne lui conviendroit-il pas
mieux que le titre de fouverain ? encore une fois, il eft impoffible que cette égalité de balances, fi vantée par quelques-
uns de nos écrivains, exifte réellement ; ce font de ces chi-
mères qu'embraffe un efprit amoureux des paradoxes,
& qui s'évanouiffent à l'exécution. Rien de plus facile que
d'arranger dans le cabinet un fyftême de gouvernement :
la pratique feule met le fceau à ces grandes entreprifes;
encore faut-il que ces opérations foient confirmées par
l'expérience, & par le temps.

T 3

fervé nos voifins dans cet état de grandeur, dont tous les jours nous admirons, en tremblant, les progrès? cette fuite non interrompue de fouverains, qui femblent n'être qu'un feul roi, depuis Clovis. C'eft-là que la monarchie eft immuable & inébran-lable : auffi les Français fe font-ils relevés de toutes leurs pertes ; s'ils euffent fuivi, dans les tems de la ligue, des confeils auffi perfides que peu éclairés, leur conftitution eût éprouvé un changement def-tructeur ; la France convertie en république, feroit peut-être aujourd'hui au rang de ces puiffances dont il n'exifte que les cadavres ou la mémoire. Les Athéniens, les Lacédémoniens n'ont vécu qu'un inftant; les Romains eux-mêmes, ont-ils pu fub-fifter long-temps fous une forme républicaine ?

Des confeils auffi perfides., &c. Oui, les fureurs abfurdes du fanatifme de la ligue, dénaturèrent jufqu'à ce point quelques Français fi peu éclairés fur la nature de leur conftitution ; on ne fçait ce qui doit le plus étonner de leur aveuglement, ou de leur manque de patriotifme; où en ferions-nous aujourd'hui, fi on avoit fuivi des con-feils fi perfides ? & quelle eft la multitude qui ait une volonté ftable, & dont les erreurs ne produifent pas dans un état des fecouffes violentes ?

On m'oppofera les vices de légiflation, qui fuivirent
leurs empereurs au trône : ce ne font point les crimes,
les atrocités, les barbaries extravagantes des Caligula, des Néron, des Héliogabale, qui perdirent
l'empire romain : il fut agité, & courut à fa ruine
dès le moment qu'il fût en proie aux factions
des partis, & que des foldats hébétés s'arrogèrent
la licence de donner ou d'ôter la couronne ; ils
renversèrent du trône & maffacrèrent les meilleurs
maîtres. L'anéantiffement de la puiffance grecque n'a
point une autre caufe. La volonté, dans plufieurs, ne
peut être invariable ; & les révolutions, fous quelque
forme avantageufe qu'elles fe préfentent, font néceffairement préjudiciables aux états. Pourquoi le règne
d'Elifabeth a-t-il élevé notre nation à un dégré de
force & de gloire où elle n'étoit point encore parvenue ? Parce que le fceptre, dans les mains de
cette princeffe, fut affermi. Elifabeth eut affez dé

Fut affermi, &c. Elifabeth avoit fçu familiarifer les
oreilles Anglaifes avec la qualité de fouverain *abfolu*. Les
communes voulurent fe mêler de quelques affaires ecclé-
fiaftiques : la reine leur fit dire d'un ton très-impérieux,
que ce foin ne les regardoit pas, & qu'elles euffent à lui

pouvoir pour maintenir la prérogative royale. Le roi votre père l'a connue cette prérogative : mais a-t-il fçu la défendre ?

Voilà, fire, les motifs qui m'ont conduit à vos pieds. Je dirai plus : c'eft l'amour réel que j'ai pour ma patrie, qui m'a attaché au parti de mon roi, & non une coupable & baffe ambition. Je fuis convaincu qu'on ne doit avoir qu'un feul maître ; s'il commet des fautes, elles ne peuvent fe perpétuer ; & d'ailleurs, le monarque eft lui-même foumis à la loi ; il en eft ici le premier fujet. Mais il ne faut pas confondre la loi avec les caprices aveugles & mobiles d'une populace effrénée ; j'ai déja pris la liberté de vous le repréfenter : ce qu'on appelle bonté dans un individu de la fociété, eft faibleffe dans

obéir, & elles obéirent. Pourquoi Elifabeth parloit-elle fans craindre de voir fon autorité compromife ? elle avoit de l'argent & des troupes ; & c'eft ce que n'eurent jamais fon fucceffeur & Charles Ier ; ils eurent beau débiter des harangues éloquentes fur la *prérogative royale* : c'étoient des guinées & des armées qu'il falloit employer, & non des difcours.

un fouverain ; & la faibleffe d'un roi eft une fource
intariffable de méprifes, d'erreurs, d'injuftices même
qui nuifent toujours à l'état, & font fouvent le malheur
du chef. Je fais des vœux pour que mes craintes foient
fans fondement : mais, fire, pardonnez-moi ce mouvement de fincérité , n'avez-vous pas commis une faute ,
& une faute très-grave , en accordant une forte de trève
aux Ecoffais ? je ne faurois trop vous le redire :
une trève avec des fujets rebelles ! fire , leur punition , ou la perte du maître , ce font - là les
deux images que vous devez avoir fous les yeux.
Les Ecoffais châtiés rigoureufement , vous épar-
gnez des maux innombrables à vos trois royaumes ,
vous règnez , & la nation Anglaife règne avec vous.
La liturgie n'eft peut - être pas un objet fort important par lui-même : mais vous relâchez-vous fur cet
article : de nouvelles tentatives s'armeront contre vos

Et la faibleffe d'un roi, &c. Voilà ce qui perdit Charles Ier ;
on ne fçauroit trop le répéter, il la porta cette faibleffe,
qui lui fut fi funefte, à lui & à fa maifon , au point de
donner fon confentement à un bill , en vertu duquel le
parlement étoit maître de prolonger fes féances auffi long-
tems qu'il le voudroit , & « ce fut-là le premier pas (difent
» Burnet & Hume) qui fit marcher ce prince à fa ruine ».

droits ; chaque jour vous arrachera une parcelle de votre couronne; & qu'eſt-ce qu'un roi qui cède aux fantaiſies d'une multitude qui n'eſt jamais éclairée ſur ſes véritables intérêts , ni ſur ſes véritables devoirs? Sire , c'eſt à la vertu qu'un roi doit obéir ; la vérité , la juſtice , l'honneur , le bien général , voilà ſes conſeillers , ſes maîtres; il n'en a point d'autres ſur la terre. Les Ecoſſais vous ſont ſoumis comme nous : il eſt donc néceſſaire pour votre gloire , pour votre intérêt , pour celui de toute l'Angleterre, qu'ils reconnaiſſent la même autorité; ou leur punition éclatante , ou une ſoumiſſion ſans bornes: tel eſt , ſire , le ſentiment d'un homme qui ſçauroit également mourir & pour vous , & pour ſon pays.

Charles ſentit toute la vérité de ces repréſentations ; mais ce malheureux défaut qui fit ſa perte , l'emporta : ſa faibleſſe prévalut ſur la ſage fermeté de Strafford. Ce grand homme ſe mit en vain à la tête d'une armée: ſes officiers le trahirent , l'abandonnèrent, & ceux qui lui avoient le plus d'obligation , ne rougirent pas de groſſir la foule de ſes ennemis.

Ce que Strafford avoit prévu, arriva : l'inſolence des révoltés s'accrut en proportion de la timide incertitude de Charles, qui ne combattoit plus les rebelles que par des conférences. Cette forte d'arme s'émouffe aifément, & loin de défendre le fouve- rain, elle ne fit que déceler & manifefter fa faibleffe.

Le comte entendit enfin la foudre qui murmuroit : peu fûr de fon maître, en homme habile, il penfoit à une retraite qui le dérobât aux coups de la tempête ; il demanda donc au roi la permiffion d'aller dans fon gouvernement, ou du-moins de commander une armée dans le comté d'Yorck ; il efpéroit, avec quelque raifon, que l'éloignement tromperoit la fureur ardente que fa préfence excitoit. Strafford enfin vou- loit fe difpenfer d'affifter au parlement, où il ne doutoit point qu'on ne travaillât à fa ruine. Le roi fut fourd à fes demandes, à fes follicitations. Mon cher comte, lui difoit-il, j'ai befoin de vos lumières; vous fçavez que je n'ai de confiance qu'en vous ; je fuis affis fur un trône chancelant, vous feul pou- vez l'affermir. Vous me parlez de vos ennemis ? & comptez-vous pour rien un maître qui vous aime, & qui vous appuiera ? Penfez-vous que mon autorité foit affaiblie au point que je ne puiffe vous garantir des dangers qui pourroient vous menacer ? N'aurois-je plus le pouvoir de foutenir un digne ferviteur, un ami ? Oui, Strafford, c'eft un nom que

je vous donne avec plaifir. Hélas ! qui a plus befoin
que moi de l'amitié ? je fens qu'elle eft encore plus
néceffaire aux rois qu'aux autres hommes. Eft-ce à
vous à me quitter ? Auffi-tôt Strafford prenant une des
mains du roi , & l'arrofant de fes pleurs : — Sire ...
fire , je fuis trop payé de tout ce qui peut m'arriver de malheureux : mon roi daigne m'aimer !
je la mériterai , cette bienveillance , par un dévoue-
ment à toute épreuve ; ordonnez , fire , que j'aille
me jetter au milieu de mes perfécuteurs , & j'y
cours , puifque votre fervice l'exige. — Non ,
Strafford , je ne vous inviterois pas à vous préfenter
à la chambre , fi vous vous expofiez au moindre
rifque ; je vous le répète : vous êtes bien fûr de ma
protection , quand vous avez toute mon amitié ;
encore une fois , vous n'avez rien à redouter de la
part du parlement : « *je vous donne ma parole qu'il*
» *ne vous touchera point un cheveu de la téte* ».

Strafford fe retire au fein de fa famille ; la promeffe du roi ne l'avoit point raffuré : mais il lui étoit
fi attaché , que ce fentiment l'occupoit tout entier ;
il fembloit le confoler des coups qu'il prévoyoit
qu'une faction acharnée fe préparoit à lui porter.

Qu'il ne vous touchera point un cheveu de la téte , &c. Ce
font les propres expreffions de ce monarque.

Mes amis, difoit-il à fes enfans, peut-être on m'arrachera bientôt de votre fein ; je connais la rage de mes perfécuteurs : ce n'eft pas au parlement qu'elle s'adoucira. Ils vont communiquer leur feu à ces faibles inftruments qui fervent, fans le fçavoir, une cabale occupée de la perte du roi : voilà fur quelle image mes regards s'arrêtent en ce moment ; c'eft-là le malheur que je redoute. Mes chers enfants, n'oubliez jamais que votre père n'a vécu que pour fon roi & pour fa patrie. Hélas ! je leur pardonne à ces méchants, pourvu que leur fureur ne s'étende pas plus loin !

Enfuite Strafford reprenoit fa fermeté : cependant fes alarmes n'étoient pas fans fondement ; l'explofion de la mine qu'on apprêtoit depuis fi long-tems pour fa perte, fe fit dans la chambre des communes. Pym enfin éleva fa voix contre le comte ; il emploie d'abord les couleurs les plus noires, les déclamations les plus vives ; il perce d'une main adroite l'accufé, en prodiguant des éloges au roi ; il fe plaint qu'on a abufé de ce nom facré. Après avoir fait une

---

Qu'on apprêtoit depuis fi long-tems, &c. Rapin Thoyras nous dit « qu'il n'y a aucun doute que la perte du comte de » Strafford ne fût réfolue entre ceux qui dirigeoient les af» faires de la chambre des communes.

longue énumération des maux qui affligeoient le royaume, il dit « que parmi les auteurs de ce bouleverfement,
» il fe trouvoit un homme d'une grande capacité, &
» très-induftrieux à faire réuffir fes entreprifes, un
» homme que plufieurs de ceux qui étoient préfents,
» avoient vu prendre féance en cette chambre, comme
» vengeur des loix, & zélé défenfeur des libertés du
» peuple, mais qui, long-tems après, avoit changé
» fes bonnes intentions, & fuivant la coutume &
» la nature des apoftats, étoit devenu le plus
» dangereux ennemi des libertés de fa patrie, &
» le plus grand protecteur de la tyrannie qui eût
» paru dans les fiècles précédents ». A la fuite de
ce portrait affreux, eft nommé le comte de Strafford.
Pym continue fa violente diatribe ; il entre dans les
détails de la vie privée du miniftre, exagère fes
faibleffes, le repréfente, en un mot, fous des traits
fi odieux, qu'il éclate dans l'affemblée un mouvement univerfel de haine & d'indignation ; tout a
pris parti contre le malheureux Strafford ; il eft décidé, d'une même voix, qu'il fera *accufé du crime de
haute trahifon*. C'étoit-là le coup mortel qu'on avoit
préparé dans la nuit du filence & de la perfidie. Il n'y
eut que le lord Falkland qui tentât de s'oppofer à ce

Il n'y eut que le lord Falkland, &c. C'eft une vérité :

torrent : il fe lève avec dignité : —— Je fuis l'ennemi de
Strafford , vous le fçavez tous ; j'ai des raifons pour le
haïr, pour défirer même fa perte, fi je n'écoutoisque la
vengeance : mais je préférerai jufqu'au dernier foupir
l'équité à mes paffions , & il eft indigne d'un homme,
& d'un Anglais fur-tout , de céder au reffentiment
qui eft prefque toujours aveugle. Vous avez deffein
d'accufer le comte ? établiffez vos moyens avant
d'éclater ; qu'un examen bien difcuté vous donne
le droit de vous adreffer à la chambre des pairs ;
tel eft mon avis, & il doit être celui de ce comité ;
on ne peut attendre d'autre réfolution du fanc-
tuaire de la juftice. Ce peu de paroles fi fages,
prononcées avec modeftie & nobleffe, ne furent
point entendues. La voix de la raifon fe perdit au
milieu des rumeurs d'un troupeau de furieux, qui
n'étoient que trop déterminés à exécuter leur complot. Il eft donc réfolu, malgré Falkland , qu'on
» enverra auffi-tôt , à la chambre des pairs , *former*

Falkland étoit connu pour être l'ennemi du comte ; mais
il eut la nobleffe de prendre fon parti, au moment qu'il
alloit être malheureux, & il tint à peu près le difcours
qu'on met ici dans fa bouche,

» *l'accusation de haute trahison, & demander que le*
» *comte soit séquestré du conseil, & mis en sûre*
» *garde* ». C'est Pym lui-même qui est chargé du
message.

Depuis quelques jours, Strafford gardoit la chambre : sa santé étoit dérangée ; il sembloit qu'un pref-
sentiment secret l'avertît des revers qu'il alloit essuyer ;
toutes ses idées se tournoient vers des objets sombres
& sinistres ; il arrêtoit ses regards sur ses enfants,
& il s'attendrissoit jusqu'à laisser échapper des larmes ;
souvent il couroit se jetter dans les bras de son
frère, qu'il aimoit beaucoup, & au milieu de longs
soupirs, lui recommandoit sa famille.

Le comte apprend que les deux chambres sont
assemblées : malgré son indisposition, il se détermine
à se rendre à celle des pairs. Il y a quelques historiens qui prétendent que son dessein étoit d'y intenter une accusation contre le lord Say, que l'on
soupçonnoit avec assez de fondement, d'avoir excité
l'invasion des Ecossais. Quoi qu'il en soit, Strafford
entroit à peine dans la chambre, qu'il voit arriver
Pym avec un visage enflammé, qui paraissoit annoncer le sujet de sa visite ; il montre de la main
le comte, & s'adressant aux seigneurs : — « Mylords,

c'est

» c'eft au nom de toutes les communes d'Angleterre,
» que j'accufe le comte de Strafford du *crime de haute*
» *trahifon, de malverfation,* &c. En attendant que les
» preuves vous foient expofées, je demande qu'il foit
» féqueftré de tout confeil,& confié à une fûre garde ».

Auffi-tôt Pym fe retire ; le murmure qu'il a
fait naître, devient bientôt une clameur générale.
Le comte a quelque peine à cacher fon émotion ;
les feigneurs veulent le faire fortir de fa place : il
demande à être entendu, & ce n'eft pas fans diffi-
culté qu'il obtient cette efpèce de faveur. Mylords,
leur dit-il, vous refuferiez de m'écouter ! & depuis
quand feroit-il défendu à la voix de l'innocence de
s'élever parmi vous? Je vous l'avouerai: je fuis demeuré interdit à une accufation auffi étrange ! moi,
coupable de haute trahifon ! vous pourriez le croire?
Que l'envie ait cherché à me pourfuivre, qu'elle
s'irrite du bonheur que j'ai eu jufqu'ici de voir mes
fervices agréables au roi, & au peuple anglais :

Mes fervices agréables. L'adminiftration du comte de
Strafford, pendant huit ans en Irlande, auroit dû lui mériter plutôt des éloges, que la trifte deftinée qu'il éprouva.
Cette vafte contrée étoit couverte de fes bienfaits : le
parlement Irlandais groffit cependant le nombre de fes

ſes fureurs abſurdes ne m'étonneront pas ; mais
qu'elle parvienne à vous fermer les yeux ſur la juſtice
que vous me devez ; qu'elle vous faſſe épouſer des
haines obſcures & mépriſables ; qu'en un mot, elle
me défigure à vos regards , au point que vous voyez
en moi un traître : mylords, non , je n'ai point
à redouter une telle révolution de la part de la
chambre. Elle connaîtra la vérité ; elle comptera
tous mes pas ; ſi elle peut être ſuſceptible de quelque mouvement de jalouſie , qu'elle n'aime point
en moi le miniſtre , du-moins elle embraſſera ſa dé-
fenſe contre la brigue & la calomnie la plus atroce.

---

accuſateurs ; une telle ingratitude doit-elle étonner ? N'a-
t-on pas vu le cercueil de Colbert , inſulté par la populace pariſienne ? C'eſt le ſort des grands talents & des
grandes vertus. Il faut faire du bien aux hommes, malgré eux-mêmes, & ſur-tout n'en attendre aucune reconnaiſſance. Qui n'a point ces lumières , & qui n'eſt point
pénétré de ces ſentimens ſi déſintéreſſés , ne doit jamais
porter ſes vues ſur les grandes places ; ce ne ſont que les
petits emplois & les petits ſervices , qui quelquefois pro-
curent de la tranquillité , & acquièrent des amis. *L'animal
ingrat* : c'eſt l'épithète caractériſtique qu'on doit donner
à cette créature, qui , ſans la religion , ſeroit ſouvent au-
deſſous de la bête féroce.

Oui, mylords, c'eſt à votre équité que j'en appelle ;
voilà ce qui me raſſure contre toutes les craintes ;
c'eſt votre jugement que j'implore, & il ne peut
que faire éclater mon innocence. Je me flatte qu'on
n'attentera point à ma liberté, juſqu'au moment que
des preuves appuyent de fauſſes allégations. Con-
ſidérez, mylords, quelle atteinte vous porteriez vous-
mêmes à vos prérogatives, ſi vous ſouffriez qu'on
traînât un pair du royaume en priſon, & qu'il fût
dépoſſédé de ſa place dans les conſeils ; que devien-
droient vos droits, nos libertés, la juſtice ? Ce ſeroit
ſur une frivole accuſation que vous prononceriez ? Encore une fois, mylords, il ne s'agit point ici de ma
cauſe : c'eſt la vôtre, la vôtre que vous avez à ſoutenir,
à défendre en ce moment, & j'eſpère que vous ſerez
ſes dignes vengeurs.

Le comte ſort pour laiſſer la liberté de délibé-
rer : il eſt rappellé. De quel trait il eſt frappé ! on
lui ordonne de reſter à la barre, & à genoux ; c'eſt dans
cette ſituation, qu'il entend le garde du grand ſceau
lui déclarer qu'il étoit réſolu, « que lui, comte de
» Strafford, gouverneur d'Irlande, préſident du
» conſeil d'Yorck, &c. &c. ſeroit remis à la garde
» de *l'huiſſier à la verge noire*, pour y demeurer

» jufqu'à ce que la chambre des communes eût fourni
» les charges ou chefs d'accufation contre lui » : & fur
le champ l'huiffier s'en faifit. En même-temps on
fait entrer Pym., pour l'inftruire de ce que la chambre venoit de décider. L'archevêque de Cantorbery ,
le vertueux Lawd fut enveloppé dans la malheureufe
deftinée de Strafford ; il partagea l'injuftice de la
même accufation , & fut foumis aux mêmes revers.
Comme on craignoit que l'infortuné comte ne trouvât

Le vertueux Lawd. Ce digne prélat avoit des mœurs irréprochables , étoit fçavant, peut-être trop attaché à fes opinions ; fon zèle fe montra fouvent trop vif & trop in-
difcret ; il manquoit de cette fcience , fi néceffaire à
ceux qui rempliffent les places éminentes : il ne connaiffoit point *l'à-propos ;* fes vues étoient excellentes , mais il
ignoroit l'art de leur affocier la prudence, autre qualité que
tout perfonnage élevé ne doit jamais négliger : Lawd
parut fur-tout faire peu de cas des Puritains , & il les
brava ouvertement. En un mot , la méchanceté ne fça-
chant plus quelle accufation employer contre cet homme
refpectable , lui reprocha de *tendre au papifme.* Ces furieux
cachoient la véritable raifon qui les irritoit contre l'archevêque : il étoit attaché à fon maître , & témoignoit hautement fon indignation contre les ennemis de l'autorité
royale , & tous ceux qui prétendoient à *l'indépendance d'une
conftitution libre.*

quelques amis, on fe hâta de lui ravir les fecours
qui lui étoient affurés dans l'amitié courageufe du
chevalier George-Ratcliffe ; cet homme refpectable
fut mis au nombre des traîtres , ainfi que Strafford
& Lawd ; on l'alla chercher exprès en Irlande , &
il fut gardé à Londres fort étroitement.

C'eft ici que va fe développer , avec la méchanceté & l'on peut dire la rage de fes ennemis , toute
la grandeur d'ame du comte de Strafford. Voilà ce
fpectacle , qui , felon les anciens , méritoit de fixer
les regards attentifs des dieux : un grand homme
aux prifes avec le malheur , & fe débattant contre
une foule renaiffante de perfécuteurs acharnés à fa
perte. Son frère effaye de le confoler : mon ami ,
lui dit le comte , ce n'eft pas moi qu'il faut plaindre :
ce font ces forcenés qui fe difent les miniftres de la
juftice , les organes de la vérité , & qui trahiffent ouvertement l'une & l'autre ; ce font eux qui font
coupables de l'attentat de haute trahifon ; voilà les
perfides qui brûlent de voir les Ecoffais arborer ici
leurs drapeaux. J'entrevois des horreurs dont la nation rougira un jour ; mais foyez perfuadé que ces
tygres féroces qui ont foif de mon fang , ne fe con-
tenteront pas d'une victime. Au-refte , je fuis prêt à

V 3

les confondre ; je défie leur maligne fureur de me
trouver l'apparence d'un tort envers l'état. Ce que
j'ai fait , je le ferois encore. J'ai toujours été d'avis
qu'on punît rigoureusement les rebelles Ecossais , &
j'ai gémi du traité qu'on a eu la faiblesse de leur
accorder. Des sujets révoltés ne connaissent point
de bornes dans leurs prétentions , dès qu'on a pu
descendre jusqu'à ménager leur audace. J'ai condamné
hautement leurs demandes : si ce sont-là des crimes ;
je les ai commis sans doute , & je m'en glorifie.
Le roi ignore ce que c'est que le peuple : lui cède-
t-on d'un pas , il ne se lasse point de vous faire
reculer. Les Ecossais renverseront le trône , mon frère,
& le roi ; le roi ouvrira alors les yeux , mais il ne sera
plus tems : le torrent une fois débordé , il sera impossible de le retenir , & ils puniront Charles de sa bonté.

Rarement la méchanceté s'arrête-t-elle à un premier acte de barbarie ; on n'étoit point satisfait d'a-
voir éloigné le comte des conseils , & de l'avoir privé
de la liberté : il est conduit, malgré ses réclamations ,
à la tour , d'où il écrit au roi une longue lettre dans laquelle , entr'autres détails, il lui rappelloit sa promesse.

Sa promesse. Qu'on se rappelle la conversation de Charles
avec Strafford, page 308 , en un mot, la parole que ce
monarque lui avoit donnée.

Charles, qui ne s'attendoit point à ce coup
d'autorité de la part des communes, se livra,
dans les premiers moments, à une douleur légitime. Strafford lui étoit cher en qualité de favori,
& il avoit à craindre de perdre un miniftre éclairé
& utile. Il ne voit point la majefté du trône, le
peu de démarches que fon rang lui permettoit : il
n'attache les yeux que fur le péril éminent où fe
trouvoit un ferviteur zélé qu'il honoroit de fa confiance, & il ne s'occupe que du foin de l'en garantir.
Non, difoit-il à la reine, qu'on ne me parle point
de la grandeur fouveraine, de ce qu'elle exige.
Quand il s'agira de mes jours, je fçaurai mourir en
roi, plutôt que de m'abaiffer à la moindre complaifance qui bleffe ma dignité ; je dois tout entreprendre pour fauver un infortuné qui a mérité le
nom de mon ami ; fes ennemis font les miens,
madame, & ils cherchent à m'immoler dans la perfonne du comte. Il n'a commis d'autre crime que de
fervir mes intérêts, & de me vouer un attachement fans
réferve. Je l'abandonnerois à leur rage ! plutôt fouler
aux pieds la couronne, que de la conferver au prix d'une
femblable baffeffe ! Les rois font comme les autres
hommes, foumis aux loix de l'honnêteté. Nous feroit-

V 4

îl défendu d'avoir une ame fenfible ? & fans la fenfibi=
lité , que feroit le rang de monarque ? Je vais céder à
la néceffité : que j'arrache Strafford au danger qui
le menace , & je n'aurai rien à me reprocher.

Ce fouverain n'écouta en effet que le fentiment ;
quelque répugnance qu'il eût à fe défaifir de fes
droits , il ne fongea qu'à fauver le comte ; dans
ce deffein , il laiffe les communes maitreffes des
impofitions qu'il avoit levées jufqu'alors , fans l'aveu
du parlement ; il accorde des gratifications à ces
efprits turbulents qui dominent dans les confeils , &
entraînent les avis ; les places éminentes font abandonnées à des factieux que le monarque fe flattoit d'a-
doucir , comme fi l'envie & l'ambition n'étoient pas
des monftres qu'il eft impoffible d'apprivoifer.

On ne refpiroit que la perte de Strafford. Il fut
enfin convenu (dit Clarendon) *que l'on compofe-*
roit un crime de haute trahifon , d'une complication
de plufieurs actions répréhenfibles. Treize commiffaires
furent nommés pour la préparation des articles qui
devoient former le corps d'accufation. La chambre
Irlandaife des communes fe joignit à celle d'Angleterre , pour accabler le même homme dont elle
venoit de faire les plus grands éloges. Quelles hautes
eçons pour ces perfonnages élevés , qui croyent

aux careſſes de la fortune , & s'endorment ſur les viles
adulations de la flatterie !

Cet aſſemblage monſtrueux de perſécuteurs du
comte , voulut ſceller l'acte ſans-doute le plus inique
de l'appareil impoſant de la juſtice : on éleva des
ſièges dans la ſalle de Weſtminſter pour les deux
chambres ; d'un côté devoient ſe placer les accuſateurs , & de l'autre les juges. On avoit même eu
ſoin d'inviter l'orateur à la diſcuſſion de cette grande
affaire , dans la crainte que les pairs , moins échauffés
par la haine , ne fuſſent portés à traverſer les vues ,
ou plutôt le complot tramé par la chambre baſſe.
Une loge fermée , derrière le fauteuil de l'état , fut
deſtinée au roi & à la reine , il y avoit lieu d'eſpérer
qu'ils aſſiſteroient à ces ſéances. On avoit eu ſoin
ſur-tout de fermer au comte tous les chemins qui
pouvoient le conduire à ſe procurer quelque appui ;
ceux qui faiſoient voir la moindre apparence de ſe
déclarer en ſa faveur , furent écartés ſans aucun ménagement ; les évêques ſe retirerent , pour ne point
participer à cette ſorte de conſpiration : car ces prétendus juges reſſembloient moins à des miniſtres de
la juſtice, qu'à une troupe de farouches conjurés :
mais cet abandon que les prélats faiſoient de leurs
priviléges , décèle aſſez leur faibleſſe condamnable ;

la fermeté eſt la baſe de la vertu : & qui ne ſçait pas défendre & appuyer hautement l'innocence op-primée , diffère peu de l'auteur de ſa ruine.

Strafford , dans la tour, conſervoit cette noble ſécurité qu'il avoit montrée au milieu des combats. Si des marques de ſenſibilité lui échappoient, c'étoit ſur ſon maître , dont il ſembloit préſager la funeſte deſtinée ; c'étoit Ratcliffe qui partageoit auſſi ſon at-tendriſſement. Je n'avois qu'un ami , s'écrioit-il en préſence de ſon frère , qui eût dépoſé pour moi la vérité , qui eût confondu l'ingratitude de ces Irlan-dais que j'ai comblés de biens , & la contagion de

De ces Irlandois que j'ai comblés de biens. Ecoutons Hume : « Son adminiſtration dans le gouvernement d'Irlande , n'avoit eu d'autre règle que l'intérêt de ſon maître & celui des peuples commis à ſes ſoins ; il avoit payé de groſſes dettes , & laiſſé une ſomme conſidérable à l'échi-quier. Les revenus du royaume , qui n'avoient répondu jamais , avant lui , aux charges du gouvernement , s'y trouvoient en égale proportion. Une petite armée qu'il avoit trouvée ſur pied , mais ſans ordre , fut accrue & gou-vernée avec la plus exacte diſcipline. Ce fut par ſes ſoins que l'induſtrie & tous les arts de la paix furent intro-duits dans l'Irlande , pays encore ſauvage ; la marine du royaume fut augmentée au centuple , les droits de

mon malheur s'étend fur lui ! on me prive de fon
témoignage ! il eft la victime de cette amitié courageufe qui l'appelloit à mon fecours ! Hélas ! voilà
le coup dont on a fçu percer mon cœur ! Mon ami,
pourfuivoit-il, en embraflant fon frère, je laiffe en
vous un père à mes enfants ; qu'ils ne s'attachent
point à venger ma mort; car je ne doute pas que les
cruels n'attentent à ma vie ; mais qu'ils héritent de
mon ardeur à fervir le roi & l'état ! qu'ils fe gar-
dent de cet efprit de parti, qui, toujours conduit à
des excès criminels, abrutit la raifon, & endurcit
le cœur ! Si les Anglais ont le courage & la mâle
façon de penfer de ces fiers républicains, de ces
Grecs qui font encore l'objet de notre admiration,
ils en ont auffi la légéreté & l'ingratitude. C'eft l'abus
de la liberté, qui produit ces égarements honteux,
& fouvent la chûte d'un empire en eft le terme.
Mon frère, ils ont foif de mon fang : ils s'en ab-

» douane triplés, la valeur des marchandifes du pays por-
» tée au double de celles du dehors; les manufactures,
» fur-tout celles de toiles, établies, encouragées ; l'agricul-
» ture avancée par l'établiffement des colonies Anglaifes
» & Ecoffaifes : la religion proteftante enfin étendue, fans
» employer la perfécution contre les catholiques ».

breuveront jusqu'à la dernière goutte : mais je ne puis avec la même résignation , envisager l'état déplorable où sera réduite ma famille : on me poursuivra, on m'accablera encore dans ces misérables restes d'une maison dont je me flattois d'avoir augmenté l'éclat. Ah ! mon cher frère , qu'est-ce que la cour ? qu'est-ce que la grandeur ? Serois-je ici , si je fusse demeuré dans cette médiocrité honorable dont s'enorgueillit l'homme sensé ? Où nous conduit l'ambition? compter sur la faveur des rois ! Mon ami , rappellez-vous la promesse de notre monarque : les trames du parlement ne devoient pas m'inspirer la moindre appréhension , & je suis au nombre de ces illustres infortunés , qui ont fait retentir ces lieux de leurs gémissements! Vous n'ignorez pas où l'on va , au sortir de la tour ? A l'échafaud , à l'échafaud , mon frère ! Qu'ai-je dit ? Etoit-ce-là où je devois finir mes jours ? Peuple ingrat ! voilà la récompense que tu me réservois ! ah ! mon maître ! ah ! mon ami ! vous serez déchiré par ces tygres... Mon frère , mon frère , je cède à des mouvements qui m'emportent ; c'est l'homme qui s'épanche dans votre sein , & je touche , il faut oser l'avouer , à la plus cruelle épreuve de l'humanité...Je la soutiendrai , je la soutiendrai : croyez-

en ma parole ; votre frère fera digne de vous jufqu'au dernier foupir.

C'eſt ainſi que le malheureux comte abandonnoit
ſon ame aux divers orages qui l'affailloient ; mais
quelle épreuve bien plus forte pour ſa ſenſibilité,
quand la porte de la priſon s'ouvre , & lui laiſſe
voir ſes deux enfants qui accourent dans ſes bras !
Il ne les avoit point vus depuis qu'il étoit renfermé
à la tour ; ſa fermeté le quitte entièrement à cet
aſpect , il ne peut que les ſerrer contre ſon ſein :
—— Mon frère , voici ce qui m'arrachera des larmes !
& auſſi-tôt il laiſſe échapper quelques pleurs. Vous
pleurez , mon père ! s'écrient à la fois ces innocentes créatures , comme frappées d'un ſpectacle qui ne
leur étoit pas familier. —— Oui , mes amis , oui ,
mes enfants , c'eſt pour vous , c'eſt pour vous ...
que je ne ſuis plus qu'un infortuné , livré à toute la
tendreſſe , à toutes les craintes de l'amour paternel.
Ah ! quels objets , mon frère ! on ne triomphe pas
de la nature. (Strafford reprend tour-à-tour ſes enfants dans ſes bras , les couvre de baiſers). Jamais ,
mon frère , jamais ils ne me furent plus chers ! .. fau-
droit-il que j'en fuſſe ſéparé ? ... Mes amis , avez-
vous vu le roi ? Ils lui apprennent qu'il les a ap-

pellés auprès de lui, qu'il les a comblés de ses caresses ; ils se ressouviennent même que ce bon prince
leur a dit : vous reverrez bientôt votre père, il n'a
rien à appréhender ; si vous le voyez, ne manquez
pas de l'assurer qu'il peut compter sur l'attachement
de son ami, & que je ne l'abandonnerai point. Ces
expressions rendues avec la naïveté de l'enfance,
font ressentir au comte une sorte de joie : —— Quel
monarque nous avons ! ils ne le connaissent pas, ces
furieux toujours aveuglés & toujours mal dirigés !
il est père : il se pénètre de ma situation. Mes amis,
(continue-t-il, s'adressant à ses enfants) songez à bien
l'aimer ce monarque adorable ; s'il est nécessaire,
disputez-vous l'honneur de lui sacrifier votre vie. Un
bon roi est l'image de Dieu sur la terre, & Dieu
ne sçauroit être trop aimé.

On vient arracher Strafford à sa prison, pour le
conduire à la barre, dans la salle de Westminster. Il
demande que son frère, & ses enfants l'accompagnent ;
il sort donc entouré de sa famille, & jouissant de cette
tranquillité, qui est le partage heureux de l'innocence,
& que rien sur la terre, ne peut lui ravir. Au milieu
de la salle, étoient assis les pairs en robe ; aux deux
côtés, la chambre des communes, les commissaires

d'Ecoffe, le comité d'Irlande, & un nombre infini
de perfonnes de diftinction. Le roi fe trouva auffi
dans ce cabinet qu'on lui avoit préparé ; il avoit
imaginé que fa préfence détourneroit les coups ; &
ce fut peut-être une des armes les plus puiffantes
qu'on employa dans la fuite, pour décider la perte
de fon miniftre. On obfervera que la place du garde
du grand fceau, qui étoit indifpofé, fut remplie par
le comte d'Arondel, ennemi déclaré de Strafford.
Tout dans cette affaire manifeftoit l'injuftice la plus
révoltante : tant les paffions humaines font incapa-
bles de fe déguifer !

A l'afpect de Strafford, fuivi de fon frère & de fes
enfants, il s'élève un bruit fourd ; la nature, à laquelle on n'en impofe jamais, exerce fes droits ab-
folus fur cette affemblée, jufques fur les ennemis
du comte ; leur cœur ne peut fe fermer à un trait
fubit de pitié & d'attendriffement : mais la vengeance
& la haine font inflexibles, & elles ont bientôt repris leur empire. D'abord on fait la lecture des charges. Le fougueux Pym, felon fa coutume, fe livre
aux déclamations, aux invectives ; il commence par
traiter Strafford de *méchant & d'impie*. Un avocat,
membre de la chambre des communes, enchérit fur

ces expreſſions groſſières & emportées ; il prêta aux prétendues preuves, toute l'âcreté d'une bile viru-lente ; il entaſſa outrages ſur outrages, calomnies ſur calomnies; & ce qu'il y auroit de plus étonnant en-core pour quelqu'un qui ne connaîtroit pas la méchan-ceté du cœur humain, l'aſſemblée applaudit à ce flux de menſonges atroces & d'horreurs, où n'é-chappoit pas une ſeule lueur de conviction & d'é-loquence. Il arriva ce qu'en ſemblable occaſion on doit toujours attendre : un certain Palmer parla avec ſageſſe & raiſon, & loin d'être écouté, il perdit, depuis cette époque, la conſidération que ſes ta-lents & ſa conduite irréprochable lui avoient acquiſe.

Il faut lire dans Clarendon & dans Rapin Thoyras, tous les chefs d'accuſation qui furent produits contre

---

Il faut lire dans Clarendon & Rapin Thoyras. On peut voir par l'exemple ſuivant, combien l'eſprit qui dirige les corps, eſt ſouvent infecté de la partialité & de l'im-poſture : on reprochoit, entr'autres chefs d'accuſation, au malheureux Strafford d'avoir dit : » que le parlement » avoit abandonné le roi, & qu'en refuſant de l'aſſiſter, » il l'avoit mis en droit de pourvoir lui-même à ſes be-» ſoins par d'autres moyens ». Et n'étoit-ce pas une vérité auſſi claire que le jour : Qu'on liſe l'hiſtoire de l'infortuné

le

le malheureux Strafford. Ils étoient au nombre de vingt-huit : on ne sçait qui domine le plus dans ces imputations, de la rage ou de la stupidité ; le seul résultat qu'on en puisse tirer, est une vérité convaincante, qu'il n'y a point de créature plus malfaisante & plus privée même de l'instinct que l'homme, lorsqu'il est abandonné à la violence de ses passions. Ces articles tendoient à établir en général, que le comte de Strafford avoit tenté de renverser les loix fondamentales de l'état, & d'élever un pouvoir arbitraire (ce sont là-les grandes images que l'on présente aux Anglais, lorsqu'on veut les déchaîner contre la cour, & les entraîner à tous les transports frénétiques, qu'ils appellent *l'amour de la liberté*); on porta le flambeau le plus sévère sur sa conduite,

Charles Ier : n'y voit-on pas une révolte éternelle du parlement, contre son souverain ? ne sont-ce pas ses sourdes menées, ses cabales renaissantes, ses mutineries sans fin qui ont conduit ce monarque sur l'échafaud ? En un mot, on sent à la lecture de chaque article, que ce qui causa la perte du comte de Strafford, fut sa fidélité & son amour pour son maître. Pour juger de toute la méchanceté des hommes, & en même temps de leur extravagance, ou plutôt de ce qu'en Anglais on appelle *non sens*, il faut les considérer réunis en société, &c.

en qualité de préfident du confeil d'York, de gouverneur d'Irlande & de commandant des troupes
en Angleterre. Cette inquifition fut pouffée jufqu'à
la recherche la plus minutieufe & la plus méprifable;
on rapporta des expreffions, des mots; on en in-
terpréta, on en tourmenta le fens; on alla fouiller
dans ces faibleffes fi paffagères, qu'oublient même
ceux à qui elles font échappées. Il n'y a perfonne
fur la terre, qui puiffe foutenir impunément un femblable examen. Enfin on travailloit de toutes fes
forces à former de tant de parties fi peu liées, un
enfemble qui compofât, fuivant le fyftême qu'on
s'étoit prefcrit, *le crime de haute trahifon.*

Qui puiffe foutenir impunément un femblable examen. Clarendon eft bien de ce fentiment. « On ne confidéra point,
» dit-il, qu'une telle inquifition étoit contraire à la pra-
» tique qui s'étoit toujours obfervée, que fi l'on fe don-
» noit la liberté d'examiner toute la vie de chacun en
» particulier, il feroit facile de préparer des charges contre
» les perfonnes du monde les plus innocentes, & qu'un
» artificieux & diligent perfécuteur pourroit tordre &
» pervertir les difcours familiers les plus indifférents, &
» en faire telle application qu'il voudroit ».

Suivant le fyftême de fcélératesse qu'on s'étoit prefcrit. « Il
» fut accufé de haute trahifon, (c'eft Rapin Thoyras qui

Tous ces poisons furent versés à grands flots & jusqu'au dégoût : Strafford se prépare à répondre ; il expose
d'abord un maintien noble & modeste, qui auroit dû
prévenir en sa faveur. On remarquera qu'il n'eût qu'un
instant pour se recueillir, & pour détruire un édifice
d'accusation qui avoit coûté plus de quatre mois
de travail à ses ardents persécuteurs. Toute l'assemblée attache sur lui les yeux ; on est avide de l'entendre ; ce grand homme se lève : un silence profond succède à un murmure général, & c'est ainsi

» parle) non que dans le peu de temps qui s'étoit écoulé
» depuis l'ouverture du parlement, les communes pussent
» avoir aucune certitude qu'il étoit coupable de ce crime,
» mais sur une *certaine notoriété publique*, & sur la conviction
» intérieure de la plupart des membres. Après que, sur
» cette accusation, le comte eût été envoyé à la tour,
» la chambre chercha les articles sur lesquels elle devoit
» fonder son accusation, & quand ils eurent été portés
» aux seigneurs, on chercha des preuves pour les appuyer ».
Singulière façon d'intenter un procès criminel ! & c'étoit
dans une des premières capitales, à Londres, que se passoit
cette scène, aussi barbare que ridicule, & non chez les Hot-
tentots ! c'étoit au sein d'une nation philosophe, que quelques-uns de nos écrivains enthousiastes nous offrent pour
modèle de législation & d'équité ! *ó cæcas hominum mentes !*

X 2

qu'il repouſſe la foule de traits dont il vient d'être accablé :

» MYLORDS,

» Je chercherai à me rappeller, autant qu'il me ſera
» poſſible, les plus odieuſes imputations dont on
» me charge, afin de les combattre & de les dé-
» truire ſucceſſivement. Avant que d'entrer dans
» ces détails ſi ſenſibles pour un homme qui n'a rien
» à ſe reprocher, on me permettra une obſervation :
» il faut qu'on ſoit convaincu que l'innocence a
» bien des reſſources, puiſqu'on ne m'a laiſſé à
» peine qu'un quart-d'heure pour repouſſer & ren-
» verſer cette maſſe énorme de machinations, qu'on
» a employé plus de quatre mois à former & à
» élever contre moi ; je vois trop que le projet eſt
» de m'en accabler : mais la vérité, mais le ciel qui
» eſt ſon appui & ſon vengeur, me ſoutiendront,
» & j'entre avec ce bouclier dans une lice où tout

Qu'un quart-d'heure. Le comte, en-effet, avant qu'il fût
conduit à la barre, ignoroit totalement quelles charges
& quelles preuves on produiroit contre lui. Rien de
plus vrai qu'il n'eût que très-peu de temps pour ſe recueillir, (liſez Clarendon.) D'ailleurs on s'eſt conformé exactement pour le fonds, au diſcours de Strafford, que le
même auteur nous a conſervé.

» me préfente une ruine inévitable. Je répondrai
» donc, MYLORDS, comme je vous en ai pré-
» venus, auffi exactement que ma mémoire pourra
» me fervir, article par article ; & mon cœur eft
» plein de mes moyens de défenfe : il brûle de
» s'épancher.

   » On veut fans doute, que je me débatte contre
» le fer qui fe lève pour m'égorger ; j'aime à croire,
» MYLORDS, qu'on ne demande pas à immoler la
» victime de fang-froid, qu'on accorde du-moins
» au facrifice cet appareil qui en diminue l'horreur
» aux yeux indifférents, qu'en un mot, il y a en-
» core quelque fentiment de pudeur dans ces ames
» affamées de ma perte : oui, elles s'efforceront de
» couvrir l'abyme où elles m'entraînent, du voile
» impofant de la juftice. Et comment la concilier
» cette juftice, avec l'iniquité fcandaleufe qui me
» pourfuit, qui me preffe, qui m'enveloppe de tous
» fes rets artificieux ? Eft-ce la juftice, MYLORDS,
» qui a dicté cet ordre tyrannique du comité, de
» faifir, de m'enlever tous mes papiers d'où for-
» tiroient la conviction, le jour de la vérité, ce
» jour terrible qui confondroit mes accufateurs, &
» feroit briller mon innocence ; je m'occupois du

X 3

» foin de fervir l'état, de vous fervir, tandis que dans
» la nuit du complot & de la perfidie, on prépa-
» roit ces charges, l'ouvrage de la méchanceté la
» plus réfléchie & la plus noire? Eft-ce la juftice qui a
» dévoré ma fortune, tous mes biens, qui m'en a dif-
» puté jufqu'aux moindres débris, qui m'a jetté dans
» une prifon, qui s'y repaît du fpeétacle affreux
» de ma mifere? Oui, MYLORDS, de ma mifere,
» je ne rougis pas de vous le dire; à peine ils m'ont
» laiffé de quoi fubfifter... quelques perfonnes ici
» me témoignent de l'émotion... la haine aétive
» n'en eft pas demeurée à ces aétes de barbarie :
» tous ceux en Irlande, qu'on a foupçonnés feule-
» ment de pouvoir dépofer en ma faveur, fe font
» vus attaqués, condamnés, plongés dans les ca-
» chots, couverts de cette flétriffure dont on afpire

Qui a dévoré ma fortune. Ne perdons point de vue le grand
chancelier, voici ce qu'il nous dit au fujet du comte : « Il
» fe plaignit que par un ordre du comité, qui avoit préparé
» les charges contre lui, on avoit faifi & enlevé tous
» fes papiers qui prouveroient fon innocence, qu'en vertu
» du même ordre, on avoit faifi pareillement tous fes
» biens, fes meubles, fa vaiffelle d'argent, en-forte qu'il
» *n'avoit pas de quoi fubfifter* dans la prifon, &c. »

» à me fouiller , accufés enfin du *crime de haute*
» *trahifon* , cat voilà le phantôme qu'on préfente
» au peuple Anglais pour l'irriter contre nous ,
» & légitimer notre perte ; le vertueux Ratcliffe ,

Du crime de haute trahifon. Rapin Thoyras , qu'on ne fçauroit foupçonner d'avoir voulu favorifer Strafford , eft le
premier à convenir , « que l'accufation ne portant que
» fur la prétendue intention du comte , d'avoir afpiré à
» renverfer les loix fondamentales du royaume , la plus
» grande partie des crimes dont il étoit accufé , ne pou-
» voient être regardés comme des crimes de *trahifon* , qu'en
» fuppofant cette intention ». Hume vient à l'appui de Rapin : » quoique le comité , dit-il , qui rédigea les chefs
» d'accufation , y eût employé quatre mois entiers , & que
» toutes les réponfes du comte fuffent faites fur le champ ,
» il fuffit de les comparer , pour reconnaître qu'il étoit
» innocent du crime de *trahifon* , dont on n'apperçoit
» pas même l'ombre , & que fa conduite , en paffant fur
» les infirmités humaines expofées à de fi févères obfer-
» vations , étoit fans reproches , & méritoit même des
» éloges ». On ne peut trop s'arrêter fur cette monftrueufe
accufation : elle prouve bien à quel excès fe porte la méchanceté humaine , & en même temps elle fait voir la
baffeffe & l'abfurdité de fes moyens. Le crime feroit-il
toujours accompagné d'une forte de mal-adreffe qui le
trahit ?

X 4.

» vous le connaissez tous , osoit se déclarer mon
» ami, & aussi-tôt on l'a puni d'une si noble fermeté;
» ce gentilhomme , d'une vie irréprochable , a reçu
» le traitement d'un vil criminel ; on s'est hâté d'é-
» touffer le cri de son ame soulevée d'une juste in-
» dignation , & impatiente d'éclater & de me justi-
» fier. Et c'est ainsi que les ministres des loix les
» font agir avec cette impartialité dont elles doivent
» être animées ! des loix ! ils ne les ont jamais con-
» nues ! C'est à leurs passions honteuses qu'ils sacri-
» fient ! voilà l'esprit qui les conduit , qui les dirige !
» Ils ont eu le front d'avancer, qu'en Irlande , j'a-
» vois passé les limites du pouvoir que me donnoit
» ma commission. Qu'on m'oppose l'exemple de
» mes prédécesseurs : je me suis fait un devoir scru-
» puleux de marcher sur leurs traces ; je les ai suivies
» pas à pas. On m'avilit , en me représentant comme
» un exacteur avide , engraissé des dépouilles d'un
» royaume confié à mon administration ! MYLORDS,
» transportez-vous dans ces contrées ; allez , allez
» contempler ces campagnes , qui n'étoient que des
» landes sauvages , abandonnées aux bêtes féroces :

Des landes sauvages. L'agriculture en Irlande , eut des
obligations immortelles à Strafford. Nous avons rapporté
ce que Hume dit à ce sujet.

» l'abondance dont elles font couvertes , répondra
» à mes ardents perfécuteurs ; prenez ma défenfe,
» parlez , hommes refpectables , que n'a point encore
» infectés la contagion des villes : dites comment
» je vous ai arrachés à cette glèbe ingrate , que vous
» n'arrofiez que de fueurs ftériles , que vous trem-
» piez de vos larmes , comment de fécondes moif-
» fons ont , par mes foins , payé vos travaux ; que
» vos femmes , que vos enfants élèvent la voix !
» n'ai-je pas répandu fur vous d'utiles largeffes ?
» n'ai-je pas ranimé vos manufactures languiffantes?
» ne me devez-vous pas tous les fruits d'une heu-
» reufe induftrie ? qui a étendu votre commerce ,
» augmenté votre marine ? Terre enfin fi inculte
» jufqu'à moi, qui t'a rendu la vie , changé tes dé-
» ferts en des cités floriffantes ? qui t'a fait connaître
» le véritable efprit de la religion , ennemie de l'inhu-
» manité , de l'horrible fanatifme , du délire perfécu-

Le véritable efprit de la religion. Strafford , effectivement ,
introduifit en Irlande , dans la religion proteftante , cet
efprit de douceur qui doit être la première bafe de toute
religion : on perfécuta moins les catholiques , & il régna
moins d'inimitié entr'eux & le parti oppofé.

» teur ?.. MYLORDS, que mes lâches accusateurs
» courent dans ce pays ; ils n'auront qu'à ouvrir
» les yeux , & ils me jugeront. Ils s'écrient que j'ai
» traîné Mountnoris aux pieds de l'échafaud : ce sont
» les loix , c'est la cour martiale qui avoit prononcé
» sur son sort , & non la voix du gouverneur ; je me
» hâtai de le dérober à sa sentence ; j'intercédai le
» roi en sa faveur , & c'est à ma prière qu'il obtint
» sa grace ».

On passe sur une infinité d'articles trop longs
pour être rapportés ici , auxquels Strafford répondit
avec la même liberté d'esprit , & le même courage.
Venons au grand chef d'accusation : c'est à cet endroit que l'ame du comte parut ramasser toutes
ses forces , & se soulever avec une noble vigueur :
« Je crois , MYLORDS , avoir fait rentrer dans les
» ténèbres toutes ces vapeurs malignes , dont la mé-
» chanceté de mes ennemis vouloit me couvrir.

Mountnouris. Le lord Mountnoris avoit , dans un repas ,
tenu des propos offensants , sur le compte de Strafford ;
depuis on l'avoit accusé d'avoir excité une sédition contre son général : la cour martiale lui fit son procès , & il
auroit perdu la vie , si Strafford n'avoit eu recours pour
lui à la clémence royale.

» Je fuis arrivé au moment le plus terrible de l'at-
» taque , où l'on m'oppofe un géant pour m'écrafer.
» Mon indignation, ma fureur, ont peine à fe contrain-
» dre : moi , coupable *du crime de haute trahifon !*
» C'eft ainfi qu'on appelle le projet infenfé qu'on
» me fuppofe , de *renverfer les loix fondamentales*
» *du royaume, & d'établir le pouvoir arbitraire.* An-
» glais , l'avez-vous pu imaginer ? c'eft fur une dé-
» lation méprifable que cette monftrueufe inculpa-
» tion s'appuie ! Ouvrez votre livre des loix : vous
» y verrez qu'un témoin ne fuffit pas pour perdre
» un accufé. Et quel témoin fert la rage de l'envie
» & de la vengeance? d'après quelle dépofition m'ont-
» elles prêté le deffein le plus abominable que puiffe
» concevoir un Anglais ? J'ofe en appeller au fou-
» verain lui-même : ne m'a-t-il pas fouvent entendu
» répéter ces paroles : *que fi la néceffité impérieufe*
» *obligeoit quelquefois le monarque de donner atteinte*

Ouvrez votre livre des loix. Selon un ftatut d'Édouard VI,
perfonne ne peut être accufé ni condamné , que fur la dépofition de deux témoins irréprochables & dignes de foi,
produits en préfence de l'accufé , à moins qu'il ne s'avoue
coupable , &c.

» à la loi, cette forte d'offenfe devoit être accompa-
» gnée d'un extrême ménagement, & qu'auffi-tôt qu'il
» étoit poffible, il falloit s'occuper d'une jufte ré-
» paration pour tout ce que la loi avoit fouffert de
» cette efpèce d'exemple contagieux : tels ont tou-
» jours été mon efprit & mes difcours. Vous avez
» oublié que j'ai été un des plus zélés foutiens de
» la conftitution Anglaife. Combien de fois ces
» voûtes ont-elles retenti de mes accents patrioti-
» ques en faveur de nos libertés ? combien de fois
» me fuis-je expofé au reffentiment du trône ?
» Mais je l'avouerai avec la même affurance, devant
» l'Angleterre raffemblée : la confervation de vos
» droits vous emporte, vous égare, vous rend aveu-
» gles fur vos devoirs, injuftes, inhumains ; vous
» outragez à la fois l'état & le roi, car l'un & l'autre
» ne doivent point être féparés, fi vous voulez gar-

Ne doivent point être féparés. Hume nous dit ces mots,
qu'on ne doit pas oublier, quand il s'agit de la conftitution anglaife : « Deux noms auffi facrés que ceux du roi
» & du parlement, étant une fois en oppofition, on ne
» s'étonnera point que le peuple fût agité par les factions
» & les animofités les plus violentes ». C'eft bien-là la fource
des malheurs du chef & de la nation, & on applaudiroit
à une telle conftitution ! elle ne feroit pas vicieufe ! &c.

» der un heureux équilibre, & servir de modèles aux
» autres nations. Vous armez contre le souverain
» toute l'audace, toute la fureur de sectes intolé-
» rantes & méprisables ! Sans doute j'ai pris quel-
» quefois la liberté de blâmer sa bonté excessive :
» elle lui causera une foule de chagrins, & plaise
» au ciel, qu'il n'en éprouve pas des suites plus
» cruelles ; que vous-mêmes, MYLORDS, ne soyez
» exposés à ces révolutions, qui amènent néces-
» sairement un déluge de calamités, & souvent le

De sectes intolérantes & méprisables. Il n'est pas possible de
lire à la fois, sans mépris & sans indignation, tous les détails qui concernent ces fanatiques, les seuls auteurs de
la perte de Charles I_{er}, & qui ont pensé détruire à jamais
l'Angleterre ; il faut gémir sur la misérable faiblesse de l'esprit humain, quand on le voit égaré à ce point, par le
délire de la superstition. Croiroit-on que ces excès furent
portés, dans la suite, jusqu'à exiger de Charles II, une
déclaration par laquelle il reconnaîtroit hautement « que
» son père avoit péché en prenant femme dans une fa-
» mille idolâtre, & que le sang versé dans les dernières
» guerres lui devoit être imputé » » Oser proposer à un
fils un tel acte ! il n'y a que des foux qu'on envoye à
Bedlam, ou des forcenés qui soient capables d'une semblable atrocité.

» renverfement de l'empire ! eft-ce-là vouloir *intro-*
» *duire le pouvoir arbitraire, entreprendre d'anéantir*
» *les loix fondamentales ?* & lorfque les preuves fe
» refufent, c'eft mon *intention* qu'on prétend accu-
» fer ! Voilà, MYLORDS, un crime d'un nouveau
» genre; je me fuppofe affez ennemi de mon pays,
» & de l'honneur pour avoir conçu cet infernal
» projet : depuis quand l'intention peut-elle rendre
» un homme coupable de *trahifon ?* Cette fingula-
» rité, auffi abfurde que monftrueufe, fe trouve-
» t-elle dans le fameux ftatut d'Edouard III ? Il vau-
» droit bien mieux être fans loi, & nous foumettre
» à la volonté abfolue d'un maître, que d'imaginer
» de femblables procédures. MYLORDS, fi vous
» êtes jaloux, comme je n'en doute pas, de pour-
» voir à la fûreté du royaume, à votre fûreté pro-
» pre, à celle de vos enfants, hâtez-vous de dé-
» vouer aux flammes ce prétendu code, fi étranger
» pour l'humanité, pour la raifon, qui renferme tou-
» tes les interprétations de la trahifon arbitraire;
» c'eft-là le labyrinthe affreux où s'égarent les loix;
» quoi! elles ne chercheroient qu'à trouver, qu'à égor-
» ger des victimes! rejettons ces actes fanglants, reftes
» gothiques de la barbarie de nos pères, laiffons-

» les enfevelis dans la poudre qui les dévore. Prenez
» garde, MYLORDS, que je ne fois un malheu-
» reux exemple qui entraîne votre perte & celle
» de nos libertés. Une parole imprudente, une action
» échappée à une vivacité peu réfléchie, fuffiront
» pour exercer la calomnie, fi ingénieufe à trouver
» des crimes ! & alors, qui pourra, fans crainte,
» fe repofer fur fon innocence ? Le foupçon viendra
» jetter l'alarme au fein des familles ; plus de for-
» tunes, plus de vies qui foyent affurées ; regardez,
» contemplez les inconvénients fans nombre, les dé-
» fordres où tombent un gouvernement en proie à de
» telles machinations. Je le répète, MYLORDS,
» c'eft fur vous-mêmes que vous allez décider ; j'ofe
» vous interroger : quel eft le citoyen qui voudra fe
» charger de veiller à l'adminiftration, fi elle eft
» hériffée de tant d'obftacles difficiles à furmonter ?
» quel eft le miniftre qui prendra dans fes mains
» le timon de l'état, quand il courra les rifques
» de voir fa conduite *pefée grain à grain*, & fes

Pefée grain à grain. Ce font les propres expreffions du comte.
Toute la fin de ce difcours eft, à peu de chofe près, emprun-
tée de l'original. C'eft ainfi qu'un préfident du comité, qui
dirigeoit l'accufation, nous repréfente Strafford : « jamais

» actions les plus innocentes ou les plus sages, fou-
» mises à une interprétation perfide & calomnieuse?
» Personne, personne ne se présentera pour remplir
» une place si dangereuse; tout ce qu'il y a de gens
» d'honneur & éclairés , fuiront cet écueil couvert
» de mon naufrage , & la foule de maux qui naissent
» de l'anarchie, inondera ce pays comme une mer
» débordée , qu'il ne sera plus possible de faire ren-
» trer dans ses limites.

» J'ai peut-être , MYLORDS, passé les bornes
» d'une défense dont je croyois n'avoir jamais be-
» soin : mais l'idée que l'Angleterre , que toute
» l'Europe a les yeux attachés sur moi, qu'on est dans
» l'attente du moment où je serai envisagé comme
» innocent , ou comme criminel, voilà ce qui me trou-
» ble. A l'égard de ce qu'on doit penser de moi ,
» la voix de ma conscience me suffit , pour me ras-

» homme ne joua un tel rôle sur un tel théâtre , avec plus
» de sagesse , de constance , d'éloquence , avec plus de
» raison , de jugement & de modération , & même avec
» plus de grace dans son discours & dans sa contenance , que
» ce grand & excellent personnage : aussi toucha-t-il de
» remords & de pitié les cœurs de tous les assistans à l'ex-
» ception d'un petit nombre, &c. »

» sures

» futer contre toute efpèce de crainte ; j'emporteraï
» au tombeau , malgré mes ennemis , mon eftime ,
» ma tranquillité : mais je laiffe des enfants , des en-
» fants… MYLORDS, il y en a parmi vous , fans
» doute , qui font pères : ils me pardonneront cet
» intérêt , ces larmes … chers enfants ! qu'on me
» permette de me jetter dans vos bras… la flétrif-
» fure imprimée à ma mémoire rejailliroit fur vous !
» je vous aurois donné la vie pour vous fouiller du
» déshonneur !.. Ah ! MYLORDS, voilà le coup
» que je ne pourrai fupporter ! Sans ces infortunées
» créatures, j'attendrois avec réfignation l'arrêt qui
» va fortir de votre bouche. Mon ame a déja quitté
» la terre ; tous ces fonges de grandeur , de for-
» tune , de gloire , fe font perdus à mes yeux ; j'en-
» tre dans l'immenfe carrière de l'éternité , & que
» votre fentence me foit favorable ou funefte , je
» n'en ferai pas moins pénétré de reconnaiffance
» pour l'Être Suprême , qui eft le premier juge ,
» le premier défenfeur, l'unique objet que j'envifage;
» je ne vois plus que Dieu. MYLORDS, pro-
» noncez ».

Ce difcours de Strafford lui gagna prefque toute
l'affemblée ; on convint qu'on ne pouvoit fe dé-

fendre avec plus d'habileté & de modération ; les seigneurs laiſſoient entrevoir qu'ils penchoient à l'abſoudre. Dix-ſept jours entiers furent employés à l'inſtruction de cet important procès ; le comte répondit toujours avec une réſerve qui déconcertoit ſes accuſateurs ; il ménagea dans ſes plaintes les communes, la nation Ecoſſaiſe & le parlement d'Irlande.

La chambre baſſe enfin déſeſpéroit d'obtenir une ſentence contre lui, par les voies légales : cependant elle regardoit ſa mort comme un acte de vigueur néceſſaire au ſalut de l'état : car c'eſt ainſi que les paſſions raiſonnent & agiſſent, ſur-tout dans les corps ; l'intérêt public eſt le grand prétexte de l'intérêt particulier ; c'eſt ſous ce voile impoſant, que celui-ci cache ſes honteux reſſorts. La perte de Strafford étoit donc réſolue par cette

---

Agiſſent, ſur-tout dans les corps. Les paſſions ont plus de priſe ſur les hommes réunis en ſociété, que lorſqu'ils ſont livrés à eux-mêmes ; on a obſervé qu'ils penſoient moins, parce qu'ils penſent d'après les autres ; & preſque toujours l'eſprit de parti eſt celui qui préſide à la plupart des aſſemblées ; c'eſt peut-être une des raiſons qui contribuent davantage à la ruine des républiques : que d'exemples l'hiſtoire nous fournit de cette faibleſſe & de cette *routine* d'opinions, que

troupe de fcélérats, qui mafquoient leur rage & leur vengeance, du fafte hypocrite de l'amour de la patrie ; ils allèrent rechercher les témoignages d'un chevalier, Henri Vane, fecrétaire d'état, & de fon fils, tous deux reconnus pour être les ennemis déclarés du comte. D'après cette dépofition mendiée, on s'occupa des moyens les plus prompts de conduire la victime à l'échafaud ; c'étoit à ce terme feul, que

l'on veut réduire à un feul & même jugement ! D'ailleurs, il entre une efpèce de fanatifme dans l'attachement qu'un membre porte à fon corps, & dès le moment que l'aveugle enthoufiafme s'en mêle, il faut renoncer aux moyens de voir la vérité, & conféquemment de la faire connaître.

Henri Vane. Cet homme joue, dans l'hiftoire du comte de Strafford, le perfonnage le plus odieux ; il s'appuya de la délation de fon fils, pour rapporter de prétendues paroles, échappées au miniftre de Charles, d'où il étoit aifé d'inférer, difoit Vane, « que le comte avoit eu deffein de renverfer la conftitution du gouvernement, & d'exciter une guerre civile ». Il faut lire dans Clarendon ces détails ; ils prouvent à quel excès peut nous égarer le défir de nuire ; il n'y a point d'hommes fur la terre qui réfiftent à de pareilles imputations ; cette accufation intentée par Vane & fon fils, eft un chef-d'œuvre de la méchanceté

Y 2

pouvoit s'arrêter une haine qui avoit toute l'activité d'un feu dévorant. Le comte & ses avocats avoient pourtant conclu , «qu'il se flattoit d'avoir
» fait connaître son innocence & sa fidélité ; que,
» quand les charges seroient entièrement prouvées,
» toutes ensemble ne le rendroient pas *coupable de*
» *haute trahison*, & il revenoit toujours à repré-
» senter aux seigneurs : «que, s'ils prononçoient un
» jugement, par aversion & chagrin contre sa per-
» sonne , ce seroit un exemple d'une dangereuse
» conséquence pour tous les pairs d'Angleterre ».
Le conseil , ajoute Clarendon, de qui j'emprunte ces expressions de Strafford , étoit fort bon , & fut reconnu tel dans la suite, mais un peu trop tard.

Tous les traits étoient portés : il ne restoit plus

---

la plus réfléchie. Que Burnet a bien eu raison de dire dans sa préface ! « la longue expérience qui m'a fait sen-
» tir vivement la bassesse d'ame , la méchanceté , & la
» duplicité de l'homme en général, m'a disposé à croire
» ordinairement le pis des partis , & des particuliers qui les
» composent , &c. En un mot, le jugement rendu contre Strafford , fut établi sur un *oui-dire* , car il n'y a pas de doute que le prétendu témoignage de Vane servît de base à ce jugement inique.

à frapper que le dernier coup, qui devoit partir de
la chambre haute; c'étoit aux seigneurs à prononcer sur le sort du malheureux favori de Charles Ier.
Les communes, impatientes de déchirer leur proie,
votèrent qu'il y avoit des preuves suffisantes, que le
comte de Strafford avoit tenté *de renverser les loix
fondamentales du royaume, & d'introduire le gouvernement arbitraire;* & il fut arrêté que *c'étoit un
crime de haute trahison :* en conséquence, la chambre lança contre l'accusé le bill d'*attainder* ou de *conviction;* il fut envoyé à la chambre des pairs, afin
qu'elle y mît sa sanction, formalité nécessaire, & sans
laquelle le bill n'avoit nulle validité. Ce jugement
d'iniquité avoit passé, malgré la réclamation d'habiles légistes, qui ne se lassoient point de redire,
que dans le procès de Strafford, il n'y avoit aucune apparence du crime dont on l'accusoit. Le
lord Digby fut un de ceux qui s'élevèrent avec le
plus de chaleur contre ce bill. Non, s'écria-t-il,
vous ne l'enverrez point à la chambre des pairs, cet

Le lord Digby. Ce lord n'est point un personnage idéal:
il se montra tel qu'on le dépeint ici; il s'éleva sur-tout
contre la déposition de ce chevalier Henri Vane, disant
» que les paroles sur lesquelles l'accusation étoit fondée,

Y 3

ouvrage de l'iniquité & de la calomnie. Je ne fuis point l'ami de Strafford : mais je fuis le vengeur de la vérité, & c'eft elle qui par ma bouche vous parle, vous crie que c'eft vous qui ferez criminels, fouillés d'un affaffinat, d'un meurtre infâme, fi vous perfiftez à vouloir que Strafford foit puni. Il n'eft point coupable, vous dis-je, de l'attentat dont vous le noirciffez ; & jamais, jamais je ne donnerai mon confentement à un arrêt fi révoltant. Quoi ! c'eft fur le témoignage d'un feul homme que vous établiffez la fentence la plus abominable ! encore ce vil accufateur a-t-il varié dans fes dépofitions ; & vous ofez vous dire Anglais, membres de la juftice, organes des loix ! Vous les trahiffez, vous les violez, ces loix faintes ; vous opprimez l'innocence : fon fang, fon fang vous appellera au fuprême tribunal, aux pieds du Juge incorruptible ; votre déteftable jugement retombera fur vos têtes ; vous ferez en exécration aux fiècles à venir ; on s'attendira à jamais

---

» & qui devoient être prouvées par deux témoins, ne
» l'étoient pas même par un feul, ne pouvant admettre
» la délation de Vane, &c. Et en-effet, le lord Digby
étoit bien éloigné d'être l'ami du comte.

fur la deftinée du malheureux Strafford ; on ne ceffera de lui donner des larmes, de vous reprocher
votre inhumanité, votre horrible injuftice... Vous ne
m'écoutez point ? adieu, je ne peux refter plus long-
temps parmi des monftres d'iniquité & de barbarie tels
que vous : & auffi-tôt Digby fe lève avec emportement, & court dans la chambre haute, pouffer des cris
en faveur de l'infortuné miniftre. Les communes crurent dans la fuite fe venger de cet homme refpectable, en ordonnant que fon difcours feroit brûlé
publiquement par la main du bourreau.

Ce bill affreux eft donc porté à la chambre des
pairs. On employe, pour hâter fon exécution, cet
artifice groffier, dont l'effet eft toujours fûr : on a
recours à la ftupidité & à la rage du fanatifme ; les
chaires retentiffent de déclamations fur la néceffité
de faire juftice des *grands délinquants* ; les Puritains
fe diftinguent par leurs invectives forcenées *contre
la cour & fes adhérants*. La populace hébêtée, c'eft
où tendoit le but de toutes ces farces de fuperftition & de patriotifme, s'arme d'épées & de bâtons,
& court entourer la falle du parlement, en criant
de toutes fes forces : *point de grace, la mort aux
Straffordiens !* c'eft fous ce nom que ces miférables

défignoient, parmi les feigneurs, les honnêtes gens qui paraiffoient n'être point difpofés à foufcrire au jugement le plus inique : ils étoient hautement appellés *traîtres à la patrie*.

Les pairs ne fe preffoient pas, malgré ces clameurs,

Les pairs ne fe preffoient pas. Quatre-vingt pairs avoient affifté au procès de Strafford : la crainte des fuites toujours défagréables des émotions populaires, écarta près de la moitié ; il ne s'en trouva que quarante-cinq, lorfqu'on leur apporta le bill *d'attainder* ; dix-neuf même eurent affez de fermeté pour fe déclarer contre ce bill ;« preuve manifefte (felon « Hume) que fi la liberté eût régné, il auroit été rejetté par « une grande majorité de fuffrages ». Clarendon obferve que l'acharnement étoit porté fi loin, qu'on n'eût pas de honte d'avancer ces deux propofitions, « en matière de bills, « la fatisfaction intérieure de la confcience fuffifoit, quoi-« que la preuve ne fût pas entierement faite. » A l'égard de la difpofition de la loi, le folliciteur général Saint-Jean fe permit de dire : « il eft vrai que nous donnons « des loix pour les lièvres & les daims, parce que ce font « bêtes de chaffe ; mais on n'a jamais prétendu qu'il y eût « de la cruauté à affommer les renards & les loups, tout « autant que l'on en peut trouver, parce que ce font bêtes « de proie ».

d'accepter le bill ; on en différoit la lecture ; ils
recevoient à tous momens des meſſages de la part
des communes, qui demandoient à grands cris qu'on
ſcellât leur infâme jugement.

Charles ne ſçavoit à quel parti s'arrêter ; il ne ſe
diſſimuloit pas que ſon trône étoit chancelant, qu'il
ne jouiſſoit que de l'ombre d'une autorité impuiſ-
ſante ; on l'entendoit gémir hautement ; il demandoit des avis à tout ce qui l'environnoit, incertain
auquel il céderoit. C'eſt dans cette perplexité que
le lord Say vient le ſurprendre, A peine le roi l'a-t-il
apperçu : — Mylord, ils veulent faire mourir mon
pauvre Strafford ! les cruels ! ah ! que leur ai-je fait ?
que leur a fait le malheureux comte ? & comment
pourrois-je l'arracher de ces mains avides, qui brûlent de ſe rougir de ſon ſang ? ah ! que ces barbares
accourent m'ôter la vie ! je me verrois privé du ſerviteur le plus fidèle, de mon ami, de mon unique ami !
& par quels coups ? il eſt innocent : c'eſt moi qui
ſuis coupable, puiſque Strafford n'a fait que remplir mes volontés ; & c'eſt-là la récompenſe qu'il
recevra de ſes ſervices & de ſon zèle ! la mort, la
mort !.. mylord, je n'y réſiſterai point. — Sire, il
n'y a rien de déſeſpéré ; la plupart des pairs, il eſt

aifé de le voir , penchent en faveur du comte ; il
faut que votre majefté fe rende à la chambre haute,
& , felon l'ufage , y faffe appeller les communes :
elle déclarera alors qu'elle ne fçauroit , en fûreté de
confcience, donner fon confentement au bill *d'attain-*
der ; elle promettra feulement, pour ménager les
efprits irrités , d'accéder à un acte qui jugera le comte
incapable de pofféder aucun emploi à la cour. Ah !
interrompt le roi , qu'il vive , il n'importe à quel
prix ! mon amitié fçaura lui faire oublier fes difgraces... Vous êtes bien certain , mylord , du fuccès de cette démarche ? —— N'en doutez point , fire;
par ce moyen , vous déroberez Strafford à la fin
cruelle qui le menace... —— Eh bien ! eh bien ! je
fuivrai votre confeil ; je fuis prêt à tout faire , pour
arracher un homme que j'aime , à fa malheureufe
deftinée.

C'eft ainfi que ce monarque , aveuglé par fa bonté,
ployoit comme un rofeau au gré de tous ceux qui
l'environnoient ; il embraffe le lord Say , bien déterminé à fuivre fon confeil. C'eft en-vain que Strafford , du fond de fa prifon, veut lui infpirer de la défiance au fujet de ce lord , & de l'avis qu'il lui a
donné ; en-vain il lui fait entendre , par fon frère,

que Say eſt ſon ennemi , & que tout ce qui part
d'un ennemi doit être rejetté : Charles s'obſtine à
ne pas ajouter foi à ce que lui dit le frère de Strafford , & le lendemain il s'empreſſe d'aller à ſon parlement , où il tient ce diſcours en préſence des deux
chambres ; nous en rapporterons ce qu'il y a de
plus intéreſſant , d'après Rapin Thoyras.

  « Je n'avois pas deſſein de vous parler de l'affaire
» qui m'amène ici aujourd'hui , je veux dire de
» l'accuſation de Strafford ; mais enfin nous tou-
» chons au moment qu'il faut, de toute néceſſité , que
» je prenne part à ce jugement ; vous ſçavez que
» j'ai été préſent à l'examen du procès , que j'en
» ai ſuivi toutes les ſéances. Je vous déclare qu'il

Le frère de Strafford. Effectivement , le comte informé de la
réſolution du roi , de ſuivre le conſeil de Say , lui envoya ſon
frère , pour l'engager à ne pas ouvrir l'oreille aux ſug-
geſtions de ce lord , « aſſuré qu'il étoit, que cette démar-
» che produiroit un très-méchant effet , & qu'il lui ſeroit
» beaucoup plus avantageux que le ſuccès dépendît abſo-
» lument de l'honneur & de la conſcience des pairs , ſans
» l'intervention de ſa majeſté ». Le roi parut d'abord diſpoſé à céder aux repréſentations du frère de Strafford :
mais Say revint à la charge , & l'emporta.

» m'est impossible, en ma conscience, de condamner
» le comte pour *crime de haute trahison*. Il ne me
» convient pas de vous en donner les raisons, & sans
» doute vous ne l'attendez pas de votre roi; il con-
» vient mieux à un prince de dire positivement
» son sentiment: cependant il faut que je vous dise
» des choses très-véritables, que personne ne peut
» sçavoir mieux que moi : il ne s'est jamais rien dé-
» battu dans mon conseil, qui regarde l'infidélité
» ou le peu d'affection pour ma personne, de mes
» sujets Anglais ; jamais je n'ai eu de soupçons
» contr'eux ; aucun de mes ministres & de mes ser-
» viteurs ne m'a conseillé de changer ou d'altérer
» la moindre des loix du royaume, & encore moins
» de les changer toutes ; je veux bien même vous
» dire, que si quelqu'un avoit eu l'impudence de
» m'en parler, j'en aurois fait un exemple qui au-
» roit convaincu la postérité de mes intentions,
» car mon dessein a toujours été de me gouverner
» selon les loix, & non autrement. Je souhaite que
» vous compreniez bien ma pensée. Je vous ai dit
» qu'en conscience je ne pouvois pas condamner
» le comte de Strafford comme coupable de *haute*
» *trahison*. Sans doute, je ferai beaucoup pour satisfaire

» mon peuple : mais , ni la crainte ni aucune autre
» confidération ne pourront jamais m'obliger à rien
» faire contre ma confcience ; je ne chercherai point
» à difculper le comte fur d'autres imputations :
» c'eft à votre juftice à éclairer ces matières ; tout
» ce que je puis vous affurer , fans vouloir vous
» rendre compte de ce que j'ai à faire , à l'avenir
» je ne me fervirai de Strafford dans aucun emploi,
» je vous en donne ma parole de roi ».

Charles avoit cru , par cet acte de complaifance,
accorder quelque fatisfaction aux communes , & adoucir leur fureur : ce difcours produifit un effet tout
contraire à celui que le roi devoit efpérer. Rien de
plus vrai qu'on lui avoit fuggéré un mauvais confeil;
& tout fait croire que ce prince avoit été le jouet
de la perfidie du lord Say. C'eft du-moins le fentiment de Clarendon.

La perfidie du lord Say. Il y a tout lieu de croire, en effet, que
Say avoit été conduit par le feul defir d'entraîner dans
le piége le comte ; ce lord étoit trop bien inftruit des loix
de fon pays, pour fe cacher le réfultat de cette démarche
inconfidérée de la part du fouverain ; les communes ne
manquèrent pas de crier , que Charles venoit de porter
une atteinte éclatante à leurs priviléges ; « que fi le roi

Enfin la foudre a tombé fur le malheureux Strafford : la chambre haute s'eft rendue aux follicitations preffantes de fes ennemis , & le funefte bill a
reçu fa fanction de la part des feigneurs ; les cris
d'une populace mutinée ont arraché ce confentement , dont s'offenfera éternellement la juftice. La
nouvelle eft bientôt parvenue au roi : c'eft alors
qu'il fent toute l'extrémité où étoit réduit le comte.
Jufqu'à ce moment , il n'avoit entrevu le péril
que dans le lointain : il n'a donc plus à fe faire
illufion fur le fort d'un infortuné qui périffoit la
victime de fon amour pour fon maître. Il faut l'a-
vouer : on ne fçauroit fe figurer l'état violent du

» prenoit connaiffance des bills qui fe préfentoient dans
» les deux chambres , ce feroit exclure les fuffrages , &
» les mettre hors d'état de pourvoir, par de bonnes loix ,
» au falut de l'état : Charles , dit Hume , ne s'apperçevoit
» pas que fon attachement, pour Strafford , étoit le prin-
» cipal motif du bill , & que plus il faifoit voir d'inquié-
» tude & d'affection pour fon miniftre , plus il rendoit fa
» ruine inévitable » ; c'eft ce qu'avoit prévu , felon toutes les apparences , le perfide Say. La méchanceté a toujours plus de pénétration & d'adreffe que la bonté. Charles
ne vouloit que fervir Strafford , & Say afpiroit à le perdre.

monarque ; il entendoit retentir à ſes oreilles :
juſtice ! juſtice ! ou la mort de Strafford , ou la
ville livrée aux flammes ! L'eſprit de révolte agitoit un
peuple immenſe qui inveſtiſſoit le palais , & qui parloit d'enfoncer les portes , & d'immoler tout à ſa
fureur. « De quelque côté , dit Hume , que Charles
» jettât les yeux , il ne voyoit ni ſûreté , ni reſſour-
» ces » ; la reine , en larmes , conjuroit ſon auguſte
époux d'accorder à ſes ſujets une ſatisfaction qui les
rameneroit à leur devoir ; le conſeil privé étoit aſſem-
blé ; tous ſe joignent à leur ſouveraine , & engagent
le roi à paſſer cet horrible bill , diſant « qu'il n'y avoit
» que ce ſeul moyen de ſe conſerver lui & ſa poſté-
» rité , qu'il devoit être plus touché du ſalut de l'é-
» tat que de la deſtinée d'un particulier , quelque
» innocent qu'il pût être ». C'eſt vous , s'écrie
Charles , vous les organes des loix , qui me donnez
de ſemblables conſeils ! quelle abominable politique !
avez-vous conſulté l'équité , l'honneur & votre conſcience ? ne s'éleve-t-elle pas contre vous ? eſt-ce la
religion , la nature , qui vous ſuggère de telles maximes ? l'on ne doit point perdre un innocent , quand
il s'agiroit de l'intérêt public , de la ſûreté d'un
royaume entier. Ces ſentiments qui doivent être ma

règle inviolable , je les puise dans mon cœur , dans mes devoirs de roi , & un des premiers auxquels nous devons être assujettis , est de protéger l'innocence. C'est à ce titre que nous sommes les images de Dieu sur la terre. Madame, (s'adressant à la reine) il est inutile de vous flatter : plutôt ma mort , la destruction de l'Angleterre, que la perte d'un homme…. Barbares , ajoute-t-il , en fondant en pleurs, il fut mon ami, & c'est-là la victime que vous me présentez ! j'enfoncerois le couteau dans le sein de Strafford ! ah ! cruels ! déchirez , déchirez mon flanc ; jamais , non ; jamais je ne scellerai de mon aveu un acte d'injustice aussi atroce. Me déshonorer à ce point ! Eh ! qu'est-ce qu'un monarque qui n'est pas juste , qui outrage les droits de l'humanité , qui laisse égorger l'innocence ? Encore un coup , qu'on ne m'en parle plus , qu'on ne m'en parle plus ! Bedford ! Bedford ! étoit-ce-là ce que vous m'aviez promis ? Charles

Bedford ! Le comte de Bedford étoit un des lords les plus puissants & les plus en crédit dans le parti populaire ; ses richesses & ses lumières relatives à l'administration , lui avoient donné une espèce d'autorité , que ses ennemis même sembloient être forcés de reconnaître ; d'ailleurs, il avoit une douceur & une honnêteté qui le tomboit

tomboit accablé fur fon fiége , il fe relevoit avec emportement : — Ce que c'eft que le malheur ! il n'y en
a pas un de vous qui daigne me parler en faveur du
comte ; je le vois bien , il n'a que moi d'ami , & je
le ferai , je le ferai , ou je périrai avec lui.

Le tumulte augmentoit ; les cris redoubloient ;
tout étoit frappé de terreur. Attendez-vous , reprend
la reine , fe précipitant aux genoux de Charles , que
ces furieux viennent vous arracher de mes bras , fo

---

rendoient auffi cher qu'utile au fouverain. Il poffédoit la
charge de grand-tréforier d'Angleterre. Il avoit promis
en fecret au roi , de fauver la vie au comte de Strafford ,
& par une forte de fatalité qui pourfuivoit cet infortuné ,
Bedford vint à mourir fur ces entrefaites. Il étoit tombé
malade , huit jours après que le bill de conviction eût été
porté à la chambre des pairs ; & il expira , en témoignant
fon chagrin de voir « la paffion & la fureur qui régnoient
» dans fon parti ». Il confia même à fes amis qu'il craignoit
« que la rage de ce parti n'attirât plus de maux fur ce royaume
» qu'il n'en avoit foufferts pendant la longue ceffation des
» parlements ». Voyez Clarendon.

Charles tomboit accablé. Hume nous le repréfente éprou-
vant les plus douloureufes agitations & les plus violentes
incertitudes , & déterminé à ne pas accorder fon confentement.

baignent dans votre fang ? Ah ! fi vous ne tremblez
pas pour vos jours, n'êtes-vous plus époux ? n'êtes-
vous plus père ? voulez-vous qu'on m'affaffine à vos
yeux, que nos enfants ... des fanglots empêchent
la princeffe de pourfuivre. Le roi aimoit tendrement
fa femme ; il va fe jetter dans fon fein : — Que
me demandez-vous ? qu'exigez - vous ? que je fois
complice de la mort d'un ami, d'un innocent, qu'en
un mot j'agiffe contre cette voix intérieure, qui eft
le juge fuprême de tous les hommes, que ma confcience.... Le confeil à ce mot interrompt le fouverain : — Sire, fur cet article nous fupplions votre
majefté de recourir aux lumières de fes évêques ;
leur zèle, peut-être plus éclairé que le nôtre, vous
tirera de cette perplexité. — Les décifions de tout
le clergé ne prévaudront pas fur ce que me dicte
la vérité, mon cœur ; il n'importe, je veux bien vous
céder : qu'on les appelle !

Les évêques entrent chez le roi : on leur expofe
fes fcrupules. L'archevêque d'Yorck lui étale des
maximes bien étranges dans la bouche d'un prélat ;
» qu'il y avoit une confcience privée, & une conf-

Qu'il y avoit une confcience privée. **Tout** ce morceau eft emprunté de Clarendon, qui, avec raifon, trouve ces infâmes

» cience publique ; que fa confcience publique,
» comme roi, ne le difpenfoit pas feulement, mais
» l'obligeoit de faire ce qui étoit contre fa confcience
» privée, comme fimple citoyen, & que la queftion
» n'étoit pas de fçavoir s'il fauveroit le comte de
» Strafford, mais de fçavoir fi fa majefté périroit
» avec lui ; que la confcience d'un roi pour fauver
» fon royaume, celle d'un mari pour fauver fa
» femme, celle d'un père pour fauver fes enfants,
» l'emportoient infiniment fur la confcience d'un
» ami ou d'un maître, pour fauver fon ami ou fon
» domeftique. Votre majefté peut donc, ajoute l'ar-
» chevêque, d'un ton de conviction, paffer en toute
» fûreté de confcience, l'acte contre fon miniftre ».
Quoi ! interrompt le roi, ce feroit-là la morale de
l'églife ? ces diftinctions odieufes émaneroient de cet
efprit de juftice, qui fait la bafe de notre religion ?
Non, fire, s'écrie Juxon, évêque de Londres, on

---

fophifmes auffi honteux qu'indignes d'un prélat ; Rapin
Thoyras nous confirme ce que dit fur cet article le grand-
chancelier, & il convient que Juxon fut le feul qui donna
au roi un avis contraire.

Non, fire, s'écrie Juxon. » C'étoit, felon Hume, un
» prélat d'une intégrité, d'une douceur & d'une hu-

en impofe à votre majefté ; elle a raifon de s'en
offenfer ; ce n'eft pas là en effet ce que nous en-
feigne une religion qui eft l'équité même. Il n'y a
qu'une feule confcience pour tous les hommes ,
& ils font tous égaux aux yeux de Dieu. Sire , que
votre majefté s'en rapporte donc à fon jugement
intérieur : fi , dans le fond de fon ame , elle n'ap-
prouve pas le bill , elle doit bien fe garder d'y confentir. Mylord , lui dit Charles , en courant vers
l'évêque , c'eft vous qui êtes l'interprete du ciel & de
la vérité ; vous me dictez ce que je dois faire...
ce que je ferai.

» manité rares , accompagnées d'un jugement fain » ; les
Puritains déclamoient contre lui , malgré fes éminentes
vertus , « parce qu'il aimoit les profanes amufements de
» la campagne ». Charles l'avoit revêtu de la charge
de grand-tréforier : il follicita la permiffion de s'en dé-
mettre , auffi vivement qu'un autre à fa place en eût brigué
l'obtention ; & cette forte de renonciation aux dignités , n'a-
voit pour objet , que de fe livrer davantage aux foins de fon
diocèfe : il fut affez heureux pour avoir un mérite qui fe
faifoit remarquer , & pour être à couvert de la haine &
de l'envie. Ce fut Juxon qui affifta le malheureux Charles
Ier à la mort , & qui recueillit fes derniers foupirs.

La reine accable Juxon, & fon mari de reproches ; enfuite elle épanche fa douleur en torrents de
larmes ; elle ordonne qu'on lui amène fa famille ;
elle les prend l'un après l'autre dans fes bras, &
va les porter aux pieds du roi ; une foule de fes
ferviteurs les plus affidés, fe livroit au défefpoir.
Charles fe promenoit à grands pas dans fes appartements ; il embraffoit, tantôt fes enfants, tantôt fa
femme ; il gémiffoit tout haut, & ne proféroit que
ces paroles : je ne puis... je ne puis y confentir ;
Strafford eft mon ami, Strafford eft innocent ; s'il
a mérité la mort, c'eft pour m'avoir obéi ; Juxon
m'a tracé mon devoir : il faut que je périffe avec le
comte.

On voyoit, des fenêtres du palais, la fermentation
croître à vue d'œil ; c'étoit une mer mugiffante,
dont les flots menaçoient de tout inonder. Cette
populace effrénée agitoit fes armes & fes flambeaux ;
ils rempliffoient l'air de leurs hurlements & d'imprécations ; ils brûloient de voir couler le fang de Strafford ; la mort, en quelque forte, étoit fufpendue fur
Charles & fur fa famille.

C'eft dans cette fituation inexprimable, que le roi
reçoit de fon miniftre cette lettre, où toute fa
grande ame s'étoit déployée. **Z 3**

» SIRE ,

» J'apprends à l'inftant , l'affreufe pofition où fe
» trouve votre majefté ; je m'attacherai d'abord à
» lui parler de ma reconnaiffance : elle eft fans bor-
» nes ainfi que fes bienfaits ; ah ! fire ! que j'en fuis
» pénétré ! que mon maître me fait voir un ami
» adorable & digne de tous mes refpects , de tout
» mon amour ! Mais il faut que nous cédions l'un
» & l'autre à cette néceffité cruelle , qui eft au-deffus
» de tous les événements. Aurois-je moins de cou-
» rage que Goodman ? l'archevêque d'Yorck a eu

Moins de courage que Goodman. Dans un moment de crife
où fe réveilla la fureur des proteftants contre les catholiques , Goodman , jéfuite , fut jetté dans une prifon , &
condamné à perdre la vie ; le roi plus humain que les
communes , qui avoient prononcé l'arrêt , refufa abfolument de lui donner fon aveu ; la chambre en marqua
beaucoup de reffentiment : Goodman , inftruit de ces troubles , écrivit à Charles ; il lui demandoit de fubir le dernier fupplice , plutôt que de fe voir une fource de méfin-
telligence entre le fouverain & le parlement ; cet homme
auffi courageux que refpectable , eut le bonheur d'échapper à la rage de ces forcenés , & d'être oublié fur la lifte
de leurs victimes.

» raifon, fire, de vous repréfenter que vous étiez
» roi, & le roi ne doit voir, ni l'innocent, ni l'ami;
» il ne doit jetter les yeux que fur fa famille, fur
» lui-même, fur fon royaume. Ce peuple ingrat &
» injufte demande ma mort : ne fongeons, fire,
» qu'à le fatisfaire ; que ma tête tombe à fes pieds !
» puiffe mon fang raffafier fa fureur ! finiffons une
» malheureufe vie qui m'eft importune ; mon inno-
» cence & le fouvenir de vos bontés me foutien-
» dront dans cet horrible paffage. Le ciel m'eft té-
» moin que je n'ai jamais refpiré que votre fervice
» & celui de mon pays ! J'ai fait plus, fire, que de
» vous prodiguer des marques de zèle : je vous ai
» aimé. Ah ! mon maître... mais je ne veux poin
» vous attendrir ; je vous coûte déja trop de peines
» encore une fois, laiffez tomber le fer que votre
» pitié feule retient ; j'ai vécu pour vous & pour ma
» patrie, je périrai pour tous les deux. Peut-être
» ma mort vous fera-t-elle falutaire, ainfi qu'à ce
» royaume en proie à d'éternelles diffentions. J'ofe
» donc, fire, vous adreffer mes dernières prières :
» hâtez-vous de figner ce bill, qui fans doute
» appaifera un peuple furieux, & l'empêchera de

» porter plus loin fon aveugle férocité. Mon con-
» fentement (ajoutoit le comte) vous acquittera
» plus devant Dieu, que tout le monde enfemble.
» On ne fait pas d'injuftice aux malheureux, en cé-
» dant à leurs defirs ; & comme la grace du ciel me
» rend capable de pardonner avec une tranquillité
» qui flatte mon ame prête à me quitter, je puis,
» fire, difpofer de cette vie terreftre ; je vous la ré-
» figne donc, avec toute la joie poffible, par un
» jufte fentiment de reconnaiffance pour vos ex-
» trêmes faveurs. Oui, mes derniers foupirs feront
» encore remplis de vous. Le feul prix de ma mort,
» que je follicite, eft votre protection pour ma mi-
» férable famille : qu'elle oublie les malheurs du
» père, & qu'elle ne fe fouvienne que des bontés
» de mon roi » !.. Charles n'en peut lire davantage ;
il s'écrie, en pleurant, & voilà l'homme qu'on veut
que je facrifie ! La reine étoit étendue mourante,
verfant des pleurs fur fes enfants qu'elle preffoit
tour-à-tour contre fon fein. On n'entendoit qu'un

Mon confentement, ajoutoit le comte. Depuis ce mot, jufqu'à
ceux, *pour vos extrêmes faveurs,* ce font les propres expreffions de Strafford.

feul cri qui preffoit le monarque de céder à ce moment cruel ; il étoit entouré d'une infinité de feigneurs qui lui redifoient fans ceffe : « que le con-
» fentement écrit de la propre main du comte, de-
» voit lever tous les fcrupules de confcience que
» fa majefté pouvoit encore avoir »; on imagina même
une efpèce d'accommodement avec cette délicateffe
févère qui paraiffoit inflexible ; on propofa au roi,
de figner une commiffion à quelques lords de paffer
le bill , ce qui auroit autant de validité que s'il l'eût
paffé lui-même, avec cette différence cependant ,
que fon confentement ne paraîtroit point dans cet

On propofa au roi. C'eft à de pareils traits que nous offre
l'hiftoire , qu'il faut admirer la profondeur de *l'art du courtifan :* comme il plie la logique à fes paffions l Un certain
empereur Turc , avoit donné fa parole d'honneur à un de
fes favoris , que jamais il ne le feroit mourir ; l'homme en
faveur vient à déplaire ; on vouloit s'en débarraffer ; le
prince étoit arrêté par fa promeffe. Un honnête muphti
trouve un heureux moyen de concilier la barbarie du
defpote , avec fes fcrupules. Votre hauteffe , lui dit-il,
craint de confier fon efclave à l'ange de la mort , parce
qu'elle lui a promis que de fon vivant elle ne donneroit
jamais l'ordre d'attenter à fes jours : feigneur, daignez feulement prendre une heure ou deux de repos , le fommeil

écrit. Quels fubfterfuges pitoyables ! eh, que la méchanceté a de petits moyens ! car tous ces pairs n'af-
piroient en fecret qu'à voir périr un homme qui
étoit l'objet de leur baffe jaloufie. On s'écrie que
la reine rend les derniers foupirs, & effectivement
elle étoit évanouie : ce fpectacle fait prendre la plume
à Charles ; enfin, il a figné, d'une main tremblante,
la fatale commiffion, & lui-même perd l'ufage des
fens, & tombe expirant à côté de fon époufe. Ce
prince s'étoit peut-être flatté, que, comme ce confentement n'étoit point volontaire, & qu'il ne l'avoit
pas figné de fa main, il en étoit moins chargé de
l'injuftice qu'il y trouvoit (ce font les obfervations
de Hume) ; les mêmes commiffaires, ajoute cet auteur, furent autorifés en même-temps à confentir
au bill, qui rendoit le parlement perpétuel ; autre
monument de la faibleffe du roi, qui, felon Claren-

---

eft l'image de la mort, & pendant ce temps, on vous dé-
fera de la créature indigne de vivre, puifqu'elle ne mérite
plus de baifer la pouffière de vos pieds ; & par-là, votre
confcience fera en toute fûreté ; l'expédient fut applaudi
& faifi avec des louanges fur la fagacité de fon auteur :
le fultan s'endormit, & les muets coururent étrangler le
malheureux difgracié.

don , au-lieu de paſſer le bill , auroit dû diſſoudre
cet inique parlement , & aller ſe montrer à la tête
de ſon armée. On peut bien dire que l'échafaud de
Charles a été compoſé des planches de celui du
malheureux Strafford.

Le roi dont , en quelque ſorte , la douleur égaroit la raiſon , prêt à tout tenter pour ſauver Strafford, envoye chercher Hollis ; à peine s'eſt-il offert

---

A la tête de ſon armée. Ce ſont les ſages obſervations de
Clarendon. Il faut lire , à ce ſujet , tout ce que cet homme
reſpectable allègue pour juſtifier Charles Ier ; ceux qui lui
paraiſſoient le plus affectionnés , le trahiſſoient ; il ne pouvoit s'ouvrir à qui que ce ſoit , qui ne fût ſuborné , ou qui
ne s'oppoſât à ſon avis ; il avoit inceſſamment à trembler
pour ſes jours , pour ceux de la reine qui lui étoit extrêmement chère; il devoit même ſe défier de ſon armée. Clarendon finit par ce réſultat : « ſi l'on fait réflexion ſur tou-
» tes ces circonſtances , on avouera que le roi ſe trouvoit
» dans l'état du monde le plus triſte , quelque parti qu'il
» prît , & qu'il eſt beaucoup plus facile de juger par l'évé-
» nement ce qu'il devoit faire , ou ne pas faire , qu'il n'é-
» toit facile de prévoir alors par quelles voies il ſortiroit
» de ce labyrinthe ».

Envoye chercher Hollis. On a employé à-peu-près en cet
endroit les propres expreſſions de Burnet. Il n'eſt peut-

aux yeux du monarque : — Mylord , il s'agit de
ma vie même : vous comprenez que je veux vous

être pas inutile de rappeller ici , que Strafford avoit épousé
la sœur du lord Hollis , & que ce seigneur étoit dans le
parti de l'opposition ; malgré son éloignement pour la cour,
il servit effectivement avec chaleur son malheureux beau-
frère , & ne put rien obtenir. Burnet , ennemi déclaré des
Stuarts , fait entendre que ce fut la reine qui envoya le
comte au supplice , en empêchant le roi d'aller au parlement , & lui suggérant l'idée d'y envoyer à sa place le
prince de Galles , avec une lettre écrite de sa main. Il
ajoute même , que Charles avoit mis au bas de la lettre
cette apostille remplie de lâcheté : « *s'il faut qu'il meure ,*
(disoit-il en parlant du comte) » *ce seroit au - moins une*
» *charité , que de différer jusqu'à samedi son supplice* ». Voilà de
ces mensonges atroces , que l'histoire doit absolument rejetter. Est-il vraisemblable que Charles se fût égaré à ce
point , après toutes les marques de désespoir qu'il donna
en faveur de Strafford ? Ce que c'est que l'esprit de parti !
comme il dénature la probité la plus reconnue ! A chaque
instant , Burnet cède à la partialité la plus odieuse , & cependant c'étoit un homme respectable , & plein d'honneur
& d'amour pour la vérité. Après de tels exemples , comment
ajouter foi , un seul instant , à la plupart des écrivains ! Si un
historien pouvoit parvenir à être impartial , ce seroit , sans
contredit , le premier des hommes.

parler du comte. Vous fçavez combien je l'aime !
les nœuds qui vous lient à lui , me répondent que
vous réunirez vos efforts aux miens , pour dérober
votre beau-frère au fort dont il eft menacé ; il eft
perdu , fi nous l'abandonnons , & le temps preffe.
Votre majefté , dit ce feigneur , a le pouvoir de faire
exécuter les loix : celles de ce pays lui donnent le
droit de prolonger, pour quelque temps , la vie aux
criminels condamnés à mort : il ne tient qu'à vous ,
fire , de faire valoir ce privilége fi honorable pour
un fouverain qui , comme vous , fent que la bonté
eft la première qualité des rois ; ufez-en , en faveur
du comte de Strafford. Cependant mon avis , à moi ,
feroit qu'il vous adreffât plutôt une requête , où il
imploreroit votre fenfibilité : il vous prieroit de lui
accorder quelques jours pour arranger fes affaires ,
& fe préparer à la mort. Votre majefté , enfuite ,
ce papier à la main , fe préfenteroit à fon parlement ,
& lui adrefferoit une harangue.

Hollis n'en demeure point à cette propofition :
il compofe lui-même ce difcours, & le donne à tranf-
crire au roi ; il promet d'appuyer les heureufes intentions du fouverain. En-effet , Hollis eut recours
à tous les moyens , pour conferver les jours de fon

infortuné beau-frère ; il employa les repréfentations ; les prières , les larmes ; il affura la chambre des com- munes , que Strafford reviendroit à fes premiers prin- cipes , qu'il chercheroit à témoigner fa reconnaif- fance au parti populaire ; au-lieu , ajoutoit-il , que fa mort pourra exciter des plaintes , & même une fer- mentation préjudiciable aux intérêts de l'état. Les raifons comme les fupplications du lord , ne produi- firent aucun changement ; la haine & la méchanceté avoient projetté la perte du comte , & il étoit arrêté qu'il n'échapperoit point à cette multitude de piéges dont il étoit invefti.

Strafford , dans fa prifon , s'abandonnoit à cette foule de réflexions que devoit néceffairement pro- duire le fort qui l'attendoit ; l'efpérance a peine à nous quitter : il y avoit des moments où cet in- fortuné entrevoyoit encore quelque lueur favorable. La cruelle vérité a bientôt diffipé ces faibles illu- fions : Carleton lui eft envoyé par Charles lui-même. Il aborde le comte , en gémiffant ; il ne pouvoit lui parler , tant ce qu'il avoit à dire l'accabloit ! Enfin , il rompt le filence : — Mylord , eft - ce que mon trouble ne vous annonce pas ce que je n'ai point la force d'exprimer ? Je vous entends , répond le comte ; Carleton , il faut mourir. Strafford continue , en fe fervant des propres expreffions de l'é-criture : « ne mettez pas votre confiance dans les princes, » ni dans les enfants des hommes , parce qu'il n'y a » point de falut à fe promettre d'eux ».... Mais je ne fçais comment ces plaintes peuvent m'échapper ! Carleton , c'eft l'homme ici qui fe trahît : il ne faut ni le voir, ni l'écouter ; dites au roi , que je meurs fon fidèle fujet, que mon attachement à fon fervice , & ma reconnaiffance, ne finiront qu'avec mon der-nier foupir. Hélas ! j'aurois voulu lui donner plus de marques de ma tendreffe : puiffe ma mort lui rendre cette tranquillité que je crains bien qu'il n'ait perdue pour toujours ! Mon fang ne fuffira point à ces cruels... allez, j'ai vécu... qu'on s'occupe feu-lement de mes malheureux enfants ; fa majefté ne me refufera point cette grace ; c'eft la dernière que j'implorerai de fa bonté.

Carleton , les yeux baignés de larmes , va rendre compte à Charles de fa commiffion : le monarque

---

Carleton. Le fait eft vrai : Strafford ne put cacher fa fur-prife , & il lui échappa les paroles qu'on met ici dans fa bouche.

fe livre au défefpoir ; il envoye fon fils avec une lettre écrite de fa propre main aux pairs , pour les engager de conférer avec les communes , fur les moyens d'éloigner l'exécution de la fentence : le croiroit-on ? ce prince fe voit refufer durement le moindre délai ; alors , il eft tranfporté hors de lui-même ; il s'écrioit , il fondoit en larmes : non , ré-pétoit-il au milieu des fanglots , non , Strafford ne mourra point. C'eft mon ami , c'eft mon ami que * je laifferois affaffiner par des monftres d'inhumanité ! eh ! que ces barbares prennent ma couronne , & que Strafford me refte !

Strafford , dans des heures confacrées au repos , étoit bien éloigné de le goûter. Ce font les infortunés qui veillent. Les ombres de la nuit augmentent encore la violence des chagrins ; elles leur pré-

---

Il eft tranfporté hors de lui-même. Hume nous montre Charles fi accablé de douleur , qu'il ne comprit pas tout le tort qu'il s'étoit fait , en foufcrivant à ce bill fi funefte à fon autorité , qui rendoit le pouvoir de fes ennemis per-pétuel ; il ne voyoit , il ne fentoit que la perte de Strafford ; « circonftance , ajoute l'hiftorien Anglais , qui prouve l'in-» tégrité de fon cœur , & la bonté de fes difpofitions.

tent une teinte lugubre, qui femble les revêtir d'une
forme matérielle, qui nous les rend fenfibles, & nous
les fait voir comme autant de fpectres menaçants,
dont nous fommes environnés. Le comte fe repré-
fentoit fa grandeur paffée, telle qu'une image fugi-
tive; de ce tableau fans doute trop féduifant, il
laiffoit tomber fes yeux fur le vuide affreux du tombeau : c'étoit-là que fon ame demeuroit attachée.
L'homme abandonné à lui-même, dans un filence
folitaire, ne fçauroit guères s'interroger fur la mort,
fans que fa fermeté ne fe déconcerte ; la vanité nous
égare, ou plutôt nous foutient jufqu'au dernier
inftant, & peut-être nous faut-il des témoins pour
mourir avec réfignation. Strafford fur-tout regret-
toit fon maître & fes enfants; leur fort l'occupoit
encore plus que le fien propre.

La vanité. C'eft, fans contredit, un des premiers mobiles
de l'homme, & peut-être faut-il chercher à l'entretenir
plutôt que de vouloir la détruire. Otez la vanité : qu'il y aura
peu d'action de bienfaifance, fur-tout aucune action d'éclat !
les exemples de vertu feroient encore plus rares qu'ils
ne font. Le grand art pour un philofophe légiflateur, feroit de fçavoir tirer parti de ce reffort fi puiffant du cœur

Le moindre bruit arrachoit le comte à cette forte de contemplation accablante ; il entend ouvrir fa porte : il refte étonné , il entrevoit un homme enveloppé d'un manteau , qui accouroit à lui : que me veut-on, dit le prifonnier ? Il n'a pas le temps d'achever. — Eh ! mon cher Strafford , ne reconnaiffez-vous point votre ami ? A ces mots , l'inconnu s'eft découvert. — Le roi ! — Oui , comte, c'eft moi-même , qui viens vous fauver , ou mourir avec vous. — Vous , fire ! tant de bonté. . . . — Laiffons-là , mon ami, des expreffions de reconnaiffance , que vous ne me devez point. Vous n'ignorez pas la fureur de vos ennemis , le defpotifme barbare de cette chambre des communes , qui , tous les jours , porte des atteintes fcandaleufes à la majefté du trône... enfin leur méchanceté a prévalu...

---

humain. S'il n'avoit point eu de fpectateurs , Curtius , felon les apparences , ne fe fût point précipité dans ce gouffre où il étoit bien affuré de trouver la mort , & Décius ne fe feroit pas jetté au-devant d'un trépas certain. La plûpart des humains ne vivent pas en eux-mêmes , mais en autrui ; & cette forte d'exiftence , fi l'on s'attache aux réfultats , eft plus avantageufe que préjudiciable à la fociété. L'émétique, graces aux modifications qu'il reçoit, eft devenu plus falutaire que nuifible.

Carleton doit vous avoir appris... Strafford, mon ami, votre perte eft décidée, & je n'ai que des larmes impuiffantes... Charles n'a pas la force de pourfuivre : il tombe, en pleurant, dans les bras de fon miniftre. — Vos pleurs, fire ! les larmes de mon maître, je dirai plus, du feul homme fur la terre, que j'aime ! ah, quel fpectacle pour le mortel le plus fenfible ! ils peuvent m'envoyer à la mort ; ils peuvent m'envoyer à la mort. C'en eft fait, j'ai preffé mon roi dans mes bras. Sire... fire, vous perdez le fujet le plus fidèle. — Comte, rejettons un attendriffement qui ne peut que retarder l'exécution d'un projet, le feul qui foit à ma difpofition. Sçachez le but de ma démarche : Strafford, il s'agit de vos jours, & ils me font auffi chers que les miens, & ceux de ma famille. J'ai donc tenté inutilement tous les efforts pour vous retirer des mains de vos bourreaux ; il n'eft qu'un feul moyen de vous dérober à leur rage, & voilà ce qui m'amène. Je me fuis affuré votre geolier ; c'eft lui qui m'a ouvert la porte de votre prifon ; il vous conduira ; une barque vous attend, qui vous tranfportera l'un & l'autre aux rivages de France... vous vivrez, mon ami, vous vivrez, & moi... — Non, fire, je ne

vivrai point à ce prix. Je fens auffi vivement que je
le dois, le témoignage, j'oferai le dire, de la plus
vive, de la plus tendre amitié ; j'en fuis pénétré :
mais, quand vous vous immolez à ce point pour
conferver mes jours, eft-ce à moi de me cacher
tout ce qu'il vous en coûteroit ? & qui fçait fi ces
furieux ne porteroient point leurs mains facrilèges?...
Ces inhumains.... fire , ils font capables de tout ;
& ce feroit le comte de Strafford qui auroit occafionné... il ne m'eft pas poffible , il ne m'eft pas
poffible d'accepter vos bienfaits... J'irai à l'échafaud ,
tout couvert des larmes de mon roi ; la mort
perd toute fon horreur à mes regards. Vous me
plaignez ! vous me pleurez ! fire, je recommande
feulement à votre majefté, mes malheureux enfants;
je les mets à vos pieds ; qu'ils vous fervent, &, s'il
le faut, qu'ils expirent , comme leur père, pour le
meilleur & le plus adorable des rois ! —— Vous dites,
Strafford , que vous m'aimez ! & vous balanceriez
un inftant à fuivre le feul parti qui nous refte?
Vous figurez-vous la douleur que me cauferoit
votre mort? votre mort! mon ami, quel mot m'eft
échappé! encore une fois , n'héfitez point , partez ;
ce geolier vous accompagnera. Peut-être des temps

plus heureux..... ——Il est inutile, sire, de s'en flatter; je connais le peuple Anglais, son fanatisme, son emportement... vous seriez sa victime, & c'est moi qui vous aurois exposé au comble des attentats! je serois l'assassin de mon roi! Sire, je suis content: je vois que vous daignez toujours m'aimer. Je le répète, je n'apperçois plus l'échafaud: mon trépas sera glorieux, vous me rendez justice : vous êtes convaincu que le penchant, autant que le devoir, m'attachoit à mon maître. J'ai embrassé mon ami, (permettez-moi cette expression). Et aussi-tôt le comte se jette dans le sein du monarque. — Oui, Strafford, oui, vous êtes mon ami, & mon ami refuseroit de m'entendre! Si vous mourez, que voulez-vous que je

---

Son emportement. Après l'histoire Bizantine, ce monceau de catastrophes horribles & inouies, de meurtres dégoûtants, y a-t-il un tableau plus révoltant que les révolutions produites par les débats & l'animosité des deux Roses? On croiroit voir une troupe de bourreaux qui s'entre-déchirent successivement; jamais la méchanceté humaine ne s'est portée à des excès plus affreux. Il faut cependant avouer que dans cette fermentation d'assassinats & de crimes, il éclata de grandes vertus & des actions dignes d'être admirées.

devienne ? odieux à moi-même, revoyant par-tout votre image, le fang qui va couler...ah ! Strafford, Strafford, ne perdons point un moment ; volez vers un afyle où l'on connaît l'humanité : la France eft le refuge des infortunés que l'on veut opprimer ; les étrangers malheureux deviennent fes citoyens ; vous attendrez-là mes ordres.... Songez qu'à préfent c'eft votre roi qui vous commande : hâtez-vous de quitter ces lieux, profitez.... — Sire, je fuis plus éclairé fur vos intérêts que votre majefté elle-même : ne m'accufez point d'une obftination qui vous offenferoit. Sans doute j'afpirerois à conferver ma vie, pour vous la confacrer encore jufqu'au dernier jour : mais, croyez-moi, fire, c'eft à vous de vous retirer promptement de ce féjour odieux ; que nos ennemis ignorent votre démarche ; ils vous en feroient un crime. La feule grace que je demande à votre majefté, c'eft d'étendre fur ma famille ces marques de fouvenir que j'attends de votre généreufe amitié. — Strafford, vous êtes donc décidé.... — A faire mon devoir, fire, à mourir, fans compromettre votre majefté... Sire, le jour va paraître : fi l'on vous voyoit.... — Ah ! cruel, vous avez donc réfolu de me rendre le plus malheureux des hommes !

— Ma mort, fire, vous eft peut-être néceffaire : elle
affouvira ces tigres ; mon fang étanchera leur foif
homicide, ils ouvriront les yeux ; ils auront des remords ; ils verront en vous le maître qu'ils doivent
chérir & refpecter. —— Adieu, Strafford... adieu,
mon ami... allez, ma mort fuivra la vôtre... —— Régnez, fire, pour faire le bonheur de cette ingrate
Angleterre, pour vous rappeller... fire, vous aug-
mentez mes peines ; féparons-nous, & ne m'oubliez jamais. —Quoi ! vous perfiftez... —— Votre
majefté me feroit en-vain arracher de ces lieux,
voudroit en-vain me fauver : je reviendrois apporter
ma tête au fer qui l'attend ; mon parti eft pris. La
vie eft un fonge qui a paffé pour moi ; c'eft de la
mort qu'il faut m'occuper, & je la recevrai.

Charles a recours à de nouvelles tentatives ;
elles ne produifent pas plus d'effet que les premières.
Il quitte enfin le comte, après avoir pleuré dans
fes bras, l'avoir preffé contre fon fein à plufieurs
reprifes ; tous deux fe font féparés, baignés de leurs
larmes mutuelles.

Strafford s'applaudiffoit de fon courage ; l'aurore
s'eft montrée ; il voit entrer dans fa chambre fes
amis fuivis de fes enfants. Quel fpectacle, s'écrie

A a 4

le comte ! a-t-on juré de réunir toutes les armes pour attaquer ma fensibilité ? — Oui, Strafford, on a réfolu de triompher de cette dureté opiniâtre, révoltante; c'eft le roi, c'eft le roi qui nous a chargés d'amener vos enfants. Vous avez réfifté à fa puif-fance, à fon amitié, à fes pleurs : braverez-vous encore la nature? Ce maître fi généreux, fi bien-faifant, fe flatte que cette vue remportera une victoire qu'il n'a pu obtenir. Ces innocentes créatures, homme inflexible, embraffent vos genoux; elles vous conju-rent de céder au roi; il en eft encore temps, fuyez, fuyez; fongez que c'eft demain. — Je le fçais, & j'y fuis tout préparé. Penfez-vous que vos efforts réunis, que ma famille même pourra plus fur mon ame qu'un fouverain … qui eft mon ami? Pourquoi me porter ces coups? ils font inutiles; ils ne font qu'approfondir l'abyme ou je vais tomber; mais ils ne peuvent m'en détourner; j'y cours, parce qu'il le faut, parce que l'intérêt du roi même l'exige : non, mes amis, vous ne triompherez pas d'un malheureux qui doit mourir.

Cependant il comble de careffes fes enfants; il les prend fucceffivement dans fes bras, les inonde de fes larmes : — Vous le voyez: je pleure, je

pleure, mais, je remplirai mon devoir; il a décidé
ma mort... cruels! eh! vous déchirez mon sein;
éloignez ces tendres objets; ils retrouveront leur
père dans ce roi qui mérite tant que nous l'aimions....
Encore une fois, ôtez mes enfants de mes yeux.
Ah! nature, nature, que l'on a de peine à te
combattre & à te vaincre! c'eft donc demain...
Il n'y a plus de délai à efpérer... — Oui, tout
eft prêt. — Tout eft prêt!... je fuis réfigné à
ce coup affreux... devois-je m'y attendre?.. Mes
amis, je fçaurai mourir. Que feulement ces chères
créatures (& il preffe fes enfants contre fon cœur)
ne me fuivent point! Vivez, mes enfants, pour
me pleurer... pour aimer la mémoire de votre malheureux père. Hélas! il ne regrette cette miférable
exiftence que pour vous feuls: apprenez de bonne
heure où conduifent ces places fi peu dignes d'envie!
& cependant voilà l'origine de ma perte! c'eft à ce
prix qu'on achète la faveur des fouverains! qu'ai-je
dit? le roi eft encore plus à plaindre que moi; que
mes fentimens pour lui paffent dans votre ame! adieu...
mes larmes coulent... arrachez-les de mes bras, arrachez-les de mes bras. Ah! je fens que la mort eft
horrible! elle rompt tous les nœuds... qu'ils s'éloi-

gnent ! que je ne les voye plus ! Ce font donc les derniers embraſſements que je leur ai donnés !

Strafford ne ſe ſépare de ſes enfants , qu'en verſant un torrent de pleurs. Il s'écrie : je ſuis père ! je ſuis père ! il ne m'eſt pas poſſible de me commander en ce cruel moment. Enfin il eſt reſté ſeul, livré à toute l'horreur du ſpeȼacle de ſon infortune.

Le roi ſouffroit peut-être autant que ſon miniſtre ; il parloit d'aſſembler les chambres ; on lui repréſentoit que tous ſes efforts étoient inutiles ; la reine étoit occupée ſans ceſſe à le retenir. Charles tomboit enſuite dans un accablement mortel ; le nom de Strafford étoit le ſeul mot qui lui échappât ; il tentoit de s'exprimer, & ſa voix expiroit dans les ſanglots : on craignoit qu'il ne ſuccombât à ſa douleur.

Ce jour , qui devoit être le dernier pour le comte, eſt arrivé : on vient le chercher,& on lui témoigne cette ſenſibilité , cet embarras qui lui annonçoient ſon arrêt. — Il n'eſt pas beſoin de vous expliquer ; c'eſt à la mort que vous venez me conduire : eh bien ! j'y marche. Il quitte donc ſa priſon pour aller à Towerhill , la place où étoit dreſſé ſon échafaud. Strafford s'arrête ſous les fenêtres de Lawd , de Lawd , l'homme qui lui étoit le plus attaché ; — Mylord , ç'eſt ici l'inſtant où

toute votre amitié doit fe déployer... Mon ami, je vais
mourir. Ne nous arrêtons plus aux grandeurs, aux fonges
de la terre ; que la religion me parle par votre bouche!
hélas! j'éprouve qu'elle eft l'unique confolation, & , je
vous l'avouerai , elle m'eft néceffaire. L'homme ne
rougit pas , mylord , de fe montrer à vos yeux. J'ai
une · famille , des enfants qui n'avoient d'appui que
moi : il faut · les laiffer en proie à !a rage de mes
perfécuteurs ! Je leur pardonne à ces méchants ; mais
mon courage, mon courage... il m'abandonne, fi vous
ne me prêtez votre foutien. Ce font vos prières que je
follicite : elles défarmeront l'Être fuprême , qui fans
doute eft irrité , & me frappe : oui, je l'ai offenfé ; mais
j'ai déja bien expié mes fautes : il y a long-temps que
j'endure un fupplice , qui va finir. Le prélat fondoit en
larmes : —— Ah! mon ami, mon ami, étoient-ce-là les
fervices que je devois vous rendre ? Malheureux Strafford ! vous êtes la victime de votre tendre attachement
pour notre maître. Bientôt les cruels me rejoindront
à vous : je ne me cache point la fin qui m'attend.

Me rejoindront à vous. Lawd, en effet, fut comme Strafford, immolé au fanatifme & à la méchanceté de fes ennemis ; il refta en prifon beaucoup plus long-temps que le

J'oppoferai un front calme à leurs fureurs. Comte,
levez les yeux : c'eft - là que dans un moment
votre ame jouit de la vérité; vous connaîtrez qu'il n'y
a que Dieu qu'on doive implorer, qu'on doive aimer.
Plaignons ces infenfés qu'enivrent les erreurs terreftres !

favori de Charles Ier ; le tumulte des affaires avoit fait
perdre de vue aux communes, le procès de l'archevêque.
Ce digne vieillard fupportoit avec patience les rigueurs
de la captivité ; la rage des feétaires fe réveilla ; ils re-
prirent avec plus de chaleur l'accufation intentée contre
cet homme refpeétable. « Le crime *accumulatif*, (c'eft
» Hume qui parle) l'évidence *conftruétive*, tous ces ter-
» mes étrangers aux loix, qu'on avoit employés dans l'ac-
» cufation de Strafford, la même violence & la même ini-
» quité dans la conduite du procès, la même malignité
» d'interprétation, la même cruauté d'oppreffion qu'on
» avoit exercée contre la même innocence accompagnée,
» peut-être, de moins de vertus & de lumières, parut avec
» éclat dans toute la pourfuite de cette caufe. On infifta
» conftamment fur l'accufation de papifme, qui étoit dé-
» mentie par toute la vie & la conduite du prifonnier,
» & les moindres fautes prirent la plus noire couleur,
» par cette imputation, dans laquelle on fuppofoit que
» tous les crimes étoient renfermés. *Cet homme*, dit Wilden,
» avocat général, en concluant un long difcours contre

hélas ! ils font bien plus malheureux que nous : ils commettent le crime ! ils vont fe fouiller de votre fang ! croyez que leur remords.... mon ami.... le prélat ne peut achever ; les pleurs lui cou-

---

» le prélat, *reſſemble* à Naaman *le Syrien : il eſt grand, mais cou-* » *vert de lèpre* ». Les communes convaincues qu'il étoit impoſſible de foumettre Lawd à une fentence judiciaire, prirent fur elles de prononcer contre ce vieillard, un arrêt de mort ; la crainte d'une émeute populaire empêcha encore les pairs de s'oppofer à l'exécution d'un jugement auſſi atroce : ils cédèrent lâchement à l'animofité de ces tigres altérés du fang innoçent. Quand on vint annoncer à l'archevêque, le fort qui l'attendoit, *perſonne*, dit-il, *ne deſire plus ma mort, que je la ſouhaite moimême.* Avant que de recevoir le coup mortel, il eut à eſſuyer toute la dégoûtante ineptie de difcuſſions théologiques, dont l'accabla un certain Jean Cloteworthi, zélateur ardent de la feéte dominante, & un des boute-feux de la chambre baſſe. Lawd, fans écouter ce fanatique imbécile, porta fa tête fur le billot, & expira, en récitant des prières. Hume, en philofophe fenfible, ne peut retenir fon indignation à ce récit. « L'exécution, dit-il, d'un vieillard infirme, qui » n'avoit offenfé perfonne dans une fi longue prifon, ne » peut-être attribuée qu'à la vengeance de ces impitoyables » religionnaires, qui gouvernoient defpotiquement les deux » chambres ».

pent la parole. Mylord, replique le comte, vous m'accorderez votre bénédiction ? Le respectable vieillard, à ce mot, pouffe un profond gémiffement, lève une main défaillante, bénit le comte, & tombe fans connaiffance dans les bras de ceux qui le foutenoient.

Strafford reprend fa route; il a rappellé toute fa fermeté : jamais il ne s'étoit montré plus fupérieur à fa fortune : on eût dit qu'il marchoit à fon triomphe ; il avoit la tête haute, cet air impofant de dignité qui arrache une forte de refpect. Cependant il étoit privé de tout ce qui peut confoler les victimes de l'adverfité & de l'injuftice ; les fpectateurs en général ne laiffoient point éclater des marques de cette com- paffion, le foutien de l'innocence opprimée : c'étoit en lui-même que le malheureux Strafford devoit cher- cher & trouver toutes fes reffources : il avoit à com- battre & à vaincre les terreurs attachées aux derniers inftans, & la joie infultante de fes ennemis ; quel fpectacle pour fes derniers regards ! J'emprunte de Hume ces obfervations philofophiques, qui font fi honorables pour la mémoire de l'infortuné favori de Charles Ier. Il n'y avoit donc que la religion & un héroïfme fans exemple qui puffent appuyer Straf-

ford. C'eft dans ces moments qu'on éprouve combien cette religion nous eft néceffaire ! nous n'avons
point de meilleur ami, & c'eft prefque toujours le
feul qui nous refte !

Le comte eft arrivé à l'échafaud ; il apperçoit
fon frère, & un grand nombre d'amis ; il paraît s'attendrir à leur vue ; enfuite il regarde avec nobleffe
cette foule de peuple dont il étoit entouré, & leur
tient ce difcours :

―――――――

Nous n'avons point de meilleur ami. Que les hommes qui
veulent nous priver de cette confolation, font nos ennemis déclarés ! combien de fituations dans la vie, où il n'y
a que la religion, que la feule religion qui puiffe adoucir
nos maux, & qu'on reffent alors l'impuiffance de cette
philofophie dont la faibleffe fe trahit de toutes parts ! Je
ne citerai qu'un exemple : voyez Charles Ier traîné à l'é-
chafaud, un roi qu'on a couvert d'opprobres, au point que
ces vils fcélérats lui cracherent au vifage, prêt enfin à
fubir la mort qu'il n'avoit point méritée : toute la fermeté
humaine auroit-elle pu foutenir ce prince infortuné, fans
l'idée d'un Dieu confolateur, qui venge l'innocence, &
la dédommage de fes cruelles épreuves ? Un des plus beaux
vers de M. de Voltaire, & qui doit fe graver dans tous
les cœurs, eft, fans contredit, celui-ci :

Si Dieu n'exiftoit pas, il faudroit l'inventer,

3

« Vous avez demandé à grands cris ma tête : je
» vous l'apporte ; elle va tomber pour satisfaire votre
» vengeance. Vous prétendez réformer l'état , & c'est
» par l'effusion du sang innocent que vous com-
» mencez un si important ouvrage ! Puissé - je être
» la seule victime qui vous soit sacrifiée ! le fana-
» tisme vous égare : qu'il s'arrête à ces excès ! ou-
» vrez les yeux sur vos injustices , & sur-tout rentrez
» dans les bornes de ce respect que vous devez au
» roi, à la patrie , à la patrie que vous croyez servir ,
» & que vous outragez ; ils auront été , jusqu'à mon
» dernier soupir , les deux objets de mon zèle & de
» mon attachement ; j'ai toujours défendu les droits
» de ma religion & de mon pays. Je n'ai rien à
» me reprocher à votre égard , & vous me faites mou-
» rir sur un échafaud ! c'est-là ma récompense ! Je
» suis Anglais & chrétien , je vous pardonne , oui ,
» je vous pardonne, pourvu que vous profitiez de
» ma mort , que le repentir vous éclaire , & vous fasse
» connaître la vérité : mes derniers vœux sont pour

Et chrétien. Clarendon nous dit : « ceux des spectateurs
» qui lui souhaitoient le plus de mal pendant sa vie, fu-
» rent touchés d'une mort si courageuse & si chrétienne ».

votre

» votre profpérité & votre gloire ; que l'Angleterre
» partage fon bonheur avec fon roi ! & qu'elle n'ou-
» blie point que j'expire innocent » ! Ces paroles
touchantes parurent attendrir quelques fpeftateurs ,
que l'efprit de parti , fi l'on peut s'exprimer
ainfi, n'avoit point dénaturés. Le comte fe jette
dans les bras de fon frère : — « Adieu , mon
» tendre frère , il faut donc nous féparer ! je vous
» recommande ma femme , mes enfants ; parlez-
» leur quelquefois de moi. Adieu , mes amis , portez
» ma bénédiction à ces dignes objets de mon amour ;
« ils vont perdre leur père , leur fortune , leur état ;
» que Dieu leur tienne lieu de tout ! »

Le malheureux Strafford s'ôte lui-même fes habits; il
fait enfuite quelques pas vers le fatal billot ; il eft prêt

Leur fortune , leur. état. Le parlement ne porta point foit
injuftice & fa barbarie jufqu'à cette extrêmité ; peu de
temps après la mort du comte , il rétablit fes enfants
dans leurs biens , & dans leur honneur ; « comme s'il s'é-
» toit reproché la violence avec laquelle cette affaire avoit
» été conduite » : ce font les réflexions de Hume. L'acte même
d'*attainder* , qui avoit caufé la perte de leur malheureux père,
fut révoqué par un autre acte , fous le règne de Charles II.

à y mettre fa tête : « *Je rends graces au ciel* , dit-il ,
» *de me faire envifager la mort fans effroi* , & *de*
» *ne pas permettre que je fois abattu par un moment*
» *de terreur ; je vais repofer auffi volontiers ma tête*
» *que je l'aye jamais fait pour dormir* ». Il fe livre aux
mains de l'exécuteur, qui , d'un feul coup , termina
fa vie.

Telle fut la fin d'un homme , que fon extrême attachement pour le fouverain avoit pu feul rendre coupable aux yeux du fanatifme & de l'audacieufe indépendance ; peut-être , dans un pays fi jaloux de fa liberté ,
avoit-il trop fervi l'extenfion de la *prérogative royale.*

Je rends graces , &c. Tous ces mots foulignés, font les propres expreffions de Strafford , qu'on n'a pas voulu altérer.

De la prérogative royale. Elle donnoit au fouverain des
droits fur les douanes , ceux d'attacher à cette partie , des
impofitions , d'emprunter de l'argent fur des ordonnances
particulières , émanées de fa *pleine puiffance* , & des pro-
clamations (ce qu'on nomme parmi nous , édits , décla-
rations du roi); elle lui déféroit le pouvoir éccléfiaftique ,
autrement la *fuprématie* ; il jouiffoit encore du droit de *ton-
nage* & de *pondage* , qui originairement, il faut en convenir ,
n'étoit qu'un abus : ce fut une des principales caufes de la
perte des Stuards. La levée de ces impofitions , fans l'aveu du

Combien les circonftances influent fur l'ordre des
événements & fur les opinions ! Le comte, fous
Elifabeth, eût été le miniftre le plus applaudi &
le plus heureux ; on auroit prodigué la louange à
fes lumières, à fa fermeté, à fon adminiftration fou-
tenue ; fes hautes qualités fe fuffent montrées fupé-
rieures à la calomnie & à la brigue, & en euffent
triomphé : favori de Charles Ier, il eft regardé comme
l'ennemi de l'Angleterre ; on le punit des faibleffes
de fon maître ; la méchanceté toujours plus ingénieufe & plus active que la bonté, fuppofe à ce
grand homme des crimes, tandis qu'à peine on étoit

---

parlement, parut aux communes fur-tout, bleffer la conftitution Anglaife, & l'on ne pardonna point à Charles, ce
qu'on avoit accordé à tous les rois d'Angleterre, depuis
Édouard II. Encore une fois, des guinées & des foldats,
voilà ce qui manqua à ce malheureux prince ; fes prétendus torts ne font que ceux de la fortune.

Combien les circonftances. Ce feroit-là un ouvrage digne d'un
hiftorien philofophe, de nous préfenter dans un tableau ra-
pide jufqu'à quel point le phyfique commande au moral ; que
de fameux coupables euffent été des prodiges de vertu,
s'ils euffent paru dans d'autres temps, à d'autres époques !

en droit de lui reprocher des fautes. Il périt enfin
à quarante-neuf ans fur un échafaud. La vérité trop
lente fans doute , mais que les obftacles ne peuvent
empêcher de s'élever tôt ou tard de la fermentation
des divers intérêts , eft venue juftifier le malheureux
comte de Strafford ; dans ces temps où le fanatifme
& l'efprit de parti étoient fi dominants , il fut regretté

---

ce même Brutus , qui délivra fa patrie du joug des Tar-
quins , eût pu , né un ou deux fiècles après , être le fauteur
de la tyrannie ! à quoi tient la raifon humaine , faible lueur
continuellement vacillante , & prefque toujours fubor-
donnée aux paffions & aux événements !

De lui reprocher des fautes. Clarendon , Rapin-Thoyras
lui-même , font l'éloge du comte de Strafford ; ce dernier
avoue , « qu'il n'y a jamais eu un fujet en Angleterre au-
» quel on ait donné plus de louanges qu'à ce miniftre ».
C'eft ainfi que Hume en parle , & il fera affez intéreffant
pour les perfonnes qui veulent réunir l'inftruction à l'amufement , de faifir d'un coup-d'œil tout ce que cet hiftorien
éclairé & impartial rapporte en faveur de l'infortuné favori de Charles Ier. « Quoique fa mort fût demandée à
» grands cris comme une fatisfaction due à la juftice ,
» & comme une expiation pour les atteintes qu'il avoit
» portées à la loi , tous les hiftoriens de quelque poids ,

du petit nombre de gens éclairés & de gens de bien,
qui avoient fçu fe féparer de l'aveugle & odieufe
multitude , & aujourd'hui tout eft d'accord pour

» ne craignent point d'affurer que la fentence qui le con-
» damna au fupplice , fut un plus grand crime, que le plus
» noir de ceux qui excitèrent fes ennemis implacables à
» le pourfuivre avec une fi cruelle induftrie. Le peuple ,
» dans fa fureur, s'étoit entièrement mépris fur l'objet de
» fon reffentiment ; il fuffit de comparer les réponfes du
» comte avec les chefs d'accufation , pour reconnaître qu'il
» étoit innocent du crime de *trahifon*, dont on n'apperçoit
» pas même l'ombre , & que fa conduite, en paffant fur les
» infirmités humaines , expofée à des obfervations fi fé-
» vères , étoit fans reproches , & méritoit même des éloges.
» Les pouvoirs du confeil d'Yorck , dont il étoit préfident,
» avoient reçu , par les inftructions du roi , une étendue
» dont on ne connaiffoit pas d'exemple : mais la première
» inftitution de cette cour, étant venue d'une extenfion
» de la *prérogative royale* , le prince avoit varié fouvent fes
» inftructions ; & la plus fimple autorité dont elle eût
» joui , étoit , à tout prendre , auffi légale que la plus étroite
» & la plus modérée. Il y avoit peu de juftice à conclure
» que Strafford eût employé le moindre artifice pour fe
» procurer cette grande étendue de pouvoir , puifqu'après

Bb3

le venger de l'imposture & de l'injustice ; la généra-
tion présente pleure fur fa tombe , & proclame
hautement fon innocence.

» fa nomination, & dans la jouiffance de cette autorité
» qui excitoit tant de plaintes , il n'avoit pas pris place une
» fois fur fon fiège , ni fait le moindre exercice de jurif-
» diction.

» Dans le gouvernement d'Irlande , fon adminiftration
» n'avoit pas eu d'autre règle que l'intérêt de fon maître,
» & celui des peuples commis à fes foins .. : il avoit for-
» tifié les refforts de l'autorité , fans les ferrer à l'excès.
» On lui reprochoit , à la vérité , quantité d'actes de jurif-
» diction arbitraire , tels que des cours martiales , des loge-
» ments militaires par billets , des décifions d'affaires au
» confeil fur fimple requête , des ordonnances publiées en
» fon nom , & des châtiments réglés pour les infracteurs :
» mais, dans ce fiècle , l'exercice de l'autorité à difcrétion ,
» étoit commun en Angleterre même ; il étoit encore plus
» néceffaire en Irlande , dans une nation peu civilifée ,
» à peine foumife , pleine d'averfion pour la religion &
» les ufages de fes conquérants (il eft bien fingulier qu'un
» philofophe s'exprime ainfi.) Lorfque les chefs des com-
» munes demandoient à chaque moment , que la conduite
» du gouverneur d'Irlande fût examinée par les règles fé-
» vères de la loi ; il en appelloit à l'exemple de fes pré-

La mort du comte eft bientôt parvenue aux oreilles du roi. Il fe relève de fon profond abattement ;
il veut aller fe précipiter fur le corps de fon miniftre : où courez-vous , s'écrient la reine & plufieurs
lords , en s'oppofant à fon paffage ? — Expirer avec

» déceffeurs & à la néceffité inconteftable de fa fituation.
» Il avoit entendu fi parfaitement l'art de ménager les
» élections, & de balancer les partis , qu'il avoit toujours
» déterminé le parlement d'Irlande à lui accorder ce qui
» étoit convenable pour le paiement des anciennes dettes ,
» & pour l'entretien des nouvelles troupes, & jamais il
» n'avoit été réduit , comme le gouvernement d'Angleterre ,
» à des expédients condamnés par les loix, pour fatisfaire
» aux néceffités publiques. On n'auroit pu lui faire jufte-
» ment la moindre imputation de rapacité.... A l'égard
» de la fentence contre Montnorris , c'étoit un acte de la
» cour martiale , & non celui du gouverneur ; elle avoit été
» portée d'une feule voix ; il n'avoit pas dit un mot aux
» juges ; il avoit même paru devant eux la tête décou-
» verte , en qualité de partie , & s'étoit retiré immédiate-
» tement , pour leur laiffer le champ libre. La fentence
» lui femblant atroce, il avoit obtenu grace de fa m ajefté
» pour Montnorris ; il ne l'avoit pas laiffé un moment dans
» le doute de fon fort , & il lui avoit dit auffi-tôt, qu'il per-
» droit plutôt la main lui-même , que de figner l'ordre

Strafford, Ah ! malheureux ! qu'ai-je fait ? qu'ai-je
fait ? retirez - vous , barbares ; laiſſez-moi ; ſortez ;
fuyez de ma préſence ; j'ai pu ſouffrir cette horrible

» d'exécution pour une telle ſentence ; enfin, le ſeul mal que
» ce Montnorris eût ſouffert , avoit été la priſon pendant
» deux jours , après leſquels on l'avoit remis en liberté.
» Cet homme , ſelon le rapport de beaucoup de gens,
» étoit d'un caractère infâme ; il faiſoit ſa cour aux gou-
» verneurs , par les plus baſſes flatteries , tandis qu'ils
» étoient préſents , & noirciſſoit leur réputation par les
» plus odieuſes calomnies , lorſqu'ils étoient rappellés.
» (Cet homme-là poſſédoit bien l'eſprit de la fortune)...
» Lorſque Strafford avoit été rappellé en Angleterre , il avoit
» trouvé l'état dans une telle confuſion, par la révolte ouverte
» des Ecoſſais, & par les mécontentements de la nation
» Anglaiſe , que s'il avoit exécuté ou conſeillé quelques
» meſures violentes, il auroit pu juſtifier ſa conduite , par
» la grande loi de la néceſſité, qui n'admet dans les maux
» extrêmes , ni ſcrupule , ni cérémonie , ni délai. Mais au
» fond , rien d'illégal dans les actions ou les conſeils, ne
» fut prouvé contre lui , & tout ſon crime, dans ces der-
» niers temps, ſe réduiſoit à quelques expreſſions chagrines,
» ou peut-être impérieuſes , qui lui étoient malheureuſe-
» ment échappées, au milieu des plus triſtes circonſtances,
» & dans une fort mauvaiſe ſanté. La victoire de Strafford

injustice, le meurtre d'un innocent, le meurtre de
mon ami ! je l'entends ! je le vois ! il me tend les bras !
Strafford, Strafford, viens, accours me percer le sein ;
viens me punir d'une faiblesse, d'un crime que je ne

» fut encore plus décisive, lorsqu'ayant repris tous les ar-
» ticles de son accusation, il repoussa l'imputation de
» *haute trahison*, crime que les communes vouloient inférer
» de la totalité de ses actions & de sa conduite. De toutes
» les espèces de crime, celle que la loi d'Angleterre a dé-
» finie avec la plus scrupuleuse attention, est la *trahison*
» *d'état*, parce qu'il a paru nécessaire de protéger les sujets
» sur un point si capital contre la violence des souverains
» & de leurs ministres. Le fameux statut d'Edouard III,
» fait un long dénombrement de tout ce qui peut être qua-
» lifié de trahison, & tout autre crime que ceux qui sont
» expressément nommés, est soigneusement exclu de cette
» dénomination ; mais il ne se trouve pas un mot dans la
» liste des trahisons, qui ait rapport à l'espèce de crime ap-
» pellé *entreprise de renverser les loix fondamentales* ; l'intro-
» duire arbitrairement dans le fatal catalogue, est plutôt
» une subversion réelle de toutes les loix, &c.

Cette apologie de Strafford nous paraît suffisante pour
répondre à ses détracteurs, & il est difficile, après cet exposé d'un historien philosophe, de conserver encore quelque prévention contre cette malheureuse victime de la
férocité populaire.

me pardonnerai jamais, non , jamais; Dieu lui-même
me frappera, & je la mérite, cette fin affreufe qui
m'eft réfervée ; j'envifage l'échafaud … c'eft-là où
le fang de Strafford fera vengé … ô mon ami ! par-

Dieu lui-même me frappera. Charles ne fe pardonna
point le confentement qu'on lui avoit arraché ; il reconnut fur l'échafaud , la juftice des décrets de cette
Providence , qui , cachée dans un nuage , femble ne
nous perdre jamais de vue. Ce prince infortuné « fe rap-
» pella une injufte fentence , à laquelle il ne s'étoit pas
» oppofé ». Il n'y a pas de doute que Strafford ne fût l'objet
de ces paroles : auffi M. de Voltaire dit-il , avec quelque raifon , quoiqu'il s'exprime peut-être trop durement : « Char-
» les Ier , roi d'Angleterre , venoit de perdre la tête fur un
» échafaud, pour avoir, dans le commencement des troubles,
» abandonné le fang de Strafford, fon ami, à fon parlement».
Il faut convenir , pour ne pas trahir la vérité', qu'une con-
tinuité d'erreurs perdit Charles Ier , & fon confentement à
la fentence des communes contre Strafford , en eft une des
moins pardonnables : un fouverain qui fait à fon peuple
des facrifices de ce genre , eft bien prêt d'être immolé lui-
même ; c'eft ce que le malheureux Charles éprouva , & ce
qui doit néceffairement arriver , dans un pays où l'excès &
l'abus touchent continuellement au fanatifme de la liberté.

donne, pardonne : ils m'ont arraché cet aveu, que ma mort n'expiera point encore affez.

Charles tombe fans connaiffance : livré aux accès du plus violent défefpoir, il n'en fort que pour pleurer, le refte de fa vie, fur la malheureufe deftinée du comte; il répétoit fon nom au milieu des fanglots ; il l'avoit fans ceffe devant les yeux, & cette image le pourfuivit jufques fur l'échafaud, où Juxon reçut fes dernières paroles, & fes derniers foupirs ; ce prince obferva *qu'une injufte fentence le puniffoit d'une autre fentence non moins injufte, à laquelle il ne s'étoit pas oppofé avec affez de vigueur.* On juge aifément qu'il vouloit parler du comte de Strafford; & en-effet, on ne fçauroit fe diffimuler qu'il manqua peut-être autant à la politique qu'à la fenfibilité, en abandonnant fon miniftre à la rage de fes ennemis. Mais il faut le plaindre, & mettre fes fautes fur le compte de fa faibleffe. Il eft vrai que la faibleffe, dans les rois, conduit prefque toujours à des erreurs condamnables,

---

Où Juxon, &c. Ce fut effectivement à Juxon qui l'affiftoit à la mort, que le roi témoigna fon repentir au fujet de cette fentence dont il n'avoit pas empêché l'exécution.

& dont fouvent ils ont eux-mêmes à fouffrir. La perte de Strafford devoit entraîner néceffairement celle de fon maître.

FIN DU TOME SECOND.

TABLE

DU TOME SECOND.

LE PRINCE DE BRETAGNE;
LA DUCHESSE DE CHATILLON,
LE COMTE DE STRAFFORD.

www.ingramcontent.com/pod-product-compliance
Lightning Source LLC
Chambersburg PA
CBHW050746030726
47505CB00002B/421